Telefonsex mit Flaschenpfand,
Liebesspiele mit Zubehör,
Bikini mit Glitzerquatsch,
Küsse mit Bauchnabelkontakt:

Fünfzehn hemmungslos unterhaltsame Autorinnen und Autoren erzählen Geschichten von und mit und ohne Sex.

Unsere Adresse im Internet: www.fischerverlage.de

trockensümpfe

Lauter befriedigende Geschichten

Herausgegeben
von Susanne Halbleib

Fischer Taschenbuch Verlag

Veröffentlicht im Fischer Taschenbuch Verlag,
einem Unternehmen der S. Fischer Verlag GmbH,
Frankfurt am Main, November 2008

Satz: Pinkuin Satz und Datentechnik, Berlin
Druck und Bindung: CPI – Clausen & Bosse, Leck
Printed in Germany
ISBN 978-3-596-18427-9

Inhalt

Wir haben einen Song versteckt, expizit.

Tommy Jaud
Das Katzenmädchen

Die erste stimulierende Geschichte stammt aus dem Roman **›Vollidiot‹**.

Simon Peters ist fast dreißig, arbeitet im T-Punkt, und obwohl er gern alles richtig machen würde, benimmt er sich fast immer – vollidiotisch. Vor allem, was die Frauen angeht; auch und gerade im Urlaub …

Tommy Jaud, Jahrgang 1970, war Zivi im Kindergarten (Bienengruppe) und Student in Bamberg (Germanistik). Seit einigen Jahren arbeitet er als freier Autor in Köln, anfangs u. a. für die ›Sat1-Wochenshow‹ und ›Ladykracher‹. Seine Romane ›Vollidiot‹, ›Resturlaub‹ und ›Millionär‹ sind Bestseller.

»Bist du total bekloppt? Du kannst doch nicht einfach so weit raussegeln!«, staucht mich das sensationellste Blond des Ferienclubs zusammen und wirft mir ein Seil zu.

»Hier! Fang! Ich zieh dich zum Boot!«

Wie lange ich schon hilflos im Atlantik herumpaddele, weiß ich nicht. Ebenso wenig, wie oft ich versucht habe, wieder auf mein Surfbrett zu kommen, um mein tonnenschweres Segel aufzurichten. Ich weiß nur, dass der Strand sich immer weiter entfernt hat. Trotzdem war ich irgendwie froh, als sich mit einem sonoren Yamaha-Außenborder-Brummen ausgerechnet die schärfste Animateurin des Clubs genähert hat. In ihrem schwarzen Wetsuit sieht sie aus wie ein Bond-Girl. Leider habe ich keine Lizenz zum Vögeln, sondern nur zum Schnauzehalten und Gerettetwerden. Ich kralle mich an mein Schulungs-Surfbrett und halte ausnahmsweise mal die Klappe.

»Das Seil nehmen, nicht rumgucken!«

Wer denkt, dass einen alle Ferienclub-Animateurinnen ständig nur anlächeln, der irrt. Einige schreien einen auch an. Besonders die in den hautengen Surfanzügen!

»Wir haben doch gesagt, dass ihr nicht so weit raussegeln sollt!«

Mann, ist die sauer!

»Ich bin nicht gesegelt, ich bin abgetrieben!«, rechtfertige ich mich und ziehe mich am Seil in Richtung Boot. Dabei schaue ich ein bisschen so wie ein japanischer Kugelfisch kurz vor dem Servieren. Nicht, dass ich schon mal so einen Fisch kurz vor dem Servieren gesehen hätte, aber ich bin mir relativ sicher, dass er so gucken würde wie ich.

»Komm ins Boot!«, faucht mein Bond-Girl. Als ich, überhaupt nicht agentenlike mit einer akrobatischen Balancenummer vom

Surfbrett ins Schlauchboot taumle und dabei fast wieder ins Wasser falle, meine ich, Applaus vom Clubstrand vernehmen zu können. Widerwärtiges, ekelhaftes Pauschalpack!

»Danke! Du hast mir das Leben gerettet!«, stammle ich.

»Das ist vielleicht gar nicht sooo falsch. Siehst du die Klippen da drüben?«

»Die hätten schon aufgepasst!«

Statt zu lachen, schmeißt sie den Außenborder an und bringt mich, mein 3,7 Quadratmeter großes Segel und mein Schulungs-Surfbrett zurück an den Strand.

Vorbei an den grölenden Clubgästen ziehen wir das Motorboot über einen Holzsteg hoch zur Wassersport-Station. Die Kommentare der Clubgäste, die sich auf ihren schlecht gewaschenen Clubstrandtüchern ihre quarkfarbenen Großstadtrücken rösten, überhöre ich dabei einfach. Ich will nur noch duschen und mich ein bisschen ausruhen. Denn wenn es nicht mal am letzten Abend klappt, dann weiß ich auch nicht mehr. Ich hab doch keine 899 Euro für eine Woche Single-Club ausgegeben, ohne einen einzigen Pikser gemacht zu haben!

Drei Stunden später sitze ich mit einem hessischen Wertpapierberater an einem kleinen Tisch neben der Tanzfläche. Weil wir auf den Kanaren sind, befindet sich sowohl die Tanzfläche als auch der Tisch im Außenbereich neben dem Pool. Das Teelicht, das auf dem Tisch flackert, ist das gleiche wie bei mir zu Hause. Irgendwo auf den Kanaren muss es einen Ikea geben. Vorsicht! Zu spät. Da ist es wieder, mein 30 C.

»Tanzt wie 'ne Nutte!«, zischt mein Hesse mit rotem Kopf und bohrt seinen albernen Cocktailschirm durch ein Stück Ananas. Weil auf der Tanzfläche keiner blutüberströmt zusammenklappt, handelt es sich hierbei offenbar nicht um Voodoo. Dennoch: Auch mit rudimentärsten Kenntnissen der menschlichen Psyche lässt sich leicht abschätzen, dass nicht mehr viel fehlt, um meinen bisher so sympathischen Banker in einen kaltblütigen Amokläufer zu verwandeln, der gleich mit einer Maschinenpistole den gesamten Außenbereich der Clubdisco in Schutt und Asche legt. Robinson – Zeit für Gefühle! Wegen der Musik würde ich's noch verstehen. Es läuft Joe Cocker. Joe Cocker ist aber nicht sein Problem. Sein Problem ist die Frau, mit der er seinen Urlaub verbringt.

Ich biete meinem eifersüchtigen Banker eine Zigarette an, um ihn abzulenken.

»Jetzt schau doch mal hin, Simon, wie 'ne Nutte!«

»Hier … Feuer!«

Statt seine Kippe anzuzünden, schleudert er sie auf die Tanzfläche. Ich finde, dass Kippen auf die Tanzfläche schleudern nicht zu Leuten mit rahmenlosen Designerbrillen und BOSS-Sakkos passt. Außerdem habe ich Angst, dass sein Kopf gleich platzt.

»Jetzt gräbt sie auch noch dieser Ossi an!«

»Das ist mein Tennislehrer!«, informiere ich ihn.

»Mir doch wurscht. Ossi is' Ossi!«

Armer Wessi, würde ich eher sagen. Fliegt fast dreitausend Kilometer, um allen zu zeigen, was er für ein toller Hecht ist mit seinem brasilianischen Superschuss, und dann steht er jeden Abend da wie Karl Arsch, nur weil Fräulein Zuckerhut mit jedem Mann flirtet, dessen Kreditkarte noch länger als vier Wochen gültig ist. Hoppla. Da kommt sie auch schon angeschlichen.

»Gregor. Gib mir die Karte!«

Das war, glaube ich, Portugiesisch und heißt so viel wie »Ich liebe dich!«.

Ich kann nicht glauben, dass ein erfolgreicher Investment-Banker seiner Freundin wortlos seine Clubkreditkarte gibt, statt mal eben mit ihr Schluss zu machen und so auf einen Schlag hunderttausend Euro zu sparen.

»Nicht, dass wieder nix drauf ist!«, droht sie ihm und trippelt zurück an die Bar wie Peg Bundy aus *Eine schrecklich nette Familie.*

Eines muss man sagen: Dieser brasilianische Akzent ist schon geil. Und Figurprobleme sehen auch anders aus. So ist Fräulein Zuckerhut beispielsweise stolze Besitzerin eines 100%igen Salsa-

Hinterns. Salsa-Hintern sind die Hölle! Nicht ohne Grund foltert man uns mit derart unverschämten sexuellen Stimuli in jeder verdammten Fernsehreportage über Südamerika. Bei so einem Salsa-Hintern kann man einfach unmöglich wegzappen! Egal, über was berichtet wird, irgendwelche untervögelten Cutter schneiden immer einen Salsa-Hintern in den Bericht. Südamerika in der Schuldenfalle? Und Schnitt auf Salsa-Hintern! Klebstoff schnüffelnde Straßenkinder in Salvador da Bahia? Schnitt auf Salsa-Hintern! Tankerunglück vor Buenos Aires? Dann muss man doch mal so einen Salsa-Hintern …

Nur MTV hat die Chuzpe, die Salsa-Hintern grundlos zu zeigen. Diese makellosen, shakiresken Hintern von in Slomo zuckenden Schlafzimmerblick-Stringtanga-Schlampen, die sich Vollmongos wie Jay-Z und Snoop Doggy Dog auf ihre eingeölten BMW-Motorhauben setzen. Oder waren's die Hintern, die eingeölt wurden? Egal … irgendwie komme ich jedenfalls in die richtige Stimmung. Aber statt eine Frau anzubaggern, sitze ich hier neben einem hyperventilierenden Fondsmanager. Ich nehme einen Schluck Beck's aus der Flasche. Vielen Dank nochmal, Phil, für den tollen Tipp mit dem Single-Club, der auch nur deswegen so heißt, weil man garantiert als Single wieder nach Hause fährt. Ich hab das ganze Angebergekläffe noch im Ohr: »Mensch, Simon, da machste jeden Abend 'ne andere klar, ich sag nur, vögeln, bis der Arzt kommt!« Ein Arzt ist tatsächlich mal gekommen – um den Kreislaufkollaps eines 70-Jährigen zu behandeln, der sich im Aquarellkurs mit seinem Pinsel überhoben hat. Das Beste war, dass ich vorgestern per SMS erfahren habe, dass Phil selbst noch gar nicht hier war. Er hat lediglich gehört, dass der Club was für Singles wäre. Was für ein Knallkopf! Scheiß drauf, es ist der letzte Abend, also hab ich nix mehr zu verlieren. Ich bin braun, mir wurde eben das Leben gerettet, und ich fühl mich ansatzweise sexy.

»Hey, Simon! Geile Aktion auf'm Meer heute! Hab gehört, Aneta musste dich reinschleppen, weil du sonst abgesoffen wärst!«

Das war Kommentar Nummer 16, präsentiert von einem badischen Spinninginstructor, der mit drei Bieren an mir vorbeizischt.

»Freut mich, dass es dir gefallen hat!«

Mein hessischer Banker hat sich noch nicht wirklich beruhigt, wie mir ein Seitenblick verrät. Nicht gerade ein toller Typ, muss man sagen. Aber so ist es ja immer: Neureiche, langweilige Milchbrötchenfresse vögelt brasilianischen Salsa-Hintern. Und warum? Drei Buchstaben. SLK! Das Auto, nicht die Lotterie. Von den Kisten hat er angeblich drei. Kann aber auch sein, dass er mir davon nur dreimal erzählt hat.

»Wie 'ne Nutte, Simon! Tanzt wie 'ne Nutte!«

»Brasilianerinnen tanzen halt besser als Hessinnen!«, tröste ich ihn, als er mal wieder kurz vorm Aufspringen und Schlussmachen ist.

»Dafür kosten sie das Zehnfache!«

»Warum tanzt sie eigentlich nicht mit dir?«, will ich wissen.

»Weil ich nicht tanzen kann. Ich bin zu steif.«

»Wer sagt das?«

»Sie.«

»Ach …«

»Wo steckt eigentlich DEIN Traumbabe?«, grinst er mich an. Ich sage ihm, dass er seine Klappe halten soll, und deute auf den Tennisossi, der gerade sein Bein zwischen den Salsa-Hintern geschoben hat, obwohl das der Song »Lady in Red« von Chris de Burgh gar nicht unbedingt erfordert hätte.

»Och … der Ossi tanzt aber ganz gut!«, sage ich. Das war's!

»Also jetzt reicht's!«

Noch ehe ich mein hessisches Milchbrötchen zurückhalten kann, springt es auf, wühlt sich durch bunt behemdete Rentner und schüttet seinem Widersacher seine Bacardi-Cola ins Gesicht. Wie entwürdigend! Männer schütten sich keine Longdrinks ins Gesicht. Sie tun das nicht aus dem gleichen Grund, aus dem sie sich nicht zwicken oder kratzen oder Yogurette kaufen. Sie tun es nicht, weil sie Männer sind! Weil Männer sich Mars-Riegel kaufen und sich in die Fresse hauen!

»Du blödes Arschloch!«, keift der Salsa-Hintern und scheuert dem Weichei eine. Und dann muss ich, zusammen mit etwa einhundert weiteren Clubgästen, mit ansehen, wie Fräulein Zuckerhut ihren zappelnden Banker mitsamt Designerbrille am Ohr von der Tanzfläche wegzieht wie einen Hund vom Essenstisch. Das muss man sich mal reintun! Am Ohr! Ich schäme mich für ihn. Und jetzt? Was ist denn jetzt mit mir? Jetzt sitze ich alleine an meinem kleinen kanarischen Kerzenlichttisch. Ein großohriger SAP-Programmierer, den ich gestern beim Tischtennis geschlagen habe, nähert sich mit einem breiten Lächeln. Lieber Gott, mach, dass er sich nicht zu mir setzt.

»Da haben sie dir aber deinen Arsch gerettet heute auf See, oder?«

»Ich tu, was ich kann!«

Er zieht weiter, und ich zünde mir mit meinem letzten Streichholz eine Prince Denmark an. Sekunden darauf geht mit einem bemerkenswerten Sinn für unangebrachte Symbolik die Kerze auf meinem Katzentisch aus. Tja … das ist dann wohl der Preis meiner elitären Sozialplanung: Einsamkeit. Nur ich und mein kleiner, kerzenloser kanarischer Katzentisch.

Weil es noch relativ früh ist und sich die Clubdisco erst so gegen Mitternacht füllt, hol ich mir noch eine Flasche Beck's an der Bar. Ich beschließe, eine Weile dort abzuhängen und meinen Blick schweifen zu lassen. Und alle sind sie wieder da, wie jeden langweiligen Abend:

Tante »Käthe«, der so ein bisschen aussieht wie Rudi Völler und seit drei Jahrzehnten jeden Februar hier in »seinem Club« Urlaub macht. Eine einzige falsche Frage, »wie das hier früher so war«, und man kann sich den Abend an die Clubmütze stecken. Ein paar Meter weiter stehen die Idioten vom Singletisch. Eine ausgezeichnete Idee der Clubleitung, genau diesen Tisch im Restaurantbereich mit einem großen, von weitem sichtbaren Schild mit der Aufschrift SINGLE-TISCH zu kennzeichnen. Der Single-Tisch, das ist der Tisch, an dem schon dann ein Hauch von guter Laune aufkommt, wenn mal eine Stunde lang keiner geheult hat. Ich saß einen einzigen Abend dabei, und es ist nur der Tatsache zu verdanken, dass der Club keinen Schnupperkurs »Pulsadern aufschneiden« anbietet, dass ich mich nicht vor lauter Melancholie mit einer Großpackung Gilette in die Badewanne gesetzt habe. Die Single-Gespräche laufen da immer nach dem gleichen Muster ab.

»Na, wie lange bist du schon alleine?«

»Seit 'nem knappen Jahr. Und du?«

»Ach ... ich weiß gar nicht mehr ... langsam denke ich schon, ich find nie mehr eine! Ich hab aber auch viel falsch gemacht, glaube ich.«

»Du, ich schau mal zum Strand und ertränke mich!«

»Okay. War nett, dich kennenzulernen! Ach warte ... ich glaub, ich komme mit!«

Aber wie's immer ist: Alle Verlierertisch-Singles haben sich gefunden. Sogar der erdbeerporige Peter ist seit drei Tagen mit dem Hardcore-Mauerblümchen Flo aus Essen zusammen, und heute Morgen am Wellfit-Büfett hatte ich fast den Eindruck, das Leid der Welt würde nicht mehr ganz so schwer auf den zerbrechlichen Schultern der beiden lasten. Aber was ist mit meinen Schultern? Da stehe ich nun mit Bierchen Nummer vier und warte drauf, vom Clubchef persönlich eine Medaille verliehen zu bekommen mit der Aufschrift »Einsamster Mensch des Clubs«.

Ich trinke noch ein Beck's und noch eines. Als der DJ die Weather Girls mit »It's raining men« auflegt, bestelle ich mir meinen ersten Whiskey. Die Tür des Club-Theaters geht auf, und jede Menge abscheulich gut gelaunte Menschen strömen heraus.

»Sehr gute Show heute!«, verrät mir eine mollige Dame aus Düsseldorf. Sie trägt eine tonnenschwere, diamantbesetzte Brille.

»Was haben sie denn gespielt?«, will ich gar nicht wissen, frage es aber trotzdem.

»Na Cats!«

»Aber das läuft doch schon die ganze Woche!«

»Heute war's besonders gut!«

Ich bestelle einen weiteren Whiskey, als mir das Bond-Girl auf die Schulter tippt. Aneta! Diesmal trägt sie keinen Wetsuit, sondern ein Katzenkostüm. Auch sexy!

»Na? Letzter Abend, was?«, blinzelt sie. Ich versuche, etwas weniger besoffen zu schauen, als ich bin, aber vermutlich seh ich wieder sehr kugelfischig aus.

»Du bist ... du bist ja 'ne Katze! Mein Lebensretter-Kätzchen!«, stammle ich.

Ihr eng anliegendes Katzenkostüm sticht den Wetsuit in Sachen Erotik fast noch aus. Eine Frechheit eigentlich. Eben hatte ich mich hormontechnisch wieder auf Standby gefahren. Jetzt kommt die hier einfach so an und macht mich wieder geil. Sexy Frauen sollten Zirkuszelte tragen und nicht dieses Zeug, das einen so verrückt macht.

»Warum hast du denn so ein Ding da an?«, will ich wissen.

»Na wegen Cats. Das spielen wir doch gerade! Hab eigentlich gedacht, ich seh dich im Publikum!«

»Hab noch an meiner Einkommensteuer gesessen!«

Sinnloses Clubgeblubber. Ich verschwende meine Zeit. Mit Animateuren läuft eh nichts, und wenn sie noch so freundlich sind. Viele vergessen das immer. Die Jungs und Mädels haben ihr Lächeln verkauft an die Zuhälter der Tourismusindustrie. Es ist nicht echt! Und bei Aneta eben auch nicht. Sogar jetzt, wo ich mit ihr spreche, nickt sie anderen Clubgästen zu. Willkommen zum Reality-Check. Prüfung läuft. Ergebnis: Sie haben ... keine Chance. Was mich dann allerdings ganz schön aus der Bahn wirft, ist die Frage:

»Haste Lust, einen Wein zu trinken?«

»Jetzt, hier?«

»Besser auf meinem Balkon. Hier sind mir zu viele Gäste!«

Auf ihrem Balkon? Sie fragt MICH, ob ich zu IHR komme, um einen Wein auf IHREM Balkon zu trinken? Das Bond-Girl? Eben dachte ich noch, ich hätte das System kapiert und dann so was. Dieser Club ist ein einziges, großes Missverständnis. Eine gigantische Pauschal-Truman-Show, angezettelt von der TUI und den Machern der Matrix. Aneta ist Animateurin. Sie hatte eine harte Woche. Sie hat sich versprochen, und jetzt tut es ihr leid.

»Du lädst mich ein zu dir?«

»Warum denn nich …?«

Wie kann mir dieses Miststück in zehn Sekunden meine ganze Clubtheorie wegbomben? Wie kann sie mir meine kleine, erbärmliche Abendplanung kaputtlächeln? Warum? Ich gehe auf Nummer sicher und antworte mit:

»Klar!«

»So in 'ner Stunde? Ich muss noch aus meinen Katzenklamotten raus und duschen!«

Auch das noch. Ich mag gar nicht dran denken.

»Wo is'n dein Balkon, äh … Zimmer?«

»79 B, hinter den Tennisplätzen!«

»Ich bring Wein mit!«

»Super – bis gleich!«

Und weg ist sie. Ich schaue auf den spanischen Barkeeper, um mir bestätigen zu lassen, dass sie das, was sie gerade gesagt hat, wirklich gesagt hat, doch der mixt einfach nur einen Pauschalmojito nach dem anderen.

Aneta! In einer Stunde! Ich bin ansatzweise überfordert. Ich stelle den Whiskey weg und segle mit meiner grün hämmernden Beck's-Birne die geschwungene Stahltreppe runter in die noch halb leere Diskothek. Saiiiiiillll awayyy … An der Theke sitzt der Tennisossi, inzwischen ohne Fräulein Zuckerhut, dafür aber mit einem Longdrink. Ein glückliches Gesicht sieht anders aus. Hey hoh – Traumjob Animateur, bezahlen Sie einfach mit Ihren Leberwerten!

»Hey Maik!«

»Simon!«

Ein homöopathisches Lächeln huscht über sein blasses Gesicht.

»Gibst du mir 'n Drink aus?«, fragt er mich mit leicht sächsischem Akzent.

»Klar, was willste?«

»Tschin Dönnick!«

Weil ich den kanarischen Angestellten gerne das Gefühl gebe, dass ich ihre Kultur und Sprache schätze, bestelle ich auf Spanisch.

»Dos Gin Tonic, bitte!«

»Is'n Scheiß-Gefängnis hier, der Club, weißte, Simon?«

Oha! Mein Tennisossi hat die freie Zeit zwischen der Zuckerhut-Affäre und dem nächsten Mädchen genutzt und sich selbständig nach Philosophen-Laber-Country geschossen.

»Wieso? Is doch geil! Immer Sonne, Urlaub …«, entgegne ich. Sein Blick verrät mir, dass er dem nur bedingt zustimmt.

»Is' wie bei uns früher! Wie in der DDR … Zaun drum, alle machen einen auf happy, und richtiges Geld haben wir ooch nisch!« So hab ich das noch gar nicht gesehen. Leuchtet aber ein.

»Letzter Abend, was?«

»Yap!«

»Findest die Aneta gut, oder?«

Der Club ist kein Gefängnis, der Club ist ein Dorf!

»Die find ich sogar sehr gut. Ich … treff sie gleich, auf'n Wein, bei ihr!«

Maik runzelt die Stirn, schiebt sein leeres Gin-Tonic-Glas zur Seite und wirft das Pauschalcocktailschirmchen in die Spüle. Hut ab. Den Drink hat er fix weggezogen.

»Echt? Das hat die ja noch nie gemacht!«

»Wein getrunken?«

»'n Gast eingeladen zu sich. Da denkt man immer, man kennt sich … Die hört bald auf bei uns, weißte? Zieht nach Köln. Darf aber keiner wissen …«

»Die zieht nach Köln? Da wohn ICH doch!«

»Da wohnst DU doch? Und jetzt ist da kein Platz mehr oder was?«

»Haha … nee, ich bin nur überrascht!«

»Hey … die findet dich auch gut, Simon!«

»Jetzt echt?«

»Hat se gesagt!«

»Mhhh …«

Aneta und ich! In Köln! Das wär schon was! Ganz ohne das Pauschalfußvolk aus dem Club könnten wir durch die Kneipen ziehen, am Rhein spazieren oder einfach mal nur zu Hause abhängen und *stern TV* schauen! Ich merke, wie es mich wegzieht von der Bar, um diesen Traum wahrscheinlicher zu machen. Ich muss zu ihr. Jetzt. Sofort.

Ich rutsche vom Hocker und umarme Maik für diese großartige Information.

»Hey, klar … kein Problem. Danke für den Tschin Dönnick!«

Als ich schon fast weg bin, zieht er mich nochmal zu sich.

»Wenn ich dir noch einen Tipp geben darf, Simon?«

»Immer gerne!«

»Die Aneta, na ja … sie hat gekündigt wegen der ganzen blöden Anmacherei von den Gästen und so … Weißte? Na ja … is ja schon 'ne ganz schöne Kirsche. Und dann die ganze Hey-willste-ficken-Nummer und so, das war nix für sie. Also, wenn du wirklich interessiert bist, also wirklich, wirklich … dann würd ich schön den Ball flach halten heute. Weißte?«

Weiß ich. Ball fixieren, rechtzeitig ausholen, neben dem Körper treffen und auf alle Fälle flach halten. Wie in Trance packe ich meine Zigaretten ein und stapfe ins Freie. Sie zieht nach Köln! Raus aus der virtuellen Welt der guten Laune und hinein ins echte Leben! Sie zieht zu mir! In eine Stadt. In meine Stadt! Ich darf es nicht versauen. Wenn ich irgendwas nicht versauen darf, dann das! Ich werd's aber versauen. Und ich weiß auch, warum. Weil ich nach mittlerweile einem halben sexlosen Jahr, Salsa-Hintern und Katzen-Wetsuits so notgeil bin, dass ich sogar nach den Tagesthemen mit Anne Will kalt duschen muss. Und wenn ich die Tür zu Anetas Bungalow öffne, dann steht da ja wohl so was wie eine Anne Will: eine Frau!

Klopf. Klopf. Hallo, Aneta. Bussi. Ein falscher Griff, ein dummer Spruch und schon versaut. Es sei denn …

Genau!

Das isses!

Das ist DIE Idee! Eine Idee, die einen entspannten Abend garantieren und die Zukunft mit Aneta sichern würde. Ich schnippe meine Kippe in den Kinderpool und schreite entschlossenen Schrittes zu meinem Single-Bungalow. Ich schließe die Tür zu meinem Zimmer ab, ziehe die Jalousien herunter und schalte den Fernseher ein. Ich zappe mich an zwei beknackten Talkshows vorbei direkt in das Zentrum meines Interesses: die aufwendig produzierten, fünfsekündigen Billigwerbespots, in denen sich scharfe, brünette Studentinnen auf billiger Bettwäsche räkeln und einen anflehen, sie anzurufen.
Das erste Mal komme ich auf die immergeile Chantal mit der Rufnummer 0190 drei Mal die 67. Das zweite Mal auf eine notgeile Hausfrau, die angeblich in meiner Umgebung wohnt. Und das dritte Mal versau ich irgendwie vom Timing und komme auf ein Schnellkochtopfset für 179 Euro. Ich wusste gar nicht, dass ich so potent bin! Danke, WMF! Wenn ich mal irgendwann keinen hochkriegen sollte, dann denk ich auf jeden Fall an euch! Kurz blitzt der Gedanke an ein viertes Mal auf, doch die 60-Jährige, mollige Sekretärin mit der Rufnummer 0059 viermal die 88 überzeugt mich nur bedingt. Game over. »Operation Bungalow Storm« completed. Ich bin sehr zufrieden. Mit einem Zeitaufwand von einer schlappen Viertelstunde habe ich mich selbst in einen Zustand gerubbelt, bei dem ich mit einer nackten Shakira bei einer Honigmilch über die Entschuldigung von Dritte-Welt-Staaten diskutieren könnte.

Trotzdem bin ich ein wenig nervös, als ich mich mit meiner vom Buffet geklauten Weinflasche und in einem frischen Hemd dem Bungalow 79 B nähere. Genau genommen bin ich sogar sehr nervös. So in etwa hab ich mich gefühlt, als ich mich mit 13 zum ersten Mal mit einem Mädchen auf ein Eis getroffen habe und ihr ein Bussi auf die Stirn geben durfte, nachdem ich das Eis bezahlt hatte. Glaube ich. Oder? Ach nee … sie ist ja vorher abgehauen. Was man sich so alles zusammenreimt, wenn ein paar Jahre vergangen sind. Aah … hier ist Bungalow 75 und da 76 … Mittlerweile ist mir richtiggehend schlecht. Ich bin mir aber nicht sicher, ob das wegen der Beck's und der Whiskeys ist oder weil ich so aufgeregt bin. Könnte auch sein, dass ich ganz einfach verliebt bin! Bungalow 78.

Bungalow 79 und … 79 B.

Ich spüre, wie sich mein Puls langsam vom Fatburning in den Cardiobereich hocharbeitet. In einem Bungalowfenster flackert eine Kerze. Das muss es sein. Ich klopfe an die angelehnte Tür.

»Hallo? Wohnt hier 'ne Katze?«

»Is' offen …«

Zwei Reihen Ikea-Teelichter entlang dem kleinen Gang weisen mir den Weg in ein kleines, süß eingerichtetes Wohn-Schlafzimmer. Ich muss an 30 C denken. Der blöde fiese Zwerg hätte mir die Nummer wirklich aufschreiben müssen! Das Zimmer ist gemütlich eingerichtet. Es duftet nach Vanille, heißer Dusche und warmer Frau. An einer Wand hängt das obligatorische Che-Guevara-Poster, auf schwarzer Satin-Bettwäsche liegt das Katzenkostüm. Nur Aneta kann ich nirgendwo sehen.

»Wo bist'n du?«

»Einfach weiter … auf'm Balkon!«

Ich schiebe mich durch einen 70er-Jahre-Raumteiler und stehe auf einem winzigen Balkon mit zwei putzigen Bistrostühlen und einem Mosaik-Tischchen, auf dem bereits eine Flasche Wein steht. Leider geht der Balkon nicht auf den Atlantik, sondern auf eine vierspurige Umgehungsstraße, über die gerade ein britischer Reisebus donnert.

Aneta hat ihre braunen Beine auf die weiß verputzte Balkonmauer gelegt, streicht sich eine Locke aus der Stirn und reicht mir ein übervolles Weinglas. Mein Gott, diese Lippen sind phantastisch. Sie könnte mal eben eine Titelseite auf der *Vogue* haben und das ohne Make-up.

»Schön, dass du da bist!«

»Schön, dass …«

Was sagt man, bitte schön, auf einen solchen Satz? Scheiße, bin ich nervös.

»Schön, dass ... na ja ... dass wir jetzt alle hier sind! Hier ... Wein!«

»Ah ... unser Tischwein. Lecker!«

»Na ja ...«, sage ich und setze mich direkt neben Aneta, die schon wieder kein Zirkuszelt anhat. Obenrum trägt sie so gut wie nichts, ich denke aber, man könnte es als bauchfreies Mini-Shirt bezeichnen. Aber das ist mir, dank meines heldenhaften Triple-Sex-Akts, ziemlich egal. Ich spüre einen gewissen Druck, über die kanarische Infrastruktur zu sprechen. »Herrlich«, sage ich und lasse dann meinen Blick zustimmend über die Umgehungsstraße schweifen.

»Das ist die FV 2!«, informiert mich das Bond-Girl.

»Für was stehen die Buchstaben?«, frage ich nach einer Weile.

»Ffffvvvvumgehungsstraße!«

Wir schauen uns kurz an, dann müssen wir beide lachen. Fvumgehungsstraßen sind wirklich sehr nützlich. Sie schaffen Arbeitsplätze, bringen die Urlauber problemlos in ihre Pauschalhotels und Aneta und mich schneller in eine entspanntere Stimmung.

»Mal anstoßen?«

»Klar!«

Sie schenkt mir wieder ein, hebt ihr Glas und schaut mir in die Augen. Glitzerfunkelbitzel! Mein Herz klinkt sich aus und rastet in der Magengegend wieder ein. Bitte nicht. Zu spät – passiert!

»Auf was?«, fragt sie, und man könnte den Ton durchaus als lasziv deuten.

»Auf ... den Club?«, taste ich mich vorsichtig vor.

»Ganz bestimmt nicht!«

»Dann ... sagen wir, auf uns?«

»Mejor. Also, auf uns!«

Mein Puls beschleunigt sich ohne meine Erlaubnis. Die Frau ist toll, ohne Wenn und Aber. Ich weiß nicht, warum, aber wir trinken das Weinglas beide auf Ex aus. Alles, was dann kommt, ist lustig, angenehm und einfach nur schön. Wir trinken und quatschen über dies und das. Wir loben den Mond für seinen romantischen Beitrag zu unserem Abend und singen die kanarische Version unseres Lieblingsliedes Biene Maja:

»En un pais unbekaaaant …«, stimme ich an, »hace ziemlich poco tiempooo …«

»Fuera eine Biene bien bekaaaannt …«, ergänzt sie mit ernster Miene, aber stimmlich perfekt. Das macht die Animateurerfahrung. »Sesa Biene que yo meine se llama Majaaaa …«

Wir bekommen einen Lachanfall nach dem anderen, öffnen die zweite Flasche Wein, imitieren den paranoiden hessischen Banker, Tante Käthe und Maik, den alkoholkranken Tennisossi. Alles läuft 100%ig nach Plan. Sie verliebt sich in mich. Als Körpersprachexperte merke ich so was eben gleich. Das Lachen, die Blicke, alles steht auf »Go!« Außerdem hat sie mich schon dreimal am Bein berührt. Ich bin eben kein »Hey, willste ficken«-Penner. So was merkt man bzw. frau. Noch ein Stündchen, dann werde ich ihr meine Adresse in Köln dalassen und mich mit einem Bussi auf die Stirn verabschieden.

Dachte ich mir so.

Ist aber nicht.

»Simon, ich will mit dir schlafen!«

Mit Weinglas, Kippe und einem schockgefrosteten Lächeln krache ich auf die Klippen vor der Wassersport-Station.

Man sagt ja, dass kurz vor dem Tod nochmal das ganze Leben an einem vorbeizieht. Bei mir ziehen zwar nur die sieben Urlaubstage vorbei, dennoch falle ich in ein mehrsekündiges Konversationskoma. Ein weiterer Reisebus donnert über die Fvumgehungsstraße. Da säße ich jetzt gerne drin. Egal, wohin er fährt. Und um alles noch viel schlimmer zu machen, greift Aneta nach meiner Hand und haucht mir ins Ohr:

»Jetzt!«

Da. Noch ein Bus. Aus Holland, glaube ich. Da brauchen die ja Tage hier runter auf die Kanaren! Und das bei diesem mickrigen Sitzabstand! Gerade, wenn man so groß ist wie ich! Ich räuspere mich und quietsche:

»Aber warum … ich meine, warum denn jetzt?«

Toll, Simon. Du hast einen ganzen Satz gesagt!

»Ich hab Lust auf dich! Und … na ja … zu deiner Beruhigung … Weil du morgen fliegst.«

»Wie? Weil ich morgen fliege?«

Ich zünde mir zitternd eine Zigarette an.

Was ist das für ein Gott, der so was zulässt? Und wie zum Teufel kam ich Vollidiot eigentlich noch gleich auf die Idee, mir dreimal einen runterzuholen? Da ich mir diese Fragen leise stelle, können sie Aneta auch nicht davon abhalten, sich auf meinen Schoß zu setzen und mir einen sehr feuchten Beruhigungskuss zu geben. Ich kann sehen, dass sie unter ihrem Rock nichts anhat. Ich nehme es als Tatsache zur Kenntnis, nicht als Mann. Danke, WMF!

»Hey! Ich will mit dir schlafen, nicht dich heiraten. Und ich hatte das Gefühl, dass du das auch gerne möchtest …«

»Aber du kommst doch nach Köln!«, fiepe ich kleinlaut.

»Sobald mein Freund die Wohnung klargemacht hat!«

Vor meinem inneren Flachbildschirm sehe ich, wie mir der Clubchef die *Einsamster-Mensch-des-Clubs*-Medaille vom Hals reißt und mir eine *Größter-Vollidiot-der-Clubgeschichte*-Medaille umhängt. Was würde ich nicht jetzt für einen Scharfschützen auf dem Dach der Surfstation geben, der mich einfach so, kurz und schmerzlos, umnietet. Doch Scharfschützen kosten viel Geld, und das hab ich alles im Club versoffen.

Sie streicht mir durchs Haar.

»Komm, wir gehen rein!«

Das ist der Punkt, an dem ich die weiße Fahne aus dem Fenster hänge, der Punkt, an dem ich mich meinem Schicksal beuge. Aber: Man hat schon Menschen trotz weißer Fahne erschossen, das weiß ich. Wie ein Kleinkind am ersten Schultag lasse ich mich ins Schlafzimmer führen und mich aufs Bett fallen. Während ich mir in Gedanken gerade den Strick *Hängan* um meinen Hals hänge und den Stuhl zurechtrücke, streift die erotischste Frau des Clubs ihren Rock ab und schmiegt sich an mich. Man kann Aneta wirklich nicht vorwerfen, dass sie sich nicht bemüht, mir zu einer Erektion zu verhelfen. Genau genommen probiert sie sogar alles, was ich jemals bei *Liebe Sünde* und auf den Videos von Phil gesehen habe, und unter normalen Umständen hätte ich womöglich eine der schärfsten Liebesnächte meines Lebens. Doch so …

Ich versuche, an WMF zu denken, doch es hilft alles nichts. Hier ist er, der peinlichste Ständersupergau von Simon Peters! Über mir empfiehlt sich die schärfste Frau des Clubs gerade für den Porno-Oscar, und ich liege da wie ein verdurstender Strafgefangener auf Guantanamo nach zwei Tagen CIA-Verhör.

»Tut mir leid«, sage ich, als ich mir sicher bin, dass da nichts mehr größer wird, »liegt nicht an dir!«

»Macht nix«, sagt sie und umarmt mich.

Gehen muss ich trotzdem.

Mit einem Pauschalmojito und meiner letzten Kippe setze ich mich an den einsamen Clubstrand. Der Sand ist noch warm, fast könnte man hier draußen übernachten. Morgen geht's in den Flieger, zurück in meinen kleinen, grauen Alltag, zurück in die Welt der DSL-Anschlüsse und Single-Sessel-Abende vor dem Fernseher. Von irgendwo höre ich das Lachen einiger Single-Verlierertisch-Idioten. Womöglich haben sie ja Sex am Strand. Ich denke daran, wie Aneta mich am Nachmittag mit dem Motorboot an den Strand gezogen hat. Fast wäre ich gegen die gefährlichen Klippen gefahren, hat sie gesagt. Gefährliche Klippen. Als ich die Holztür zur Wassersport-Station aufbreche, sehe ich meinen Banker alleine und mit wirrem Haar und Weinflasche auf dem Bootssteg sitzen. Er ist besoffen.

»Hey … Simon, ich hab dich gesehen mit Aneta an der Bar. Haste Erfolg gehabt?«

Ich ziehe ein Schulungs-Surfbrett aus dem Lager und lasse es auf den Sand fallen.

»Sagen wir so … ich bin dreimal gekommen!«

»Nicht schlecht!«

»Ja, und bei dir und deiner Süßen?«

»Sie hat Schluss gemacht!«

»SIE? Nicht du?«

»Nein, sie!«

Ich ziehe ein weiteres Surfbrett aus dem Lager und lege es neben ihn. Wir sind zwar beide betrunken, aber mit ein bisschen Glück schaffen wir das schon zu den gefährlichen Klippen.

›Vollidiot‹
erschienen im Fischer Taschenbuch Verlag,
288 Seiten, Broschur, 7,95 € (D)

Heleen van Royen
Love Service

Der nächste Text kommt unzensiert aus
›Freie Wildbahn‹.
Julia will raus. Sie will endlich mal keine gute Mutter und Ehefrau sein, keine brave Angestellte. Sie nimmt sich eine radikale Auszeit: pralle Sonne, wilde Abenteuer. Bis ›Romeo‹ auftaucht und Julia klar wird, dass man vor allem weglaufen kann, nur nicht vor sich selbst.

Heleen van Royen, geboren 1965, ist eine der erfolgreichsten Autorinnen der Niederlande. Sie arbeitet als Journalistin und Sachbuchautorin und hat ihre eigene Zeitschrift, ›Heleen‹. Ihre sexy-ehrlichen Romane ›Göttin der Jagd‹ und ›Freie Wildbahn‹ wurden in viele Sprachen übersetzt; 2009 erscheint ihr neues Buch über eine Männer-Testerin. Heleen van Royen lebt mit ihrem Mann und ihren beiden Kindern in Portugal und Amsterdam.

Romeo hält Wort. Innerhalb einer Stunde steht er, mit zwei Lederkoffern in der Hand, auf dem Fußweg vor Casa da Criança. »Tatsächlich ein … äh … besonderes Haus«, sagt er, während er an der blassroten Fassade zum fuchsienlila Dach hochguckt.

»Du darfst wirklich gerne sagen, dass du es hässlich findest. Das fand ich am Anfang auch, aber man gewöhnt sich dran. Ab einem bestimmten Zeitpunkt siehst du es nicht mehr, mehr noch, auf eine merkwürdige Art fängst du sogar an, es zu mögen.«

»Wie lange dauert das ungefähr?«, fragt er beim Hineingehen.

»Ich denke nicht, dass du diesen Zeitpunkt hier erleben wirst.«

Er stellt seine Koffer in den Flur.

»Willst du eine Führung? Es ist ziemlich groß hier, du könntest dich verlaufen.«

»Nachher. Vorläufig bleibe ich erst mal sehr nah bei dir, dann kann mir nichts passieren, oder?«

Er stellt sich direkt vor mich und stützt seine Hände gegen die Wand, ich spüre den Beton in meinem Rücken, ich kann in keine Richtung ausweichen. Er richtet sein Gesicht dicht vor das meine. Seine Augen funkeln. Er flirtet mit mir. Der Love Service läuft auf vollen Touren. Wir müssen noch verhandeln, ich muss alert bleiben.

Mit einer schnellen Bewegung tauche ich unter seinem rechten Arm hindurch und gehe ins Wohnzimmer. »Hast du deine Hausaufgaben gemacht? Du solltest was zu Papier bringen.«

»So, so, eine echte Geschäftsfrau bist du.«

»Buchhalterin eben, so wird man dann. Nenn es Berufsdeformation, aber ich habe gerne alles schwarz auf weiß.« Romeo schaut sich in aller Ruhe im Wohnzimmer um. Er nimmt ein Bildchen vom Dressoir, dreht es um und stellt es wieder hin.

»Vielleicht müssen wir uns kurz zusammen dransetzen, ich bin damit allein nicht zurechtgekommen. Ein Monat ist lang. Wer sagt, dass wir das durchhalten?«

»Willst du, dass ich vorausbezahle? Kann ich machen.«

»Es geht nicht nur um das Geld, Julia. Wir sind im Begriff, uns in ein besonderes Abenteuer zu stürzen. Bevor ich etwas festlege, will ich mehr von dir wissen.«

Das kann ja heiter werden.

»Du hast echt Mumm, Romeo, oder wie du auch immer heißen magst. Wer hat denn hier das größte Risiko? Ich hole einen Mann ins Haus, der mir erzählt hat, dass er so viele Identitäten wie Unterhosen hat. Ich werde diesen Mann bezahlen, während ich es möglicherweise mit einem landesflüchtigen Kriminellen zu tun habe, und dann fängt er an … dann fängst du an herumzunörgeln, dass du mehr über mich wissen willst. Das ist doch wohl der *bloody limit*.«

Er ignoriert meinen Ausbruch vollkommen. »Hast du hier einen DVD-Spieler?«

Das bringt mich einen Moment lang aus der Fassung.

»Ich hab eine DVD dabei. Dann kannst du sehen, was du dir ins Haus holst.«

»Das ist nicht dein Ernst.«

»Natürlich ist es das. Du bist Niederländerin: ›Gucken, gucken, nicht kaufen‹, ich kenne euch doch.«

Er sagt das echt: »Kijken, kijken, niet kopen.« Es ist lange her, dass jemand in meiner Muttersprache mit mir gesprochen hat. An der Algarve laufen genug Niederländer herum, aber die meide ich wie die Pest. Selbst meinen Nachbarn habe ich bis jetzt nur aus einem sicheren Abstand zugewinkt. Ich halte kein Schwätzchen mit ihnen, ich denke nicht daran, wenn du damit einmal anfängst, stehst du, ehe du dich versiehst, jeden Tag bei Casa Encantador, um dich über Juniors Krämpfe zu erkundigen.

»Soll ich sie einlegen?«

»Jetzt?«

»Wann sonst? Morgen hat es keinen Sinn mehr.« Er blinzelt

mir vielsagend zu. Jimmy hatte recht, der hier ist ein Ausgekochter.

»Willst du hier gucken oder im Schlafzimmer?«

»Im Schlafzimmer würdest du dich vielleicht nicht beherrschen können, Julia. Wir haben noch nichts auf dem Papier stehen, nachher gerät deine ganze Buchhaltung durcheinander.«

Von meinem Hormonhaushalt nicht zu sprechen, der ist total ausgeflippt, seit ein bestimmter Romeo an meinem Tisch in Vilarhino Platz genommen hat. Er läuft hier in meinem Haus herum, als hätte er nie etwas anderes getan.

Er ist groß, männlich und selbstsicher. Er trägt eine Leinenhose, darüber ein weißes Oberhemd, der oberste Knopf ist offen. Der Rest der Knöpfe verlangt danach, ebenfalls aufgeknöpft zu werden, von ihm oder von mir, was macht das schon aus, wenn das Oberhemd nur ausgezogen wird und das ein bisschen schnell, ich will diesen breiten Brustkorb sehen, ich will meine Nägel hineinschlagen, ich will, dass er mich zu sich heranzieht, ich will auf dem Boden landen, auf ihm, unter ihm, es darf sehr schnell gehen, es muss schnell gehen, mein Körper schmachtet nach ihm, es tut weh, es ist ein reißender Schmerz, ich leide, ich bin ein Notfall, sieht er das nicht? Er ist Romeo vom Love Service, er muss für eine Lösung sorgen, er muss mich reparieren, dafür ist er gemietet, das ist seine Spezialität.

Ich laufe zu dem chinesischen Zierschrank, in dem der Fernseher steht, und mache ihn auf.

Romeo nimmt die DVD. Sie steckt in einer weißen Hülle ohne Aufdruck, sodass man nicht sehen kann, um was für einen Inhalt es sich handelt. Er stellt sich neben mich und legt die Scheibe in den DVD-Spieler. Ich nehme die Fernbedienung und schalte den Fernseher ein. Zusammen setzen wir uns aufs Sofa.

»Willst du was trinken?«, frage ich, während der Standardtext über nur zur privaten Nutzung und Kopieren verboten vorbeiflackert.

»Nein danke«, sagt er.

»Ich schon, bist du sicher?« Leicht nervös gehe ich in die Küche.

Es ist, als würde ich zusammen mit Will Smith persönlich seinen neuesten Film schauen. Was Romeo wohl von mir erwartet? Komplimente über seinen Körper, seine Schauspielkünste, sein sexuelles Durchhaltevermögen? Werden wir die DVD bis zu Ende schauen? Das wäre lustig. Und dann sage ich, dass ich das Ende nicht so gut finde: Den Satz muss ich mir merken, der ist gut.

Ich schenke Dreiviertel des Glases voll Bacardi und gieße der Form halber etwas Cola light dazu. Meine Hände zittern, eine Valium wäre nicht schlecht. Kurz tief ein- und ausatmen. Denk an Zen, denk an Sonnenuntergang, denk an deine Chakren, sie alle müssen sich kurz beruhigen. Ich nehme einen tüchtigen Schluck, fülle Bacardi nach und gehe zurück ins Wohnzimmer.

Romeo hat den Film auf Pause gestellt. Als ich wieder neben ihm sitze, macht er ihn an.

Ich höre Musik, bekannte Musik. Es ist die Eingangsmusik von *The Sound of Music*. Sonderbar.

Romeo lehnt sich vor.

Nun sehe ich Julie Andrews. Die Hügel sind lebendig. Springlebendig mit einem Klang von Musik. Es sind prächtige ausgedehnte, grüne Hügel, und Julie hat ihre Qualitäten, aber hitzig ist etwas anderes und der Schwarze neben mir ist weit und breit nicht zu erkennen.

»Ups«, sagt Romeo. Er nimmt die Fernbedienung.

Ich nehme an, dass er ein Stückchen vorspulen will, dass *The Sound of Music* nur als Witz davorgesetzt wurde, um der scharfen DVD einen unschuldigen Anstrich zu geben, dass wir hiernach die echten Hügel zu sehen kriegen. Venushügel, über die Romeo kühn umherspringt.

Romeo stellt den Film auf stumm und schaut mich treudoof an. »Falsche DVD«, sagt er.

»Das ist nicht dein Ernst.« Wie kommt er in Gottes Namen auf *The Sound of Music*?

Oh, aber das sei sein Lieblingsfilm. Schon seit Jahren. Er habe immer eine Kopie davon dabei, um ihn vor dem Einschlafen zu sehen. Das beruhigt den Love Service.

»Es tut mir leid, Julia, ich habe zu eilig gepackt. Was ich dir zeigen wollte, habe ich im Tivoli Almansor liegen lassen, fürchte ich.«

»Hast du ausgecheckt?«

Er nickt.

»Hat die Putzfrau wohl Glück gehabt.« Ich habe Pech. Oder auch nicht. Ich nehme mein Glas und kippe die Hälfte mit einem Schluck herunter. »Tja«, sage ich, »dann bleibt uns nur eins.«

»Was meinst du?«

»Ein Live-Auftritt. Lass mal sehen, was du so kannst, Romeo.«

Ich mache ihm ein Zeichen, dass er aufstehen soll.

»No way«, sagt er entrüstet.

»O doch. Gucken, gucken, sonst nichts kaufen. Brauchst du Musik? Da steht eine Reihe von CDs, da ist bestimmt was dabei.«

Noch immer widerwillig steht er auf. »Das mache ich normalerweise nie, dass du das nur weißt.«

»Ich mache normalerweise auch keinen Gebrauch von einem Love Service. Bis jetzt ist es wenig spektakulär.«

Einen Moment denke ich, dass ich ihn beleidigt habe. So schlimm ist es nicht. Er läuft zu den CDs, sucht eine aus und legt sie ein. Es ist *fado*, portugiesische Schnulzerei. Ich bin mir sicher, dass geeignetere Musik dabei ist, er macht das, um mich zu ärgern. Ein Striptease auf Fado-Musik, mach mich verrückt.

Romeo baut sich vor mir auf. Die erste Minute macht er überhaupt nichts, er schließt die Augen, konzentriert sich, dann fängt er an, sich langsam im Takt der Musik zu wiegen. Erst nur seinen Oberkörper, nach einigem Zögern drehen sich seine Hüften ebenfalls mit, als könnte er nicht anders. Seine Augen sind noch immer geschlossen. Ich trinke schnell einen Schluck. Es ist herrlich, ihn ungeniert von oben bis unten studieren zu können und der Chef zu sein. Er gehört mir. Ich bin im Begriff, ihn zu kaufen.

»Das Hemd sollte dann bei Gelegenheit runter, Romeo.«

Er tut, als höre er mich nicht, doch seine Hände gleiten in die Höhe und machen den zweiten Knopf auf. Er bleibt in Bewegung, langsam, sinnlich, während er mit dem nächsten Knopf weitermacht. Und wieder der nächste. Ultralangsam.

»Den Rest in einem Schwung«, kommandiere ich. »Unkosten werden vergütet.«

Seine Augen öffnen sich ein wenig. Er schaut mich unter seinen dicken, gekräuselten Wimpern hervor an. Er weiß genau, was er mit seinem Blick anrichtet.

Ich halte den Atem an.

Er nimmt sein Hemd und reißt es auf, wie ich ihm aufgetragen habe, die restlichen Knöpfe landen mit einem leisen Klicken auf dem Marmor, sein Brustkorb ist teilweise sichtbar, noch lange nicht ganz.

Ich will aufspringen und ihm das Hemd vom Leib reißen, aber ich beherrsche mich. Es ist seine Prüfungsaufgabe, er muss schwitzen. Romeo macht mit den Schultern eine schlängelnde Bewegung, und das Hemd gleitet auf den Boden.

Auf einmal ist er halb nackt.

Er ist muskulöser, als ich dachte. Seine Brust ist breit, glatt und matt glänzend, womit er sich heute Morgen wohl eingecremt hat? Darf ich das morgen früh tun? Seine Hände machen sich nun an seinem Gürtel zu schaffen. Heilige Mutter Maria, der geht schnell auf, mit einem Ruck zieht er ihn aus allen Schlaufen.

»Leg mal die Arme auf den Rücken«, sagt er.

»Pardon?«

»Ich vertrau dir nicht. Du hast noch keinen Cent bezahlt. Nachher kannst du dich nicht beherrschen, nachher vergehst du dich an mir …«

Ich weiß nicht, ob er einen Witz macht oder ob das Teil seines Spiels ist, ich weiß nur, dass ich alles tun werde, was er verlangt. So weit hat er mich, die Rollen haben sich bereits wieder umgekehrt. Ist der Fado noch an? Ich höre keine Musik mehr, ich höre nichts, er ist das Einzige, was ich höre.

»Darf ich erst mein Glas austrinken?«

Das darf ich.

Er bindet den Gürtel fest um meine Handgelenke. Erst als er

fertig ist, wird mir bewusst, dass ich mich in einer verletzlichen Position befinde. Sein nächster Schritt könnte ein Knebel in meinem Mund sein, er könnte mich ausrauben, niemand weiß, dass er hier ist, Eddie nicht, meine niederländischen Nachbarn schon gar nicht. Stella kommt erst übermorgen wieder. Dann wäre mein Körper bereits kalt. Grenzen lernst du erst kennen, wenn du sie suchst. Vielleicht war es der größte Fehler meines Lebens, mich mit dem Love Service ins Ungewisse zu stürzen, vielleicht war es das Beste, was ich jemals gemacht habe. Ich befinde mich in der *twilight zone*, all meine Sinnesorgane sind scharfgestellt, ich bin mir hyperbewusst über alles um mich herum, ich höre mich selbst atmen, ich fühle mein Herz wummern, ich lebe, die alte Julia ist wieder auferstanden.

Romeo hat seine Schuhe ausgezogen und eine andere CD eingelegt. Der Sommerhit von Elvis und Junkie XL, langsam wird ein Schuh draus. Mein Mietling nimmt seine Position wieder ein und fängt an zu swingen. Und ich soll glauben, dass er das vorher noch nie gemacht hat? Er dreht sich, er wiegt die Hüften, *The King* ist nicht tot, er knöpft seine Hose auf, lässt sie fallen und entledigt sich ihrer elegant. Ein schneeweißer Slip kommt zum Vorschein.

A little less conversation,

a little more action please.

Soll ich jetzt mitmachen? Hat er Kondome dabei? Das nehme ich doch stark an.

Come on come on.

I'm tired of talking.

Er dreht sich um. Seine Pobacken schimmern durch seine Hose hindurch. Appetitlicher kleiner Arsch. Sehr frustrierend, dass meine Hände sich in keine Richtung bewegen können.

Er hakt seine Daumen unter den Seiten seines Slips ein. Aufreizend langsam gehen seine Daumen nach unten. Es ist nicht so, dass ich vollkommen fassungslos bin über das, was ich zu sehen bekomme, es sind zwei Wölbungen, in der Mitte getrennt durch einen Schlitz, wie bei jedem menschlichen Wesen. Aber die Tatsache, dass er sie mir zeigt, dass er sich nachher umdrehen wird, dass er ganz nackt sein wird, dass er sich das traut, während er mich kaum kennt, hat zur Folge, dass meine Bewunderung für den Love Service mit jeder Minute zunimmt, proportional zu meiner Bereitschaft zum Zahlen von enormen Beträgen.

Romeos Slip liegt auf dem Boden. Er steigt aus ihm heraus. Ein splitternackter Schwarzer steht in meinem Wohnzimmer, mit dem Rücken zu mir.

Satisfy me.

Das tut er.

Ein Trommelwirbel hallt wider.

Er dreht eine Pirouette auf den Zehenspitzen, seine Arme bewegen sich dabei anmutig mit. Er hat Ballett gemacht, das kann gar nicht anders sein. Sein Geschlecht saust so schnell an mir vorbei, dass ich es nicht gut sehen kann. Romeo dreht noch eine Pirouette, eine halbe, etwas langsamer, und stoppt mit dem Gesicht zu seinem einköpfigen Publikum, er verbeugt sich mit einem kurzen Kopfnicken, streckt seinen Rücken und bleibt stehen, wie eine Schaufensterpuppe.

Er ist kräftig geschaffen, er ist nicht steif, aber auch nicht ganz schlaff, eine dicke Ader läuft darüber. Er ist phantastisch, man müsste eine Schablone davon machen, er müsste in einen Katalog.

»Bravo!«, rufe ich. Wenn ich klatschen könnte, hätte ich das getan.

»Ist das für die Nummer oder für das hier?«, fragt er, während er seine rechte Hand nonchalant unter sein Geschlecht legt und es ein Stück anhebt.

Ich bin sprachlos.

Er grinst, kommt auf mich zu, das Objekt meines Verlangens ist jetzt relativ nah an meinem Mund. Routiniert zieht er ein paar Mal daran. »Das ist, was du kaufen willst, oder? Es geht nicht um mich, sondern um meine Handelsware. Schau mal eben, ob sie dir gefällt.«

Ich komme seiner Bitte nach. Sein Penis ist nun vollkommen

steif, die totale Länge beträgt sicher zwanzig Zentimeter, wenn nicht sogar mehr. Romeo ist beschnitten, an der Spitze prangt eine große glänzende unbehaarte Eichel. Unter dem Penis hängt ein üppig gefüllter Hodensack, alles sieht gesund und gut funktionsfähig aus. Er verströmt keinen penetranten oder unangenehmen Geruch, es ist nichts verkehrt daran, ganz und gar nichts. Diese Schlussfolgerung ziehe ich schnell.

»Bind ein Schleifchen drum, ich nehme ihn«, sage ich. »Machst du nun bitte den Gürtel von meinen Handgelenken?«

»Noch nicht«, sagt Romeo. Er platziert sein Geschlecht noch etwas näher vor meinem Mund. »Willst du mal lecken?«

Er kann das so unschuldig fragen. Als wäre er mein Nachbarsjunge, der mit mir sein Eis teilen will.

Ich strecke meine Zunge raus. Er lässt seine Eichel kurz drüber hinweggleiten und zieht sich schnell zurück.

»He! Ich habe kaum was geschmeckt.«

»Na dann los.«

Er schiebt seinen Penis wieder in die Richtung meiner Lippen, dieses Mal stößt er ihn weiter und tiefer, er schiebt ihn hinein. »Saug mal kurz«, sagt er nachgiebig.

Ich tue es. Wer tut nun wem einen Gefallen? Das ist egal. Ich schließe die Augen und genieße die warme Masse in meinem Mund. Ich denke, dass noch nie so viel Blut in meine Lippen geströmt ist. Und das mit der belgischen Füllung, ich muss aufpassen, dass sie nicht platzen.

»So. Das ist genug.« Beherrscht nimmt Romeo sein Geschlecht aus meinem Mund.

Das ist der Unterschied zwischen dem Profi und dem Amateur. Er klaubt seinen Slip vom Marmorboden auf und zieht ihn an.

»Du wirst doch jetzt nicht aufhören?«, stottre ich.

»Mädchen, ich habe kaum begonnen.« Er zieht sich wieder an. Und gleich ist der herrliche Leib wieder unter den Kleidern verschwunden, das kann er nicht tun, ich muss ihn davon abhalten. Ich richte mich auf, ungelenk, mit den Händen auf dem Rücken.

»Romeo …« Ich schaue ihn schmachtend an. Soll ich ihn küssen? Wie mache ich das? Versuch mal, ohne Arme jemanden voller Überzeugung zu küssen. Das ist schwierig, vor allem, wenn er zwei Köpfe größer ist. »Mach mich los. Ich will dich spüren.«

Romeo räuspert sich. »Wir sollten erst das Geschäftliche abhandeln, Frau Buchhalterin.«

Leck mich doch, ich kann mir nichts Schöneres vorstellen. Das war vorhin und jetzt ist jetzt. Über ein paar Cents werde ich keine Haarspalterei mehr betreiben, wenn nötig prostituiere ich mich selbst, um ihn bezahlen zu können. Das werde ich ihm allerdings nicht unter die Nase binden, ich bin gewitzt genug, darin kenne ich mich aus. »Geld spielt keine Rolle. Nenn mir einen Preis, und ich zahle«, höre ich mich selbst mit heiserer Stimme sagen. »Vorausgesetzt, es ist ein angemessener Betrag, natürlich«, murmle ich hinterher.

»Was findest du angemessen, Julia? Du willst, dass ich mindestens einen Monat bleibe. Das ist lang.«

Romeo nimmt meine Handgelenke und macht den Gürtel los. Er ist angezogen, er ist Romeo vom Love Service, er ist nicht der Mann, für den ich ihn gehalten hatte, der Mann aus dem Restaurant, der aufrichtig an mir interessiert schien.

»Zuerst einmal bekommst du kostenlos Unterkunft und Verpflegung«, sage ich. »Darüber hinaus hast du vier andere kleine Termine, die normal stattfinden. Was bekommst du dafür?«

Romeo hat den Gürtel durch die Schlaufen seiner Hose gezogen und schnallt ihn fest. »Jeder Kunde hat einen eigenen Tarif, ich nenne keine Beträge.«

»Du musst aber einen Preis vorschlagen, du bist der Dienstleister. Wenn ich es zu teuer finde, sage ich das schon.«

Er seufzt. »Euro oder Dollar?«

»Euro.«

»Sechstausend.«

Sechstausend Euro für einen Monat lang garantierten Jede-Nacht-Sex mit einem Routinier. Das ist ein Haufen Geld.

»Sechstausend, hmm?«, wiederhole ich, um Zeit zu schinden.

»Pro Woche. Der ganze Monat macht dann –«

»No way.« Ich laufe in die Küche.

Romeo folgt mir. »Wenn ich meinen tatsächlichen Stundentarif veranschlagen würde, käme ich auf einen viel höheren Betrag.«

»Du kannst veranschlagen, was du willst, ich werde keine sechstausend Euro pro Woche blechen. Dann tue ich lieber was gegen den Hunger in Afrika. Das wollte ich sowieso schon lange, aber dann ist immer was dazwischengekommen. Willst du was trinken?«

Meine Geilheit ist verschwunden. Das kommt von dem ganzen Gerede über Geld, das macht es weniger erregend. Ich frage mich, wie Männer das mit Huren machen.

Romeo möchte nun auch einen Bacardi Cola.

Ich schenke zwei ein. Wir stoßen an.

»Auf den Hunger in Afrika«, sage ich.

Romeo schaut mich befremdet an. »Du bist eine aparte Frau, Julia.«

»Yep, das bin ich.« Ich schlucke einen Rülpser herunter. »Eine aparte Frau in einem aparten Haus. Ich wohne hier ganz alleine. Niemand weiß, dass ich hier bin. Ich hatte nicht gedacht, dass ich das sagen würde, Romeo, aber bei näherer Betrachtung bin ich vielleicht so 'ne Kundin, die nicht nur Bedürfnis nach Sex hat, sondern auch nach Gesellschaft. Ich würde gerne mit dir reden, wie im Restaurant. Ich würde wollen, dass du mir zuhörst und mich tröstest. Geht das? Oder wird das noch teurer?«

Romeo stellt sein Glas auf die Spüle. Es ist praktisch noch voll, meins ist schon wieder fast leer. »Was meinst du mit: Niemand weiß, dass ich hier bin?«, fragt er.

»Nur so halt«, sage ich schulterzuckend. »Meine Familie, ich habe mich von ihr getrennt, ich habe alle Verbindungen abgebrochen. Genau wie Merel.«

»Merel bricht alle Verbindungen ab«, schrieb Leni Saris. Als ich jung war, habe ich ihre Bücher verschlungen. Der Satz ist mir immer in Erinnerung geblieben. Irgendwie muss ich gewusst haben, dass ich einmal dasselbe tun würde.

»Merel?« Romeo prüft den Namen auf der Zunge. »Wer ist Merel?«

»Oh, das ist jemand aus einem Buch. Sie ist verliebt in den Verlobten ihrer Schwester, darum geht sie weg ins Ausland. Später wird alles gut, denn auch er ist in sie verliebt.«

Mit wirklicher Liebe wird bei Leni Saris immer alles gut. Selbst ist sie nie verheiratet gewesen, vielleicht hat sie deshalb daran geglaubt.

»Warum hast du das gemacht?«, fragt Romeo.

»Das tut nichts zur Sache. Jetzt bin ich frei, ich hab für niemanden Verantwortung, na ja, außer für Jimmy vielleicht. Willst du noch einen Baco? Du trinkst gar nicht richtig.«

»Nein, danke. Wer ist Jimmy?«

Ich schenke mir noch einen ein. Es ist ohnehin ein sonderbarer Tag. »Das ist mein Bruder. Er ist tot. Es ist schon lange her, aber in der letzten Zeit ist er oft bei mir. Kennst du das? Bist du schon jemals von einem Toten verfolgt worden? Es klingt vielleicht ganz unterhaltsam, aber schlussendlich hast du nichts davon. Er ist zwar da, aber auch wieder nicht, verstehst du? Manchmal denke ich, dass ich mir das alles einbilde. Das kommt, weil ich allein bin, dann passiert dir so was. Gibt es dich wirklich? Ich müsste dich anfassen, um das genau zu wissen, aber dich anzufassen kostet Geld.«

Ich gebe so viel Geld aus in der letzten Zeit, Paul würde das Herz in die Hose rutschen, wenn er wüsste, wie viel.

»Eddie gibt es, bei seiner Frau bin ich mir nicht so sicher. Eddie ist der Verwalter von dieser Villa. Er behauptet, dass er eine Ehefrau hat, Doris heißt sie.«

Ich rede im Flüsterton weiter. »Ich habe sie noch nie gesehen. Obwohl ich schon eine ganze Weile hier bin. Ist das verdächtig oder nicht? Eddie ist ein liebenswürdiger Kerl, er denkt, dass ich eine berühmte Schauspielerin bin, merk dir das, falls du ihm begegnest. Meine Putzfrau heißt Stella, ihretwegen ist es hier so sauber. Außerdem haben hier einmal zwei deutsche Zwerge übernachtet, Wolfgang und Heinz …«

Romeo zieht die Augenbrauen zusammen.

»… lassen wir das.«

Sie haben die Kappe von Eddie, deshalb glaube ich, dass es sie gibt. Manchmal zweifle ich an meiner geistigen Gesundheit. Mit meinem Äußeren ist alles soweit in Ordnung, was mein Inneres betrifft, bin ich mir da immer weniger sicher. Bin ich normal, bin ich liebenswert, bin ich ein guter Mensch? Ist es das denn überhaupt, was ich sein will: normal, liebenswürdig und gut? Offensichtlich nicht. Sonst wäre ich nie weggegangen. Sonst hätte ich die Verbindungen nicht so roh abgebrochen.

»Ich habe sie im Stich gelassen«, murmle ich, mehr zu mir selbst als zu Romeo.

»Wen?«

»Meinen Mann und meine Kinder. Ich habe sie verlassen …«

Seit meinem Aufbruch habe ich das noch nie laut gesagt, selbst Lotus tappt im Dunkeln, Romeo ist der Allererste, der das erfährt.

»… sie wissen, dass ich in Portugal bin, das ist alles, wir haben keinen Kontakt mehr.«

Ich nehme noch einen Schluck.

»Sie haben zu oft angerufen, das hat mich verrückt gemacht. Es geht ihnen gut, ja. Das weiß ich so gut wie sicher. Wenn es nicht gut gehen würde, würde ich es schon hören. Ich bin erreichbar, das habe ich geregelt, ich habe den Beeper von einem alten Mann gekauft. Soll ich ihn dir zeigen?« Ich laufe ins Wohnzimmer, um meine Tasche zu holen, und merke, dass ich nicht ganz fest auf den Beinen stehe.

»Das ist nicht nötig, ich glaube dir das so«, sagt Romeo.

Ich zögere. Er lehnt an der Spüle. Das ist eine gute Idee, das mache ich auch. Als ich mich umdrehen will, um mich neben ihn zu stellen, schwanke ich wieder. Die Drinks haben ganz schön reingehauen, ich hatte natürlich auch schon ordentlich Wein intus.

»He da, bleib stehen!« Romeo fasst mich um die Taille. Auf einmal ist er ganz nah bei mir. Wie gut er riecht. Was für einen angenehm festen Griff seine Hände haben. So könnte ich stundenlang stehen bleiben und dann am liebsten mit meinem Kopf an seine Brust gelehnt. Mein Kopf ist im Augenblick ziemlich schwer.

»Julia ...«, sagt Romeo.

Ich schmiege mich an ihn. Wir brauchen jetzt nicht mehr reden, finde ich, wir müssen jetzt diese Intimität genießen.

»Julia«, sagt Romeo noch einmal.

»Was?«

Er zwingt mich, ihn anzusehen. *»You've got issues.«*

Ich fange an zu lachen.

Das erinnert mich an eine Szene aus Ally McBeal. Sie kriegt das Gleiche zu hören. Auch von einem Schwarzen. Er ist der Freund der Mitbewohnerin von Ally, und sie steht nachts in ihrem Zimmer, um zu sehen, wie lieb sie zusammen schlafen. Ziemlich krank, aber so ist Ally eben. Sie hängt dicht über seinem Gesicht, als der Schwarze plötzlich aufwacht.

You've got issues. Das ist nicht gut zu übersetzen. Du hast Probleme. Du hast Themen. Du leidest unter etwas. Du hast Sorgen. Du hast Punkte auf der Tagesordnung. Du hast Zustände. Zustände, mit denen du mit dir allein kämpfst, tagein, tagaus.

Romeo findet das nicht lustig. »Ich meine es ernst, du hast issues«, wiederholt er.

Ich pikse mit meinem Finger in seinen Brustkorb. »Ich habe issues, du hast issues, jeder hat issues. Was sind deine issues, Romeo, willst du sie mit mir teilen?«

Er schweigt.

»Siehst du. Du hast sie auch.« Ich nehme mein Glas von der Spüle.

»Die sind nicht so ernst wie deine.« Sein Blick gleitet zu dem Glas in meiner Hand.

Das ärgert mich. Herr de Gigolo meint jetzt schon etwas über meine Trinkgewohnheiten sagen zu dürfen. Ich kippe den Rest des Inhalts in einem herunter. »Du siehst das viel zu dramatisch. Ich habe ein time out genommen, das ist alles. Sollten mehr Menschen tun. Sehr gesund. Erlebt man wenigstens was. Ohne meine issues hätte ich dich nie getroffen. Sag doch jetzt mal ehrlich,

Romeo: Warum hast du dich im Restaurant zu mir an den Tisch gesetzt? Gefiel ich dir oder hast du nur eine potenzielle Kundin in mir gesehen?«

»Das ist nicht wichtig.«

»So was hasse ich.« Ich stelle mein leeres Glas mit einem Knall auf die Spüle. »Ich bin ehrlich und du hakst gleich ab. *Du* hast einen issue. Du kannst nicht mit wirklichen Menschen umgehen.«

»Ach, nein?« Romeo zieht mich zu sich heran und drückt seine Lippen auf meine. Er überwältigt mich, nicht zärtlich, nicht à la Leni, seine Zunge dringt in meinen Mund, ich lasse ihn, seine Hand gleitet in meinen Nacken und kneift hart hinein.

Er hört ebenso unerwartet auf, wie er angefangen hat und schiebt mich von sich weg. »Das«, sagt er leicht keuchend, »das wollte ich schon sehr lange tun. Ich habe gezögert. Du bist keine durchschnittliche Kundin, Julia, du bist gefährlich. Du bist eine Frau, in die ein Mann sich verlieren kann, das weißt du verdammt gut. Wenn du mich weiter so ansiehst, wie du es jetzt tust, gibt es keinen Weg zurück, bist du dir dessen bewusst? Wir können innerhalb von fünf Minuten im Bett landen, wir können die Sterne vom Himmel fallen lassen, aber dann? Danach wollen wir mehr und mehr und mehr. Das geht nicht.«

Ich befühle meine Lippen. Er hat mich geküsst. Ganz und gar gratis.

»Verstehst du, was ich meine?«, fragt er.

Seine Erörterung ist größtenteils an mir vorbeigegangen, nur die letzten Worte sind hängen geblieben. »Warum geht das nicht? Ich will es, du willst es. Wo ist das Problem?«

»Ich bin ein Gigolo, Julia. Ich kann keine intimen Verbindungen mit meinen Kundinnen eingehen.«

»Dann bin ich eben keine Kundin? Dann bin ich einfach deine Freundin. Oder dein One-Night-Stand.«

Er schlägt seine Augen nieder.

»Bist du eigentlich verheiratet?«

Keine Antwort.

»Hello? Hello?« Ich klopfe ihm ein paar Mal auf den Kopf.

»Anybody home?«

Er fängt an zu lachen. Er kapiert ihn. Wir haben denselben Humor. Wir sind ein gutes Gespann.

»Willst du noch was trinken?«, ich greife nach der Flasche. »Für mich ist das simpel, Romeo. Ich will Sex oder Alkohol. Um genau zu sein: viel Sex oder viel Alkohol. Lieber Ersteres, und wenn das nicht drin ist, dann Letzteres.«

»Du hast mehr als genug gehabt.« Er nimmt mir den Bacardi weg. »Soll ich dich ins Bett bringen?«

»Erst noch ein kleines Schlückchen.« Ich nehme mir die Flasche zurück und setze sie an die Lippen. Ein bisschen läuft daneben, aber etwas landet doch noch in meinem Mund

»Du hast echt issues«, wiederholt Romeo.

Ich wische mir den Mund ab. »Komm mit nach oben. Gib Mama die Hand, dann zeige ich dir den Weg.« Es kommt anders. Romeo muss mich stützen, da ich mich kaum auf den Beinen halten kann.

»Tetetet, Romeo und Julia gehen ins Bett«, kichere ich.

»Du gehst schlafen«, sagt Romeo mit Nachdruck.

»Hallo! Du bist ein Gigolo. Wir werden Sex haben. Unter allen Umständen muss das passieren. Ich werde dich morgen bezahlen, das verspreche ich. Weißt du, dass ich es noch nie mit einem großen –«

»Wir werden es tatsächlich tun«, unterbricht er mich. »Mach dir keine Sorgen. Wir haben alle Zeit der Welt.«

Wir sind auf der Treppe. Ich bleibe dicht hinter ihm.

»Schaffst du es, oder soll ich dich tragen?«, fragt er besorgt.

»'türlich schaff ich das.« Ich werde mir nichts anmerken lassen. Das ist die Erste. Da haben wir Stufe zwei. Und Nummer drei.

»Stufe vier, macht Pläsier. Stufe fünf für ein paar Strümpf.«

Ich muss schrecklich lachen über mich selbst. »Stufe sechs, gibt's heut noch Sex?«

»Was sagst du?«, fragt Romeo.

»Stufe sieben, mein Bruder wollte das Leben lieben.«

Kurze Atempause.

»Stufe acht, es geschah in der Nacht.«

Zwei Sekunden Ausruhen.

»Stufe neun, er bekam, was er wollt.«

Pass auf.

»Stufe zehn, niemand hat's gesehn.«

Tränen laufen mir über die Wangen. »Stufe elf, er wollte es selbst.« Ich drehe mich zu Romeo um. »Er wollte es selbst! Wirklich. Glaubst du mir?« Nun rede ich die Sprache, die er versteht.

»Von wem sprichst du?«

»Von Jimmy natürlich.«

Wir sind oben angekommen.

»Wo geht's lang?«

Ich zeige ihm die Tür, er bringt mich herein. Zu spät entsinne ich mich, dass ich Stella die letzten Wochen nicht in mein Schlafzimmer gelassen habe. Die Folgen springen ziemlich ins Auge. Mein Bett ist ungemacht, das Bettlaken ist voller Flecken und Streifen, manche hellbraun, andere menstruationsrot, auf dem Boden liegen Flaschen und schmutzige Klamotten, auf dem Nachtschränkchen steht eine Ansammlung schmieriger Gläser, und in der Nähe des Kopfkissens bemerke ich einen weißen Watteklumpen, eine Monatsbinde, die ich vor ein paar Nächten schlaftrunken aus meinem Slip gezogen habe.

Romeo schätzt die Situation mit einem Blick ein und setzt mich auf einen Stuhl. Ohne etwas zu sagen, fängt er an, das Bett abzuziehen. Ich verberge mein Gesicht in meinen Händen. Alles dreht sich, mir ist speiübel.

»Wo liegen die sauberen Laken?«

»Im Schrank«, antworte ich, ohne aufzusehen. »Du brauchst das nicht machen, Romeo, übermorgen kommt meine Putzfrau. Geh du mal nach Hause. In dein Hotel, meine ich. Du darfst gehen. Ich werde dir gute Referenzen geben.«

Er gibt keine Antwort. Ich höre ihn im Zimmer rumpeln. Der Love Service mistet meinen Saustall aus.

»Hast du Müllsäcke im Haus?«

Ich mache Anstalten aufzustehen.

»Du bleibst sitzen, wo sind sie?«

»In der Küche, im Schrank unter der Spüle«, sage ich matt.

Romeo läuft die Treppe herunter, er nimmt gleich die schmutzigen Gläser mit. Ich schäme mich. Warum habe ich nicht daran gedacht, mein Schlafzimmer aufzuräumen, ich wusste doch, dass er kommen würde? Ich hätte ihn auch in ein anderes Zimmer dirigieren können, in der Villa gibt's Betten genug.

Er kommt wieder nach oben. Summend sammelt er den Abfall zusammen und wirft ihn in den Müllsack, er angelt eine leere Chipstüte unter dem Bett hervor und erneuert die Laken, als wäre es das Normalste von der Welt. »Wo ist dein Wäschekorb?«

»Im Badezimmer. Zwei Türen weiter.«

Ich verstehe nicht, wie Romeo so munter sein kann.

»Zieh dich schon mal aus!«, ruft er aus dem Flur. »Wenn du das schaffst …«

Vorsichtig stehe ich auf. Es geht. Das Drehen wird weniger. Ich ziehe meine Kleider aus und zwänge mich in ein hellgelbes Nachthemd.

Romeo kommt herein. »Schöne Beine hast du. Trainierst du viel?«

Ich erröte. Er schlägt mein Bett einladend auf.

»Legst du dich zu mir?«

Er schüttelt den Kopf. »Lieber nicht.«

Enttäuscht laufe ich ins Badezimmer, unterwegs muss ich mich ein paarmal an der Wand abstützen. Er will nicht zu mir ins Bett. Ich habe eine Villa, ich habe schöne Beine, ich habe Geld, und doch verweigert er den Dienst. Ich hätte nicht so viel trinken sollen, das ist es, Männer finden betrunkene Frauen abtörnend. Ich pinkle und putze die Zähne. Im Zickzack laufe ich durch den Flur und finde meinen Weg zurück ins Schlafzimmer.

Romeo sitzt auf dem Stuhl, er hat ihn nah bei meinem Kopfkissen platziert. Ich bin nicht einmal erstaunt darüber, wahrscheinlich ist er auch ein Frauenflüsterer.

Ich lasse mich aufs Bett fallen, auf den Rücken. Das Drehen könnte jetzt doch mal aufhören. Ich schließe die Augen. Die sauberen Laken riechen herrlich. Nicht so gut wie Romeo, eben in der Küche, aber doch ganz gut. Ich bin so müde, ich kann innerhalb von fünf Minuten eingeschlafen sein. Vielleicht wäre das für alle das Beste.

»Julia«, flüstert Romeo.

»Hmm?«

»Willst du gleich schlafen oder noch reden?«

Ich öffne ein Auge.

»Du kannst alles bei mir loswerden, Julia.«

Mein anderes Auge öffnet sich ebenfalls, ich drehe ihm mein Gesicht zu. Mein ganzes Geld, stimmt.

»Du bist in Not. Einem Menschen in Not muss man helfen, das hat mir meine Mutter beigebracht.«

»Das ist sehr …« Ich suche nach dem richtigen Wort. »… nobel von dir. Danke.«

»Ich meine es ernst.« Um seine Worte zu bekräftigen, beugt er sich zu mir und drückt einen Kuss auf meine Lippen. Seine Hand gleitet unter das Laken, unter mein Hemd und krabbelt nach oben. Seine Hand befindet sich nun an meiner linken Brust, er nimmt eine harte Brustwarze zwischen die Finger, währenddessen schaut er mich fortwährend an, um meine Reaktion zu beobachten. Mein Mund geht ein Stück weit auf, meine Hüften fangen an, sich unruhig zu drehen, seine Hand lässt meine Brust los, wandert nach unten, gleitet in meinen Slip und fühlt sehr schnell, sehr kurz zwischen meine Beine.

»Du bist feucht«, stellt er zufrieden fest. Er zieht seine Hand zurück, hält seine Finger an seinen Mund und leckt sie ab.

Er steht auf.

»Gute Nacht, Julia.«

›Freie Wildbahn‹
erschienen im Krüger Verlag,
352 Seiten, gebunden, 14,90 € (D)

aus dem Niederländischen von Kristina Kreuzer

Oliver Uschmann

Lust und Leergut

Die folgende erregte Anekdote ist typisch für die
›Hartmut und ich‹-Welt.
»Hartmut ist Philosoph, ich bin Packer. Wir haben unsere Bochumer WG aufgegeben und sind aufs Land gezogen. In eine Komplettruine mit Wehrsportlern und Wandelgermanen als Nachbarn. Kein Wunder, dass unsere Frauen uns auf Entzug gesetzt haben …«

Oliver Uschmann, geboren 1977 in Wesel, absolvierte ein Literaturstudium und hat als Kulturveranstalter, Berufsrevolutionär und Packer gearbeitet. Er lebt im Münsterland, lehrt als Dozent, ist Journalist bei ›Visions‹, ›Galore‹, ›Gee‹ und ›Am Erker‹ und hat vier erfolgreiche Romane um eine skurrile WG veröffentlicht: ›Hartmut und ich‹, ›Voll beschäftigt‹, ›Wandelgermanen‹ und ›Murp!‹.

Vor dem Schloss fahren Menschen in Autos und schließen ihre Fahrräder ab. Die Tür zu einer Apotheke geht klingelnd auf, die Sonne scheint auf die Duschgelangebote einer kleinen Drogeriefiliale. Wir gehen auf die andere Straßenseite, um einen besseren Blick auf das Schloss zu haben, gehen nach links, gehen nach rechts, schauen über den Schlosspark in das leicht abfallende Tal dahinter. Es ist keine Kirche zu sehen. Ich starre immer noch ins Tal, als Hartmut mich antippt und zur Kreuzung zeigt. Ein schicker Volvo steht dort, dem klassische Musik entströmt, und neben dem gut gekleideten Fahrer sitzen unsere Frauen und lachen. Es ist derselbe Mann, der sie damals mit in den Ort genommen hat, in der ersten Nacht. Die Ampel wird grün, und sie fahren Richtung Bahnhof und biegen nach rechts ab. Mein Bauch wird heiß, und es fühlt sich an, als stiege mir warme Luft unter die Ohren. Hartmut schaut dem Auto nach und blickt so überlegt drein wie bei der Interpretation von Theaterstücken.

»Ich muss arbeiten«, sage ich, gehe zum Getränkeladen, grüße meine Chefin, ziehe meine Kluft an, gehe in den Kühlraum und öffne erst mal ein Bier.

Gegen Mittag ist mein Bauch nicht mehr wegen der Frauen warm, sondern wegen des Biers. Ich verliere mich in der Arbeit, auch wenn das Bild Caterinas auf dem Beifahrersitz dieses Mannes an meinem Rückgrat entlangkriecht wie ein Wurm. Ich nehme eine Bierflasche mit Oettinger-Etikett aus dem Hasseröder-Kasten und stelle sie zu den anderen. Fachlich gesehen ist es Irrsinn, Leergut gleichen Flaschentyps auch noch nach Marke zu sortieren, aber ich genieße die Macht über die Ordnung, die ich hier habe. Nur Tausende von Kästen und ich. Meine Chefin schmunzelt hinter der Kasse, als ich ein wenig jubele, weil ich genau zwanzig gleiche Flaschen zusammenhabe, und gibt der kleinen Tochter einer Kundin einen Chupa-Chups-Lutscher. Bei uns im Laden läuft Radio, wie im Baumarkt, nur dass wir den Lokalsender unterstützen, der auf jugendlich getrimmt ist und in dem 29-jährige Frauen wie kieksende Teenager moderieren. Dann geht wieder die Tür auf, und eine neue Familie kommt mit einer Menge Leergut auf dem Wagen herein. Ich eile hinzu, grüße sie und räume ihren Wagen ab, während meine Chefin die Pfandsummen eintippt. Die drei leeren Kästen Bier sind allesamt alkoholfrei. Der Vater steht noch an der Kasse und nimmt den Bon entgegen, als seine Frau und die beiden Kinder schon im Gang mit den teuren Säften verschwunden sind. Ein Rentnerpaar steht ratlos vor dem Weinregal. Zwei junge Frauen mit Reiserucksäcken suchen sich kleine Flaschen für unterwegs zusammen. Ich frage mich, ob sich solche Touristen vorstellen können, was hier in den Wäldern und Dörfern los ist, und wuchte den letzten Apfelsaftkasten auf den Stapel, als mein Handy klingelt.

Caterina ist dran und sagt: »Ich bin's.« Ich weiche instinktiv in den Gang zu den Privaträumen zurück, vor deren Tür nur noch die kleinen Schnäpse stehen, weil ich nicht will, dass die Kunden einen Streit mitkriegen. Ich weiß natürlich nicht, ob es ein Streit wird, aber mir rutscht das Herz in die Hose, und ich komme kaum mit dem Atmen hinterher. Ich bin so was immer noch nicht gewöhnt.

»Ich hab dich in dem Auto gesehen. An der Kreuzung.«

Caterina bleibt still. Hab ich was Falsches gesagt? Ist es ein Verbrechen, wenn man sagt, was man gesehen hat? Überlegt sie gerade, ob sie es nötig hat, sich zu verteidigen? Und wenn ja – hat sie?

»Die Wirtin war nicht mehr tragbar«, sagt sie nach einer Weile. »Sie wollte am Ende Sonnenblumenskulpturen. Susanne sollte einen zweiten Teich anlegen, eine Ebene tiefer, mit einer Verbindung durch einen Wasserfall. Die alte Frau hatte es in dem Buch über Teichtechnik gelesen, das Susanne gekauft hat. ›Das wär ja schön‹, hat sie gesagt, ›auf meine alten Tage. Aber das kann ich nicht von Ihnen verlangen. Sie sind schon so gut zu mir. Aber schön wär das …‹«

»Und jetzt?«

»Jetzt wohnen wir bei Pierre.«

Pierre. Der Mann im Volvo. Ein Name wie Manschettenknöpfe.

»Pierre …«

»Der Mann, der uns mitgenommen hat. Am ersten Abend.«

»Ich weiß, wer das ist.«

»Wir hatten noch seine Nummer.«

Ein kleines Mädchen steht neben mir und hört dem Telefonat zu. Sie steht auf einer Palette mit einem halb abgetragenen Berg kleiner bunter Schnapskartons. Ich mache »schhhh«, wie man es tut, um Katzen zu verscheuchen, und schneide dabei Grimassen. Es klappt.

»Es ging nicht mehr«, sagt Caterina, und sie sagt es so warm, so leidend, so um Verständnis bittend, dass ich ganz weich werde und mich ärgere, dass ich bis eben Pierre in Schnapsbrennereikesseln ertränken wollte.

»Ohhhh, mein Armes«, sage ich mit meiner unmännlichen Stofftierstimme. Meine Chefin winkt mich herbei, um einen Lieferschein zu prüfen. Neben ihr steht ein bulgarischer Lieferant mit Nietzsche-Bart und wartet auf die Bestätigung. Ich schaue auf das Blatt, prüfe die Summen und nicke.

Caterina sagt: »Vermisst du mich eigentlich nicht?«

»Doch!!!!!!!!«, jammere ich, und der Lieferant macht große Augen über seinem Schnauzer. Ich gehe ein Stück in den Gang mit den Limos, wo die Touristen stehen. Caterina sagt nichts und atmet. Ich sage: »Miu Miu?« Die Touristenfamilie dreht sich zu mir um, die zwei jungen Frauen nehmen sich hippes Wasser mit Apfel-Lemon-Geschmack, kompletter Kalorienfreiheit und dem 48-fachen an Sauerstoff und kichern. Es gibt nicht viele Männer, die in der Kommunikation mit ihren Frauen regelmäßig merkwürdige Lautfolgen wie »Miu Miu« von sich geben. Hartmut pflegt eine andere, seine klingt eher nach »Weo Weo«, geht noch stärker ins Klagende und wird von einem noch erbärmlicheren Blick begleitet.

»Miu Miu«, sage ich nochmal.

Wieder nur Atmen.

Mir gehen zwanzigtausend Dinge durch den Kopf, die ich würde sagen wollen, von dem Haus und Leuchtenberg und der Wehrsportgruppe und dass diese merkwürdige Bekanntschaft sein muss, weil sie uns so doll helfen, und dass ich weiß, dass Caterina nichts von Kriegsspielen hält, und dass ich den Bauern auch noch aus der Scheune kriege. Ich habe ein schlechtes Gewissen, und Caterina ahnt nicht mal, warum. Es springt auf die Limokästen, knibbelt ein paar Etiketten ab und baut sich einen Unterstand auf.

»Glaub ich nicht«, sagt Caterina jetzt, und ich spüre durchaus, dass sie mich nur necken will. Dennoch bleibt mein schlechtes Gewissen auf dem Limokasten in seinem Unterstand und winkt jetzt mit Gewehr und Soldatenhelm aus einem Zelt.

»Was glaubst du nicht?«, frage ich, damit ich mich nicht noch mehr mit Schweigen verdächtig mache.

»Dass du mich vermisst.«

»Doch!!!!«, jaule ich erneut. Ein paar Kinder strecken ihre Köpfe durch eine Reihe Kisten.

»Du hast ja nicht mal Sehnsucht nach Sex«, sagt Caterina, und ich rufe: »Das ist nicht wahr, das ist ja schon überhaupt nicht wahr!!!«

Die Rentner haben eine Flasche Wein für ihre Gäste gefunden und somit nun auch Zeit, mich beim Telefonieren zu beobachten. Der kleine Flur bietet überhaupt keinen Schutz, ganz im Gegenteil, man sitzt wie die Maus in der Falle.

»Beweise es!«, sagt Caterina.

»Was?«, frage ich.

»Dass du Lust auf Sex hast!«, sagt Caterina. Ihre Stimme wird neckischer, und das allein erzeugt schon einen Beweis in meiner Hose, aber den kann sie ja nicht sehen.

»Wie?«, frage ich.

»Beschreib es«, sagt sie. »Wie es sich anfühlt, die Sehnsucht.«

»Ich bin auf der Arbeit«, sage ich.

»Du liebst mich nicht«, sagt sie.

»Nein, nein, okay, okay«, sage ich, und die jungen Frauen, die Touristenfamilie, die Rentner und die Kinder versuchen geschickt zu verbergen, dass sie mithören.

»Ich …«, fange ich an und spüre, wie mein Herz wieder aus der Hose bis in den Hals hinaufwandert, »ich denke daran, wie ich …«

»Jaaaa?«, fragt Caterina vergnügt, und ich finde es erregend, dass auf einmal wieder alles gut ist und sie einen Spaß mit mir macht, allerdings einen ernsten Spaß, den ich mitspielen muss, auf jeden Fall mitspielen, ohne jeden Ausweg.

»Ich denke daran, wie ich deine Füße streichle«, sage ich und frage mich, warum ich ausgerechnet damit anfange, was sollen die Kunden denken, denke ich, und muss doch von den Füßen reden, von diesen süßen Füßen reden, bei denen ich so gerne anfange. »Ich streichle sie und küsse deine Zehen …«

»Wie?«, fragt sie, und ich höre mein Herz von innen »Hallo« sagen. Ich sage: »So, wie ich es gerne mache.«

»Beschreib es!«, sagt sie.

Ich schlucke. Die jungen Frauen entscheiden sich für ein anderes Wellnesswasser. Der Vater studiert aufmerksam ein Etikett. »Ich lutsche sie …«, sage ich und hauche dabei.

»Ja?«

»Und währenddessen spiele ich mit der Zunge von unten an ihnen herum, bis du kicherst«, sage ich.

Caterina sagt nichts und atmet wieder, diesmal aber anders, als wenn sie mir böse zu sein scheint. Ganz anders.

»Ich hege deinen Fuß einen Moment in meiner Hand, wie eine Ehre, dann wandere ich dein Bein hinauf, Kuss für Kuss, Zentimeter für Zentimeter. Du streichelst mich dabei auf dem Kopf, wartest, wartest, bis ich jeden Millimeter geküsst habe, und bevor ich …«

»Ja?«, sagt sie leise und atmet dabei weiter.

»Bevor ich, bevor wir ganz unanständig werden, ziehst du mich sanft am Kragen hoch und küsst mich fast, aber nur fast. Ich fühle schon fast deine Lippen, aber dann drückst du mich noch einmal weg, und ich küsse deinen Hals, spiele den Vampir und berühre dich überall, und dann …«

Meine Chefin schaut jetzt auch schon um die Ecke, um sich zu vergewissern, dass sie hört, was sie hört. Ich stehe derweil in einer Haltung im Flur, die der Außenstehende bestenfalls als entrückten Hippietanz bezeichnen dürfte, und muss aus der Wäsche schauen, als hätte ich Substanzen genommen.

»Dann«, fahre ich fort, »dann ziehst du mich wieder nach oben und rammst mir die Zunge in den Hals, wir küssen uns so feucht, so feucht wie der ganze Laden hier nicht sein könnte, selbst, wenn keine Flaschen um all die Flüssigkeiten gebaut wären.«

Caterina kichert und stöhnt zugleich ein wenig, ich kann mich nicht mehr halten und merke plötzlich, wie ich sogar aus dem Flur trete, da mir ohnehin schon alle zuhören, und schreie fast: »Ja, und dann lutschen wir und schlecken und schlucken und beißen, bis wir gottverdammt nicht mehr spüren, wo der eigene Körper anfängt und der andere aufhört, und das so lang, bis mehrere Monde über Hohenlohe gegangen sind und bis man uns noch rauf bis nach Gaildorf hört, wenn wir irgendwann in einem lauten Schrei zusammen …«

»Hmmmmmmm«, sagt Caterina und japst ein ganz klein wenig, »okay, okay, ich gebe zu: Du vermisst mich!« Dann kichert sie, und es klingt wie ein respektvoller Applaus. Ich kann gar nichts mehr sagen, da ich spüre, wie ich kurz davor war, freihändig und auf dem Arbeitsplatz zu kommen, japse einfach nur und höre, wie sie fragt, ob ich am Samstag auf das Gossenfest in Ebersbach kommen will. Ein großes Ding, zigtausend Menschen von überallher, auch Pierre spiele da mit seinem Streichquartett, und wir könnten uns das ansehen und danach vielleicht mehr anstellen. Ich denke daran, dass Samstag Wehrsporteinsatz ist, sage aber sofort: »Ja!« Ich finde schon einen Weg. Dann jubeln wir beide einen Moment, ich lege auf, stecke das Handy ein, sehe in die

Augen der Kunden und meiner Chefin, räuspere mich einmal, lächele breit und sage: »Anruf der Freundin.« Dann packe ich mit steifem Schritt Leergut zusammen.

›Wandelgermanen. Hartmut und ich stehen im Wald.‹
erschienen im Fischer Taschenbuch Verlag,
384 Seiten, Broschur, 8,95 € (D)

Martina Brandl
Park & Ride

Jetzt kommt etwas aus einem Roman mit dem unmetaphorischen Titel **›Halbnackte Bauarbeiter‹**.
Ute Nehrbach gestaltet Schwarzweiß-Anzeigen für Stützbandagen und ihr Leben in Berlin mit Dönern und Golden Girls. Sie ist nicht sonderlich interessiert an Karriere oder einer Beziehung, aber durchaus an Geschlechtsverkehr. Und schon geht der Ärger los …

Martina Brandl, Komikerin, Sängerin, Moderatorin, tourt seit 1995 mit ihren Programmen in ganz Deutschland, tritt im Fernsehen auf, macht Varieté, Musical, Lesungen und spricht die Kanzlerinnen-Soap ›Mad Merkel‹. Sie wurde für ihr Werk mehrfach ausgezeichnet. Nach zwanzig Jahren Berlin lebt Martina Brandl jetzt wieder in Schwaben.

Nun war ich wirklich kribbelig. Nicht nur, dass sich gleich eine Phantasie für mich realisieren würde, die mir schon wochenlang im Kopf rumspukte, ich musste mich dazu auch noch, nachdem ich seit zig Jahren nicht mehr Auto gefahren war, zum ersten Mal wieder hinters Steuer setzen. Zweimal machte ich beim Anfahren einen Satz und musste den Motor neu anlassen. Nach ein paar hundert Metern soff mir der Karren im dritten Gang fast ab, obwohl ich mich beim Schalten enorm konzentrierte, die Kupplung ganz durchtrat und den Schalthebel schön nach rechts vorne schob. Es dauerte ganze sechs Kilometer, bis mir klar wurde, dass das Auto fünf Gänge hatte und ich vor lauter nach rechts drücken immer vom zweiten in den fünften geschaltet hatte.

Schließlich war ich glücklich auf der Ausfallstraße, diesmal im vierten Gang, und wurde ruhiger. Was konnte schon schiefgehen? Das war schließlich kein Blind Date. Der Kerl wollte mich, und er wusste genau, was er da bekommen würde. Im Vergleich zu unserem ersten Treffen vor meiner Haustür sah ich heute umwerfend aus. Kondome hatte ich auch dabei, obwohl ich nicht auf eine schnelle Nummer fixiert war. Zum einen wollte ich mich diesmal nicht selber unter Druck setzen, und zum anderen gefiel mir das kleine Katz- und Mausspiel, das sich zwischen uns entwickelt hatte. Plötzlich ging mein Handy los. Vor lauter Schreck machte ich eine hektische Lenkbewegung, worauf hinter mir sofort jemand hupte und überholte. Ans Telefon zu gehen und gleichzeitig das Auto zu steuern traute ich mir nicht zu. Ich hoffte, John würde so lange dranbleiben, bis ich irgendwo halten konnte. Es musste wirklich dringend sein, wenn er statt einer SMS selbst anrief. Nach dem fünften oder sechsten Klingeln tauchte eine Tankstelle vor mir auf, und ich fuhr raus. Noch während ich auf die Bremse trat, fummelte ich das Handy aus der Hosentasche.

»Hallo?«

»Frau Nehrbach! Leidinger hier, ich grüße Sie!«

»Hallo«, brachte ich heraus, und er legte los:

»Frau Nehrbach! Ich habe ja gerade mit Entsetzen festgestellt, dass bei unserer Zusammenarbeit Extrakosten für den Proof und was Sie da nicht alles aufgelistet haben auf uns zukommen. Da muss ich Ihnen leider sagen: Das ist in unserem Budget überhaupt nicht vorgesehen. Wissen Sie, Frau Nehrbach, wir haben im Moment hier zwölf Projekte am Laufen, die alle auf den letzten Cent durchkalkuliert sind. Da ist absolut kein Platz für Extravaganzen.«

Ich schluckte und versuchte so ruhig wie möglich zu antworten:

»Ich würde ein Probeexemplar, auf dem man sehen kann, wie das Plakat im Druck tatsächlich rauskommt, nicht als Extravaganz bezeichnen. Schließlich …«

»Sie müssen verstehen, Frau Nehrbach«, unterbrach er mich, »dass wir für jeden Auftrag bereits einen fertigen Etat haben, und ich sehe nicht, wo wir da noch was abzweigen können. Wir müssen einfach zusehen, wo wir da die Kosten für Ihr Material noch unterbringen.«

Jetzt wurde es haarig. Offenbar ging er davon aus, dass ich mit meinem schmalen Honorar auch noch die 40 Euro für den Probeausdruck selber zahlen sollte. Ich beschloss, eine neue Strategie einzuschlagen, und ging in die Offensive:

»Tja, wie machen Sie das denn bei den fest angestellten Mitarbeitern? Ziehen Sie denen die Proofkosten vom Gehalt ab?«

Innerlich wusste ich, dass ich jetzt eine Spur zu weit gegangen war, aber der Typ sollte nicht versuchen, mich für blöd zu verkaufen.

»Wissen Sie, Frau Nehrbach«, belehrte er mich, »wir haben hier sieben Grafiker am Start, die ihre Projekte alle eigenverantwortlich durchziehen. Für diese Geschichte hier haben wir den Kreativteil outgesourct, aber wir wollen ja kein zweites Büro aufmachen!«

»Das sollen Sie auch gar nicht«, gab ich flink zurück. »Ich könnte die Arbeiten auch bei Ihnen im Haus erledigen. Dann kann ich das vorhandene Arbeitsgerät benutzen und die Druckerei über Ihr Büro beauftragen.«

»Frau Nehrbach, nicht dass wir Sie nicht gerne bei uns hätten, aber wir haben leider keine Bürokapazität übrig.«

Das Gespräch fing an, mich mächtig zu nerven, und wenn er noch einmal meinen Namen zitierte, würde ich ausrasten, das wusste ich.

»Also«, fasste ich zusammen, »wenn ich zu Hause arbeiten soll, benutze ich mein eigenes Material: Papier, Stifte, Computer, Telefon, E-Mail, das hab ich alles da. Nur einen Proof kann ich nicht machen. Ich unterhalte ein Büro, das ich Ihnen momentan zur Verfügung stelle. Das kostet Geld. Ich sehe nicht, wie ich bei einem Honorar, das gerade mal meine Arbeitskraft abdeckt, und auch das nur, wenn der Kunde den Entwurf absegnet und keine Sonderwünsche hat, auch noch die notwendigen Druckarbeiten selbst bezahlen soll.«

»Schauen Sie, Frau Nehrbach«, sagte er, »wir haben ständig Arbeitsverhältnisse mit Grafikern außerhalb unseres Büros und wir hatten in dieser Hinsicht nie Probleme.«

Es reichte. Ich hatte keinen Bock auf dieses ganze Rumgeeiere, weder im Job noch privat.

»Schauen Sie, Herr Leidinger«, antwortete ich kühl, »die anderen Grafiker interessieren mich nicht. Ich bin ich. Frau Nehrbach. Das haben sie ja schon gut erkannt. Und wenn Sie meinen Namen noch dreimal wiederholen, kriegen Sie meine Arbeit trotzdem nicht umsonst. Schon gar nicht am Wochenende.«

Dann legte ich auf. Okay, das war kindisch gewesen. Mehr als das. Ich fing an, mit den Fingern aufs Lenkrad zu trommeln. Das war peinlich. Und es war unprofessionell. Von dem würde ich auf jeden Fall nie wieder einen Auftrag kriegen. So viel war klar. Na und? Ich hatte mir den Scheißjob nicht ausgesucht! Genauso wenig wie die Beziehung mit Michael. Warum ließ ich mich ständig in irgendwelche Sachen reinziehen, die ich überhaupt nicht wollte? Eitelkeit? Feigheit? Die Unfähigkeit, nein zu sagen?

Ich stieg aus, um mir Zigaretten zu kaufen. Als ich vor dem Auto stand, wusste ich überhaupt nicht, wohin. Zigaretten kaufen. So ein Blödsinn. Wegen des Arschlochs wollte ich keinen Lungenkrebs kriegen. Auf dem Beifahrersitz dudelte das Handy. Ich kroch in den Wagen und schaute aufs Display: Gott sei Dank. Das war nur Michael.

»Hi«, sagte ich genervt und stützte mich mit der freien Hand auf die offene Wagentür.

»Na, das klingt ja nicht grade erfreut«, kam es vom anderen Ende zurück.

»Ich dachte, es sei jemand anders«, sagte ich tonlos.

»Und jetzt bist du enttäuscht, dass ich es bin.«

»Quatsch. Ich bin nur grade ziemlich im Druck.«

»Mal wieder«, sagte er geknickt, und ich dachte, o nein, bitte nicht wieder die Mitleidsnummer.

»Komm, Michael«, sagte ich angespannt, »ich kann nichts dafür, dass du grade jetzt anrufst.«

»Wann soll ich dich denn anrufen? Deine Mailbox kenn ich auswendig. Vielleicht gibst du mir einfach'n Termin.« Er redete sich in Rage: »Obwohl nein. Das geht nicht. Es könnte sein, dass ich dich dann frage, ob wir uns treffen können, und dann musst du mir wieder ausweichen.«

Stille. Ich schnaufte.

»Michael, bitte, was soll das denn jetzt? Du weißt, dass ich beschäftigt bin.«

»Nein, Ute. SEHR beschäftigt. Das sagst du doch immer, oder? Tut mir leid, aber ich bin im Moment SEHR beschäftigt.« Er wurde laut. »Oder: Es ist grad ungünstig! Den Satz mag ich am liebsten. Das klingt so persönlich: Es ist grad ungünstig! Wenn du nicht mehr mit mir zusammen sein willst, dann sag doch: Ich will nicht mehr mit dir zusammen sein, Scheiße nochmal!«

Mein innerer Schutzwall brach zusammen, und ich sagte leise: »Ich will nicht mehr mit dir zusammen sein.«

Und nach einer kurzen Pause, in der ich mir an die Stirn fasste, flüsterte ich: »Scheiße nochmal.«

Bevor ich mich wieder ins Auto setzte, stellte ich das Handy auf stumm und steckte es in die Tasche.

Ich war zu früh dran. Gegenüber vom Bahnhofsgebäude war ein Ladenkiosk, offenbar der örtliche Alkoholnotdienst. Wie praktisch, dachte ich, da brauchen die Penner die Bahnhofsgegend gar nicht mehr zu verlassen. Allerdings war nirgendwo einer zu sehen. Es war überhaupt niemand zu sehen. Ich kam zu dem Schluss, dass sich ein so kleiner Bahnhof einfach keine Penner leisten konnte. Zuerst musste der Park & Ride-Parkplatz bezahlt werden. Der war Anfang der Neunziger gebaut worden, als man noch hoffte, sympathische junge Kleinfamilien würden scharenweise aus dem Großstadtmoloch Köln hinaus aufs Land ziehen, aber dann war nicht einmal der Bahnhofsvorsteher zum Parken gekommen; der wohnte nur zwei Häuser entfernt und ging zu Fuß zur Arbeit. Georgs Wagen war der einzige auf dem kleinen Schotterplatz mit den ausgeblichenen rotweißen Plastikketten und dem einsamen, blauen Park & Ride-Schild, auf das jemand mit Eddingstift gekritzelt hatte: *Siggi Krummbach ist ein Dealer.*

Auf dem Weg zu dem eingeschossigen, würfelförmigen Gebäude fragte ich mich, ob ich den Angeschwärzten dort antreffen würde und ob er inzwischen Täter oder Opfer war. Der Siggi: eine verkrachte Existenz, die keiner im Dorf mehr ernst nimmt. Immer da, wenn man den Kiosk betritt; hängt Tag für Tag an dem kleinen Stehtisch neben der Ladentheke rum und ernährt sich von Pils und Korn. Oder hatte er sich nach dem Schulabbruch hochgearbeitet, und Generationen von Landjugendlichen hatten bei Herrn Krummbach, dem Besitzer des Schnapsladens, mit zittrigen Fingern, das unter den Kumpels zusammengesammelte Kleingeld für eine Flasche Apfelkorn auf die Theke gezählt?

Ich ging rein, kaufte sechs Flaschen Kristallweizen für meinen Schwager und kam mit einer fleischfarbenen Plastiktüte wieder raus.

Da stand er: Mit verschränkten Armen lehnte er lässig auf dem Kühlergrill von Georgs Wagen. Die Hüften in knallenge Jeans verpackt, und sein Gesicht zierte noch immer dieses unverschämt jungenhafte Grinsen. Genau wie beim ersten Mal.

Aber diesmal wollte ich das Heft in der Hand behalten.

Auf den letzten drei Metern rief ich ihm zu:

»Lehnst du immer an parkenden Autos?«

Er grinste:

»Hast du immer Bier in Tüten dabei?«

»Kann man Bier auch anders transportieren?«

»Ist das eine ernsthafte Frage?«

»Was glaubst du?«

»Ich glaube«, antwortete er, stieß sich von der Motorhaube ab und kam näher, »das ist der längste und dümmste Frage-Gegenfrage-Dialog, den ich jemals geführt habe. Noch dazu in einem Moment, in dem Reden völlig fehl am Platz ist.«

Er stand jetzt dicht vor mir. Ich konnte sein Aftershave riechen. Es kam mir irgendwie bekannt vor. Es roch nach Obst, ganz frisch, nach Zitrone. Aber Moment, war da nicht auch eine andere, herbere Note? Nein, das war nicht herb, das war bitter.

Und trotzdem roch es nach Obst.

Nach altem Obst.

Roch das nicht irgendwie schimmelig?

Doch, jetzt erkannte ich es deutlich: Er roch, als hätte er sich mit einer schimmligen Zitrone eingerieben. Das war die Seife aus dem Regionalexpress-Klo, ganz klar! Offenbar hatte er sich damit das Gesicht gewaschen. Na, toll. Erst die Dönerwolke und nun das. Sollte jede unserer Begegnungen durch einen ekligen Duft gekennzeichnet sein?

Behutsam setzte ich die Tüte mit den Bieren ab und hob zögernd den Blick. Ich sah direkt in diese wunderschönen Augen, die, wie ich jetzt feststellte, nicht nur braun waren. Sie hatten rund um die Pupille honigfarbene Inseln, in denen sich schwarze Punkte sammelten, was niedlich aussah. So niedlich wie bei einem Panther. Ich beschloss, mutig zu sein, und fragte:

»Sagst du das zu jeder Frau, die dich vom Bahnhof abholt?« Er pflückte mit dem rechten Zeigefinger sein Jackett vom linken Unterarm und schwang es sich über die Schulter:

»Schon wieder eine Frage?«

Dabei legte er den Kopf schief und lächelte.

Ich konterte:

»Angst, sie zu beantworten?«

Er machte den winzigen Schritt, der noch zwischen unseren Körpern möglich war, sah mir auf den Mund und flüsterte:

»Findest du nicht, dass das jetzt langsam albern wird?«

Und ich wollte ohne aufzusehen zurückwispern »Ich weiß nicht. Was meinst du?«, aber mir versagte plötzlich die Stimme.

Er ließ sein Jackett in den Staub fallen.

Ich widerstand dem Impuls, es aufzuheben und abzuklopfen. Ich sah nicht hin, sondern heftete meinen Blick stur auf seinen Mund. Seine Lippen waren von einem fast unnatürlich kräftigen Rot. Sah aus wie Permanent-Make-up, aber ich konnte mir nicht vorstellen, dass er bei seinen weltumspannenden Einsätzen noch Zeit für einen Termin bei der Kosmetikerin fand. Auf jeden Fall passte es hervorragend zu seinem olivfarbenen Teint.

Mein ganzer kleiner Körper war nun so restlos in Panik, so in heller Aufruhr, dass mein Hirn und meine Muskeln im Sekundentakt schwankten zwischen »Lauf weg, so schnell du kannst!« und »Anspringen und sofort verschlingen!«

Aber wir standen so eng beieinander, dass ein Anspringen unmöglich war. Ich hätte ein paar Schritte rückwärts gehen müssen, um Anlauf zu nehmen. Das sähe doch ziemlich albern aus, dachte ich, das mach ich nicht. Ich bleib einfach so lange stehen, bis er was macht. Scheiß auf die Emanzipation. Nur schnell müsste es gehen. Lang halt ich das nicht mehr aus. Mein Unterleib vibriert ja schon.

»Willst du nicht rangehen?«, fragte er und zeigte auf das Handy in meiner Hosentasche.

Ohne nachzudenken, zog ich es hervor. Ich wollte es eigentlich ausmachen, aber es war eine SMS. Die konnte ich schnell ankucken. War ja nur ein Knopfdruck und ein Blick. Ich klappte auf. Sie war von Michael:

Hab schon wieder Mist gebaut. Vergiss, was ich am Telefon gesagt hab. Ich liebe dich und will dir dienen Freiraum lassen. Schick mir ein J. Wenn nicht hör ich auf dich zu nerven und machs Handy aus.

Viel zu langsam, viel zu sanft, mit beiden Händen, schloss ich das Handy. Mit halb gesenktem Blick stand ich da: stillgelegt, unfähig zu irgendeiner Entscheidung.

Wie bei einem Kind, das durch ein Papprohr kuckt, tauchte in meinem Blickfeld seine Handfläche auf. Er hielt sie mir geöffnet hin, und wie ferngesteuert legte ich das Handy darauf. Ich kann nicht sagen, wohin er es steckte; es genügte, dass es verschwunden war.

Er griff mit seiner linken Hand um meine Taille und zog mich zu sich. Ich hob den Kopf nur so weit, dass ich seinen Hals und das Kinn sehen konnte. Er drehte mir sein Gesicht entgegen, und als sein großer, dunkelroter Mund näher kam, dachte ich, mein Gott, das ist wie im Kino. Bloß dass er mir nicht mit beiden Händen im Gesicht rumtatscht. Wie schön.

Kurz bevor sich unsere Lippen berührten, flüsterte er:

»Wir fahren in dein Hotel.«

Ohne meine Lippen von den seinen zu wenden, wisperte ich:

»Lass uns lieber woanders hingehen.«

Er hob das Kinn, lehnte die Wange an meine Schläfe und sagte mit fester Stimme:

»Steig ins Auto.«

Mit gesenkten Lidern und klopfendem Herzen stand ich da und lächelte verlegen.

»Hopp!«, sagte er, gab mir einen kleinen Klaps auf den Po und schlenderte zur Beifahrerseite.

Ich bückte mich nach der Tüte, schloss auf, und wir stiegen ein.

»Wohin?«, fragte ich mit beiden Händen am Lenkrad.

»Hab ich das nicht grade gesagt?«, antwortete er und blickte reglos zur Windschutzscheibe hinaus.

»Meine Schwester und ihr nerviger Mann wohnen auch in dem Hotel. Ich hab keine Lust, denen über den Weg zu laufen«, entschuldigte ich mich.

»Und ich hab keine Lust, dir alles zweimal sagen zu müssen.«

Das kam etwas zu schnell. Das war nicht mehr spannend. Es hatte nichts Spielerisches, nichts, was einen neugierig machte, wohin die Reise ging. Mit einem Mal war ich angekommen. In einer Sackgasse.

»Pass auf«, sagte ich langsam und nahm die Hände vom Lenkrad. Ich setzte mich umständlich etwas seitlich, damit ich ihm besser ins Gesicht sehen konnte. »Wenn das so eine Art Rollenspiel werden soll, dann haben wir ein Problem. Ich lass mich nicht so gern rumkommandieren.«

»Du hast ein ganz anderes Problem«, antwortete er etwas leiser. Er wandte mir das Gesicht zu und fixierte mich mit seinen traumhaften Augen.

Erst jetzt fiel mir auf, wie lang und seidig seine Wimpern waren. Seine Augenbrauen sahen aus wie gemalt. Er war real, er war perfekt, er war verfügbar, und er sagte:

»Du hast keine Ahnung, wer du bist. Hinter deiner desinteressierten Fassade steckt ein kleines Mädchen, das sich danach sehnt, dass es jemand an die Hand nimmt und ihm sagt, wo es langgeht.«

In dem Augenblick regte sich in mir eben jenes kleine Mädchen, stampfte beleidigt mit dem Füßchen auf und meckerte: ›Du hast mir gar nichts zu sagen!‹, und die große Ute zog die Augenbrauen hoch, imitierte mit den Mundwinkeln ein Grinsen und antwortete:

»Kann schon sein. Aber ich glaube, wir haben nicht denselben Weg.«

Er verzog die Hälfte seines formvollendeten Mundes zu seinem eindrucksvollen, spöttischen kleinen Lächeln.

»Unterwerfung ist für Frauen etwas ganz Natürliches«, belehrte er mich. »Du hast es nur verlernt.«

Ich schnappte mir die knisternde Plastiktüte vom Rücksitz und sagte: »Steig aus. Ich brauch den Platz für das Bier.«

Er zögerte keine Sekunde.

Sowie sein Arsch den Autositz verlassen hatte, stellte ich die klirrende Tüte an seine Stelle und spürte den Luftzug der zuschlagenden Tür im Gesicht. Ich fuhr los, und es war mir egal, wie er von dem gottverlassenen Bahnhof wegkam. Er hatte ja ein Handy und konnte sich ein Taxi rufen.

Und er hatte mein Handy! Ich wendete den Wagen und fuhr zurück auf den Parkplatz. Er war verschwunden. Wie war das möglich? Ich war höchstens zehn Sekunden weg gewesen! So ein Mist! Ich schlug mit der Faust auf den Schaltknüppel. Dabei rutschte mir die Hand ab und landete auf dem Plastikfach zwischen den Vordersitzen. Und da lag mein silbernes Eichen. Erleichtert atmete ich auf und spähte durchs Seitenfenster nach John.

Der Schotterplatz lag leer zwischen dem alten Bahnhofsgebäude und dem Laden. Vielleicht stand er ja da drin, prostete Siggi mit einer Flasche Bier zu, und sie grummelten gemeinsam: »Versteh einer die Weiber.«

Mir war's egal. Ich fuhr in einem dicken Auto allein mit ein paar Flaschen Bier durch eine ereignislose Landschaft und fand diese Gesellschaft gar nicht so schlecht. Ein, zwei Kilometer lang erwog ich, einfach irgendwo in der Pampa zu parken und mich volllaufen zu lassen, aber schließlich siegte die Vernunft, und ich brachte Georgs Wagen heil zurück.

›Halbnackte Bauarbeiter‹
erschienen im Fischer Taschenbuch Verlag,
256 Seiten, Broschur, 8,95 € (D)

Bianca Stücker
Mister Universum

In dieser Geschichte hier kommen jetzt wirklich beide mal auf ihre Kosten, versprochen. Sie ist aus dem Roman
›Schaulaufen für Anfänger‹.
Nancy ist in einer WG untergekommen – schöne Menschen, souveräne Leben. Sie versucht, dazuzugehören und zu sein, wie man sein sollte. Als der unzeitgemäße Raffaele auf der Bildfläche erscheint, reißen die Fassaden ein.

Bianca Stücker ist seit 1976 auf der Welt, schreibt die Kolumne ›Ansichten einer Anachronistin‹, hat Nasty-Pop-Electro und Mittelaltermusik veröffentlicht, ein Kirchenmusikexamen abgelegt, als DJane und Hinterhoftätowiererin gearbeitet und lebt in Hamm.

Natürlich hätte es mir komisch vorkommen können, dass Raffaele extra rausging zum Telefonieren, während ich am Tisch sitzen blieb und bei der Warterei an den Wachsflecken knibbelte. Andererseits muss man sich nicht gleich was dabei denken, höchstens, dass es ein bisschen unhöflich ist oder dass man noch nicht gut genug miteinander bekannt ist, um sich gleich jeden Scheiß zu erzählen.

Wie dem auch sei, ich meine: Wenn einem alles, was man später weiß, schon zum richtigen Zeitpunkt auffallen würde, dann gäbe es wohl kein einziges Unglück mehr in der Welt. Jedenfalls maß ich dem Vorfall keine weitere Bedeutung zu und hatte ihn, noch bevor der Abend herum war, schon fast vergessen.

Als Raffaele sich auf den Platz mir gegenüber sinken ließ, wirkte er erleichtert, würde ich rückblickend sagen. Damals freute ich mich einfach, dass er da war.

»Das ist richtig ungewohnt«, sagte er, viel unbefangener übrigens, als ich mich fühlte, »so ein geplantes Treffen.«

Wir grinsten uns an. Ich wette, ich war die ganze Zeit über total rot im Gesicht.

»Kann ich euch schon was bringen«, fragte die freundliche Kellnerin. Wir bestellten Milchkaffee.

»Wie bist du denn eigentlich in der WG gelandet?«, erkundigte sich Raffaele, und das hätte alles sein können: Smalltalk, echtes Interesse – oder er wusste, dass ich eigentlich einen Freund hatte. Ich wollte das so schnell wie möglich klären. Ich wollte Patrice aus dem Weg haben.

Patrice erschien mir kaum mehr als richtiger Mensch, eher wie eine Altlast aus der Vergangenheit. Ich fühlte mich gemein deswegen und konnte es doch nicht ändern. Er hatte ja nicht einmal meinen Brief gekriegt.

»Über meinen Exfreund«, erklärte ich ziemlich ehrlich.

Raffaele schaute mich erwartungsvoll an. Ich konnte mich immer noch nicht entscheiden, ob seine Haare nun braun oder sehr, sehr dunkelblond waren.

»Er ist nach Neuseeland gegangen«, fuhr ich fort, »eigentlich nur für ein Jahr. Aber – na ja, ich hatte mir das schon irgendwie gedacht, dass es sich damit erledigt hat. Mit ihm und mir, mein ich.«

Ich hielt den Atem an. Das war die Wahrheit, was ich da redete, nichts als die Wahrheit, und es war so einfach. Es sagte sich ganz von allein.

»Das ist ja bestimmt nicht so einfach«, fand Raffaele.

»Es geht«, relativierte ich, »eigentlich ist es gar nicht so schlimm. Ich dachte, es würde schlimmer werden. Ich dachte«, da war er wieder, dieser Redereflex, wo hatte ich den bloß auf einmal her, »ich dachte, er würde mir vielleicht, hm, mehr fehlen. Patrice heißt er«, schloss ich.

Einen Moment lang war es still, man hörte das monotone Murmeln von den anderen Tischen, und leise Musik sickerte aus dem Nichts, die ich nicht kannte, und dann noch ein ziemlich durchdringendes Mädchenlachen gefolgt von Gläserklirren. Aber zwischen uns war es ganz still, Raffaele sah mich an, aufmerksam, mit seinen hübschen, grünen Augen in seinem hübschen, vollen Gesicht, hier, im schwachen Flackerschein des Teelichts, das uns von unten herauf anleuchtete. Das Teelicht saß in einem Glas, das mit einem glitzernden Zeug gefüllt war. Dekosand, nennt man das wohl. Da guckte ich immer hin, auf den glitzernden Dekosand, wenn ich es nicht mehr aushielt, Raffaele anzugucken.

»Und woher kennst du Shaoe«, fragte ich. Jetzt war ich nämlich dran.

»Ach, von der Uni«, antwortete er vage, »ich hab mal in der Bibliothek gearbeitet und bin da noch so ab und zu.«

Es war eine so anspruchsvolle Aufgabe, ihn genau zu betrachten und sich nichts entgehen zu lassen, alles immer von neuem mit einem Blick nachzuprüfen, die Ecken seiner fast quadratisch geformten Schneidezähne, die man sah, wenn er lächelte, oder die Angewohnheit, wie er kurz mit den Lidern flatterte, wenn er etwas überlegte, oder wie ihm die Haare zuverlässig zurück in die Stirn rutschten, nachdem er sie weggeschüttelt hatte, dass ich mich kaum darauf konzentrieren konnte, ihn auszufragen. Mit viel Willenskraft schaffte ich es trotzdem einigermaßen.

»Jetzt bin ich dran mit fragen«, ließ ich ihm keine Ruhe, »du weißt jetzt schließlich schon was, na ja, ziemlich Persönliches von mir.«

Ich wollte alles wissen. Alles. Einiges hatte ich schon herausbekommen, die wichtigsten Eckdaten, die nachher von einem überbleiben, aber in die man, um sich etwas darunter vorstellen zu können, noch eine ganze Menge hineinphantasieren muss.

Alter: neunundzwanzig. Geboren in: einem Graubündener Dorf, daran kann er sich aber kaum erinnern, weil er, bevor er in die Schule kam, nach Deutschland gezogen ist. Etwas Schweizerisches hat er überhaupt nicht an sich, außer, dass er manchmal Merci statt Danke sagt, mit der Betonung auf der ersten Silbe. Keine Geschwister. Beruf: Übersetzer, das wusste ich ja schon, von Shaoe.

Es war wie auf den beiden Fahrten mit ihm: Die Zeit rann einem durch die Finger wie Treibsand. Wenn ich den jetzt öfter treffe, bin ich in fünf Minuten siebzig, dachte ich.

Irgendwann waren die Leute alle weg, und die Kellnerinnen hatten nichts mehr zu tun. Wir waren die letzten Gäste.

»Und jetzt«, fragte ich, und mir wurde ein bisschen bange zumute, dass der Abend an dieser Stelle gelaufen wäre und wir einfach nach Hause zu gehen hätten, jeder zu sich, was ja auch nach der ersten Verabredung wirklich zu erwarten gewesen wäre, aber ich wollte das nicht. Ich wollte das einfach nicht.

»Jetzt«, grinste Raffaele schief, mit diesem schönen Grübchen, das ich so gern erwähne, »sollten wir denen ihren Feierabend gönnen.«

»Sieht so aus«, seufzte ich.

Die Tür schlossen sie gleich hinter uns ab.

»Die sind froh, dass sie uns los sind«, stellte Raffaele fest und pustete Wolken in die kalte Luft. Ein dünner Nebel verwischte die Konturen der Häuser und Autos und Laternen wie Weichzeichner.

»Auf jeden Fall«, nickte ich.

»Tja«, machte er, rührte sich aber nicht vom Fleck, obwohl man das ja hätte tun müssen, an dieser Stelle, oder zumindest irgendwas entscheiden.

Und dann sagte ich es.

»Shaoe ist mit Bekannten weg«, redete ich mich um Kopf und Kragen, so kam es mir jedenfalls vor, »und Jerry und Rosa sind übers Wochenende bei Rosas Eltern.«

Wie weit ist es mit dir schon gekommen, dachte ich entsetzt wegen der vielen schlimmen Möglichkeiten, die jetzt eintreten konnten, wie weit ist es mit dir gekommen, dass du so bescheuerte Anmachen nötig hast. Und das Allerschlimmste war: Ich hatte es wirklich nötig. Ich wurde ganz verzweifelt bei dem Gedanken, dass er fortgehen könnte, weg, nach Hause, das ginge doch nicht, ich brauchte ihn doch, ich musste ihn unbedingt anfassen, unbedingt. Ich habe keine Ahnung, was in dieser Nacht in mich gefahren ist, aber es war heftig genug, um mich zu solcherlei Vorgehensweisen zu treiben.

»Ah«, Raffaele hob die Brauen und staunte, und etwas zu sagen fiel ihm dazu wohl nicht ein.

»Das sollte jetzt keine – ich meine, in Wirklichkeit meine ich: Das sollte jetzt eine Einladung sein«, stammelte ich, und während ich noch so stammelte, schoss mir das Blut in den Kopf, sodass ich förmlich vor mir sah, wie mir höchstwahrscheinlich gerade lauter Adern und Gefäße und andere bedeutende Dinge im Gehirn zerplatzten, das ja sowieso nicht mehr richtig funktionierte.

Jetzt ist es ja wohl auch egal, Patrice hast du abgeschossen, du undankbare Kuh, da wirst du dich noch umgucken, dachte ich bitter, und der hier, das ist ja auch nicht gerade Mister Universum, findet Jerry, und was Jerry findet, finden viele wichtig, also wird wohl was dran sein. Raffaele starrte mich an, und zwar ganz genau so, als traute er seinen Ohren nicht, wofür ja auch allerhand Grund bestand, wenn man sich das mal so überlegte. Ich wollte sterben, wirklich.

»Oh, wow«, sagte er endlich und machte immer noch dieses schrecklich ungläubige Gesicht, »okay«, nickte er, »okay«, und nochmal, und dann lachte er.

»Das heißt«, fragte ich beklommen und schluckte.

»Einladung angenommen«, strahlte er und lachte schon wieder. Und ich lachte mit, aber das war reine Hysterie, echt.

Wir tranken einen ziemlich süßen Wein, den keiner haben wollte und der deshalb immer tiefer in die hinterste Küchenecke geraten war, aber da hatte ich keine Wahl, es musste einfach Alkohol sein, ich konnte mir nicht vorstellen, dass ich mich selber sonst überleben würde. Zuerst war es merkwürdig, wie Raffaele so dastand, in unserer Wohnung, die für mich immer noch einigermaßen neu war, ganz allein, nur wegen mir. Es kam mir vor, als hätte ich erst jetzt richtig mit ihm zu tun, da er mein eigener Besuch war. Mir fiel auf, dass ich noch überhaupt keinen Besuch hier gehabt hatte. Das wurde aber durch den vielen Besuch der anderen mehr als ausgeglichen. Nach meiner forschen Einladerei fühlte ich mich nun furchtbar unbeholfen. Ich hoffte, dass wir bald betrunken genug wären, um so einiges zu vergessen.

»Welches ist denn dein Zimmer«, fragte Raffaele, und ich war so froh, sonst wäre das wieder an mir hängen geblieben. Man konnte schließlich nicht ewig in der Küche sitzen bleiben.

Ich schaltete die kleine Lampe über meinem Kopfkissen an. Da ich nur einen alten Schreibtischstuhl besaß, fanden wir uns ganz natürlich auf dem Bett wieder. Der Wein und die Aufregung hatten meine Knie weich genug gemacht, um mich sofort auf die Matratze fallen zu lassen. Das Glas hatte ich dabei noch in der Hand, es schwappte über und versaute mir die Bettwäsche. Dabei war das mein Lieblingsbezug: mit ganz kleinen Blumen drauf. Mädchenwäsche. Na ja.

Auf einmal war ich unsagbar müde. Ich spürte, wie die Anspannung, die mich den Tag über zusammengehalten hatte, langsam einer trägen Scheißegalstimmung wich. Ganz automatisch sank mein Kopf auf Raffaeles Schulter. Was, wenn er jetzt wegrückt, dachte ich. Aber er rückte nicht weg.

Wir sagten nichts. Ich wagte nicht, mich zu bewegen, aus Angst, er könnte es sich doch noch anders überlegen und nach Hause gehen. Wir rochen nach Rauch und bestimmt auch nach Kaffee und Wein, aber darunter nahm ich etwas Eigenes, Feineres wahr. Seine Haut, das musste es sein, duftete nach etwas, das ich nicht genau einordnen konnte. Es war eine Mischung aus frischer Wäsche, etwas Süßlichem, Vanille vielleicht, und zu Hause.

Raffaele roch also nach zu Hause, und in diesem Moment hätte ich alles mit ihm getan, wirklich alles.

Ganz behutsam, ganz, ganz sachte und in winzigen Millimeterschritten wanderte seine Hand von seinem Bein auf meins. So was hatte ich noch nicht erlebt: Eigentlich wissen sie immer, was sie wollen, und versuchen sehr bestimmt, es zu bekommen. Jedenfalls hatte ich es bislang immer so erfahren.

Raffaeles Finger hingegen balancierten schwindelfrei an der Grenze zwischen Absicht und Versehen entlang. Ein ganz schmaler Grat war das, so viel war mal klar, und obwohl es sich so verdammt gut anfühlte, wusste ich doch, dass kein Trick dahintersteckte, sondern Unsicherheit.

Es kam mir überhaupt so vor, als würde ich auf einmal eine ganze Menge wissen und verstehen, ohne je darüber nachgedacht zu haben.

Das schwerelose Kribbeln über meinem linken Knie, irgendwo unter der Hose und dem Unterrock und dem Rock noch da drüber, dieses ganz leise Angefasstwerden, verselbständigte sich und setzte sich fort, kletterte mir die Innenseiten der Schenkel herauf und tat, oben angekommen, fast weh, wirklich, mir wurde so heiß zwischen den Beinen, dass es brannte.

Gleichzeitig schämte ich mich, das war doch gewiss unangemessen in unserer Lage, wie wir hier einfach nur so saßen, darauf durfte man doch sicher nicht so arg reagieren.

Endlich war sie angekommen, die Hand, kurz über dem Knie, und weil ich nicht protestiert hatte, blieb sie wohl da und bewegte sich weiter, auf der Stelle.

Es war so ruhig, dass einem nichts entging, zum Beispiel, wenn der andere schluckte oder die Zunge mit einem kleinen Geräusch vom Gaumen löste und tiefer Luft holte.

Es war sehr, ich würde mal sagen: intim. Weil man sich selbst nicht verheimlichen konnte.

Ich beschloss, langsam und ein bisschen benommen, mich jetzt einfach zu trauen, ich drehte mich zu ihm hin und lehnte mich gegen ihn, und es funktionierte: Er legte den Arm um mich herum, und die andere Hand blieb zwischen meinen Knien, die ich zur Seite hatte kippen lassen, es war unglaublich. Nun wusste ich nämlich, dass ich alle Freiheiten hatte, mir alles rausnehmen durfte, ich lag doch in seinem Arm, ganz sicher und weich, wie in Wolken oder Watte, bloß wärmer, und ich konnte ihn berühren, wo und wie ich wollte. Trotzdem war es schwierig, eine Überwindung, man fasst nicht so einfach einen neuen Menschen an, einen, den man noch nie angefasst hat. Ich hielt mich lange mit dem Vortasten auf, es drängte einen ja auch keiner.

Raffaele hatte wieder dieses blaue Sweatshirt an, da strich ich mit den Fingerspitzen drüber, und somit auch über diesen fremden, ungewohnten Körper, den ich nur aus der Phantasie kannte. Es war wirklich ungewohnt, anders als Patrice oder so, viel, viel weicher natürlich, und überhaupt viel mehr, insgesamt.

Ich riskierte einen Blick und sah, dass er auch schaute, und zwar bestimmt so verhangen wie ich, und mit diesem duftigen Schmollmund, da konnte ich einfach nicht mehr warten, und er wohl auch nicht, also küssten wir uns, tja, was soll ich sagen: Es passte alles. Wie auf Befehl bahnten sich meine Hände, die wirklich kein Benehmen kannten, ihren Weg, erst unter seinen Pulli und dann unter das T-Shirt, das er darunter trug. Da hielt er den

Atem an und erstarrte ein bisschen, das wäre wohl die treffendste Beschreibung. Ich war offenbar zu weit gegangen und kriegte einen Schrecken, und es tat mir schon leid. Ich hatte Angst, es wäre nun alles dahin.

Ich zog die Hand zurück, und die Spannung ließ nach. »Hab ich – was falsch gemacht«, flüsterte ich, ganz panisch, das hat man bestimmt merken können.

Er schaute, als ob er eine Entscheidung treffen müsste, für oder gegen etwas Wichtiges. Ich sag es ungern, aber es sah sehr nach der Frage aus: Verarscht die mich, oder meint die das ernst? Er war auf jeden Fall auf der Hut. Allein damit, dass ich betrunken war und überreizt und mich alles so durcheinanderbrachte, kann ich mir erklären, dass ich, als Antwort auf die Frage, die er gar nicht gestellt hatte, oder beziehungsweise höchstens in Gedanken, seine Hand nahm und ganz oben zwischen meine Beine schob, obwohl es mir peinlich war. Doch das gehörte dazu, dass man es fühlen konnte, die Hitze und alles, ich dachte, dass er dann einfach Bescheid wissen müsste, und überhaupt.

Er sog die Luft zwischen den Zähnen hindurch, wie wenn man ein Pflaster abzieht, und schloss einen Moment lang die Augen. Dann ließ er mich machen, bis er nur noch im T-Shirt dasaß. Mir wurde schwindlig.

Rittlings setzte ich mich auf seinen Schoß und schaute ihn mir an. Unter dem losen Stoff zeichnete sich sein Bauchnabel in Form einer flachen Mulde ab. Ich wollte nicht hinstarren, musste aber irgendwie, es war wie ein Zwang. In Magazinen und im Film und so weiter bekommt man solche Leute ja nicht gezeigt, bei denen sich der Bauchnabel unterm T-Shirt abzeichnet, oder maximal als etwas Neutrales oder als Witz. Mir fiel auf, dass ich das immer für normal gehalten hatte. Dabei war es gar nicht normal. Es war in Wirklichkeit völlig verrückt.

Raffaele sah so schön aus. Ich wusste gar nicht, was ich sagen sollte, obwohl ich sehr wohl etwas sagen wollte, und eigentlich wusste ich auch genau, was, nur nicht: wie. Ich kam mir vor wie jemand, der dauernd zu viel verlangt. Also im Grunde wie ein Mann.

»Raffaele«, wisperte ich, und ich glaube, es war das erste Mal, dass ich ihn mit seinem schönen Namen ansprach, »würdest du mir einen Gefallen tun«, fragte ich, »würdest du – das ausziehen«, ich zupfte am unteren Rand des T-Shirts und genierte und fürchtete mich und war so unerträglich aufgeregt, »bitte? Für mich?«

Mir war schon klar, wie das klang. Bescheuert. Ich weiß selbst nicht, was das sollte, besonders dieses: für mich, da spielte ich mal wieder jemandem ein Selbstvertrauen vor, das ich gar nicht besaß.

Er hob die Brauen und grinste skeptisch.

»Wie bitte«, fragte er.

Mein Mund war auf einmal voller Spucke.

»Ich würd nur gern«, schluckte ich und verwarf den blöden Satz, den ich angefangen hatte, sofort wieder, »du siehst hübsch aus«, sagte ich dann, aber es hörte sich unglaubwürdig an, obwohl ich es haargenau so meinte.

»Hübsch«, wiederholte er und legte den Kopf schräg.

Die Stimmung war erst mal im Arsch und ich auch.

»Mein Gott«, entfuhr es mir gereizt, und ich spürte, wie mir tatsächlich beinahe die Tränen kamen, weil mir alles zu viel war und ich wütend auf mich selbst und enttäuscht, dass alles schieflief, »was soll ich denn anderes sagen! Das hab ich grad eben gedacht und dann halt einfach gesagt, okay?«

Jetzt war er an der Reihe, erschrocken auszusehen. Ich biss mir auf die Lippe, um nicht loszuheulen. Dazu bestand ja nun wirklich kein Grund.

Raffaele blickte mich an, streckte eine Hand aus und strich mir mit dem Daumen über die Wange und über die Mundwinkel und über den Hals.

»Okay«, willigte er leise ein und versuchte eine Art tapferes Lächeln.

Er sah fast so aus, wie ich es mir so oft ausgedacht hatte. An den Armen hatte er eine Gänsehaut, weil es nicht besonders warm war im Zimmer, das Altbauproblem, hab ich ja schon erwähnt, und er war nahezu unbehaart, genau, wie ich mir das vorgestellt hatte.

Wenn Patrice sich vor mir ausgezogen hatte, was wirklich ständig vorgekommen war, dann hatte ich daran nichts Außergewöhnliches gefunden. Aber mit Raffaele war es etwas anderes, nicht nur wegen meiner blöden Fragerei, sondern die Sache an sich: die viele, bloße Haut vor mir, dieser ganze Mensch, ich kam nicht daran vorbei, ob ich wollte oder nicht. Ich musste immer hinsehen, ich konnte es einfach nicht lassen, es war mir alles wieder viel zu direkt, zu echt, zu nah, zu viel Reiz, gegen den ich nichts ausrichten konnte. Während ich es bei Patrice mit einer Art geometrischer Symmetrie zu tun gehabt hatte, mit Muskeln und Sehnen und Knochen, wie in diesen alten Gesundheitsbüchern, wo man den anatomischen Zeichnungen die Haut abgezogen hat und nachgucken kann, wie es darunter aussieht, gab es nun alles im Überfluss. Raffaele hatte alles, was die Leute dauernd bekämpfen, die so arg verpönten Extrapolster überall, alles weich und gerundet, die Brust, der Bauch, na ja, das war ja klar, seine Arme und die Hüften, da hat man doch schon ein Bild. Ich musste einfach kapitulieren, alles befühlen, allerorten hinlangen, reinbeißen und festhalten, ich wusste gar nicht, wo ich anfangen sollte, am besten überall gleichzeitig, wie schade, dass man nur zwei Hände und zehn Finger hat, ich hätte auf jeden Fall eine Menge Verwendung für ein paar mehr gehabt.

Sie haben recht, ging es mir durch den Kopf, dass Sex eine verdammt starke Energie ist, die einen treibt, dabei war ich doch sonst immer eher passiv gewesen, beziehungsweise mit anderen Dingen beschäftigt, aber hier war ich richtig, da bestand nicht der geringste Zweifel.

Wir krabbelten unter die Decke mit dem nassen Weinfleck und verfingen uns, vor allem ineinander, wir kamen überhaupt kaum zu Atem, ich schon mal sowieso nicht, ich musste mich ja auch so beeilen, weil die Zeit immer so raste mit diesem schönen Herrn, das hatte ich mir gemerkt, und wer konnte schon sagen, was morgen sein würde. Schließlich zog ich ihn über mich, und sein Gewicht auf mir zu spüren brachte mich um den Verstand, ich hatte auch, ehrlich gesagt, nichts anderes erwartet, und am liebsten wäre ich ganz hineingekrochen in seinen verlockenden, nachgiebigen Körper. Raffaele war mir wie ein verwunschener Ort und wie die reinste Verschwendung. Hier brauchte ich an nichts zu sparen.

Man soll es nicht meinen, aber da ich mich in diesem sehr sonderbaren, sehr aufnahmefähigen Zustand befand, schaffte ich es, zusätzlich sehr zornig zu werden wegen Jerry und seiner Scheißmeinung, die er einfach so sagen durfte, ganz wie selbstverständlich, und dass sie ihm alle glaubten, sogar Raffaele selbst, weil ihm keiner was anderes beigebracht hatte und mir auch nicht, und weil mir darum erst jetzt diese ganze verschissene, verlogene Ungerechtigkeit bewusst wurde, und ich dachte: Das ist doch alles nicht fair, verdammt!

Und dann explodierten ungefähr eine Milliarde Sterne in meinem Kopf, kein Scherz, und es hatte sich mit dem Denken, fürs Erste.

›Schaulaufen für Anfänger‹
erschienen im Fischer Taschenbuch Verlag,
224 Seiten, Broschur, 8,95 € (D)

Cindy Hoetmer
Das Tier im Mann

Die nächste Geschichte enthält schlagende Argumente und stammt aus **›Lazy Daisy‹**.
Daisy ist nicht cool, Daisy ist nicht heiß, Daisy ist nicht nüchtern. Sie klinkt sich aus dem Job aus und treibt durchs Nachtleben bis an zweifelhafte Bettkanten – unter anderem die von Philip F. Springer, den alle nur »das Tier« nennen …

Cindy Hoetmer, geboren 1967, kam vom Grafikdesign zum Journalismus und darüber zur Literatur. Sie lebt als freie Autorin in Amsterdam, wo sie außer mit Schreiben auch mit Fernsehen, Kneipenbesuchen und Partys ordentlich beschäftigt ist.

Colette und ich haben zusammen Mittag gegessen. Sie hat viel zu tun und ist schon wieder weg, als Philip anruft, um zu fragen, wo ich bin. Ich erkläre ihm, in welchem Café ich sitze und Zeitung lese. Er sagt, dass er vorbeikommt. Philip sieht müde und ein bisschen bekümmert aus.

»Geht's dir gut?«, frage ich.

Er schüttelt den Kopf. »Fährst du ein Stückchen mit mir?«

Philips Auto steht quer auf einer Brücke geparkt, mit Warnblinker an. Er fährt sehr schnell. Die erste halbe Stunde sagt er nichts und schaut auf den Weg. Ich stelle mir vor, wie er die Gewalt über das Steuer verliert und wir uns überschlagen und stotternd zum Stillstand kommen, wonach das Auto in Flammen aufgeht und Philip und ich uns noch einmal ansehen, bevor die Flammen uns verzehren …

»Du denkst sicher, es sei einfach, der bekannteste Fernsehproduzent der Niederlande zu sein.«

Das denke ich nicht. Ich habe noch nie darüber nachgedacht, wie es wäre, der bekannteste Fernsehproduzent der Niederlande zu sein. Ich denke nur über mich selbst nach.

»Eigentlich nicht.«

»Es ist manchmal verdammt öde, Daisy. Jeder redet dir nach dem Mund. Niemand sagt dir jemals, wenn du etwas verkehrt machst. Oder dass du ein Trottel bist.«

»Okay. Du bist ein Trottel und machst alles verkehrt«, sage ich ein bisschen unsicher.

Ich verstehe nicht ganz, was er von mir will, aber dass wir reden, ist ein gutes Gefühl. Vielleicht muss ich ein paar kleine Tricks vom Psychologen auf ihn loslassen.

»Was willst du dagegen tun?«, frage ich einfach mal.

Ich ernte einen Blick mit hochgezogenen Augenbrauen.

»Nichts. Am besten nicht daran denken, mit dir.«

Ich fühle mich auserkoren. Philip »das Tier« Springer hat mich auserkoren, um ihn seine Probleme vergessen zu machen.

»Du bist eine Außenstehende. Du kennst niemanden, und du hast mit nichts was zu tun.«

»Danke.«

Niemals hätte ich gedacht, dass meine Bedeutungslosigkeit eines Tages jemandem Trost spenden würde. Wir fahren inzwischen durch eine Dünenlandschaft. Am Strand kurz durchpusten lassen. Nicht mit einem Labrador, sondern mit einer Geliebten. Ein wenig panisch überlege ich, dass die Beziehung heute auf eine Weise schrecklich, alltäglich erscheint. Später werden wir dann noch Einkäufe zusammen erledigen und DVD gucken. Dann parkt Philip das Auto. Wir sind nicht am Strand, sondern bei einem Haus. Ein seltsames Haus, das halb verborgen in den Dünen liegt. Drum herum ist ein Garten, mit weichem, hellgrünem Gras und ein paar Tannen. Philip schließt die Tür auf und lässt mich herein. Das Haus erscheint von drinnen zehnmal größer als von draußen. Der Fußboden ist aus glänzendem Laminat, und es steht eine überdimensionale Ledercouch da, in derselben Farbe wie Philips Lederjacke. Es gibt eine offene Küche, die aussieht wie Küchen in Wohnprogrammen im Fernsehen. An der Wand hängt undefinierbare Kunst in schlammigen Farben. Eine geschmackvolle Hütte.

»Schön«, sage ich.

Philip hat seine Jacke ausgezogen, eine Flasche Weißwein entkorkt und diesen in Gläser geschenkt, die aussehen, als wären sie für Riesen gedacht. Ich sitze auf der Couch und nehme mein Glas.

»Lecker süffiges Weinchen«, sage ich, nachdem ich einen Schluck getrunken habe, um das Eis zu brechen.

Das ist mit Sicherheit eine verdammt teure Flasche Wein. Dieser Mann hat alles Geld der Welt. Philip reagiert nicht auf meinen ordinären Kommentar. Er setzt sich mir gegenüber auf das lederne Riesensitzkissen. Wir trinken. Dann räuspert er sich, als wollte er eine offizielle Ansprache halten.

»Ich will dich was fragen«, sagt er. Einen Moment ist es still. »Würdest du mir wehtun?«

Das verschlägt mir die Sprache.

»Was?«, sage ich darum einfach mal. Und dann, nachdem ich es kurz habe sacken lassen: »SM, meinst du?« Philip nickt.

»Ich weiß nicht. Das hab ich noch nie gemacht. Ich weiß nicht so recht, ob ich dazu Lust hab. Was habe ich davon?«

»Vielleicht findest du es ja auch geil. Bis du es nicht ausprobiert hast, kannst du es nicht wissen.«

»Warum gehst du nicht einfach zu 'ner Domina?«

»Das tue ich schon seit Jahren. Aber dazu habe ich keine Lust mehr. Ich will es mit jemandem tun, dem ich vertraue. Ich will es mit dir.«

»Aber vielleicht kann ich das überhaupt nicht.«

»Du hast Veranlagung dafür, das weiß ich sicher.«

»Tust du mir dann auch weh? Darauf hab ich nämlich überhaupt keine Lust.«

»Nein. Du gibst den Schmerz, ich empfange ihn.«

Ich fange an zu lachen. Ich lache so sehr, dass mir die Tränen über die Wangen laufen und ich meinen Bauch halten muss. So lange und lauthals habe ich, seit Colette und ich Kinder waren, nicht mehr gelacht.

Philip lacht nicht mit, aber er guckt auch nicht böse. Er konzentriert sich auf seinen Wein. »Warum musst du jetzt lachen?«, fragt er, als ich ausgelacht habe und die Tränen wegwische.

»Reine Nervosität wahrscheinlich.«

»Es muss nicht hier und jetzt sein. Denk in Ruhe darüber nach.«

Das klingt nach einer guten Idee.

»Machen wir's dann jetzt normal?«, frage ich.

»Nein«, sagt Philip zu meiner Enttäuschung. »Jetzt bleiben wir schön sitzen und genießen diesen Saint-Emilion. Danach bring ich dich nach Hause.«

»War bei dir noch was Spannendes?«, fragt Colette zwischen zwei Zügen ihrer Zigarette.

»Nee«, lüge ich.

Dass der größte Fernsehproduzent der Niederlande mich gebeten hat, ihm wehzutun, ist natürlich eine brillante Geschichte, die ich ihr von Herzen gern in den schillerndsten Farben erzählen würde, aber ich fühle zum ersten Mal in meinem Leben etwas wie ein Bedürfnis nach Diskretion. Colette ist eine unglaubliche Klatschtante; wenn ich es ihr erzähle, kann ich mir sicher sein, dass die Geschichte innerhalb einer Woche in der Stadt herum ist. Außerdem will ich Philips Vertrauen nicht enttäuschen. Ich weiß nur zu gut, dass das Tier ein Buhmann ist, der täglich das Vertrauen von Lieschen Müller und allen enttäuscht, ganz zu schweigen von den Lügen, die er seiner Frau und den Kindern erzählt, aber damit habe ich nichts zu tun. Ich halte den Mund, so schwierig ich es auch finde, meiner besten Freundin gegenüber zu schweigen.

Glücklicherweise muss mein Psychologe Berufsgeheimnisse bewahren. Der Mann hängt in sich zusammengesunken in seinem Sessel. Ich dagegen setze mich energisch gerade hin, ungefähr wie eine Dressurreiterin bei den Olympischen Spielen, und schaue voller Verachtung auf den Fleischklumpen mir gegenüber.

»Wie fühlen Sie sich?«

Ich unterdrücke ein Gähnen. »Ein bisschen verwirrt.«

»Hat das etwas mit Ihrem Job zu tun?«, fragt er.

»Nein. Ich habe keinen Job mehr. Offiziell arbeitslos geworden in dem Moment, in dem ich mich nicht mehr ausgebrannt fühlte. Nein, meine Verwirrung betrifft Sex.«

Der Psychologe fährt hoch. Endlich wieder mal was Lustiges. Plötzlich erscheint er wieder ganz wach. Wahrscheinlich ist seine Arbeit sehr langweilig. Ich meine, wie oft wird es vorkommen, dass er jemanden dasitzen hat, der wirklich was zu erzählen hat, so wie ich? Eigentlich müsste er mich bezahlen.

»Erinnern Sie sich noch an die Beziehung mit dem verheirateten Schwein, von dem ich Ihnen letztes Mal erzählt habe?«

»Ja, ja«, sagte er begierig.

»Es gibt da eine neue Entwicklung.« Nun schweige ich kurz, es ist besser, den Moment hinauszuzögern. Im Film kommt die Auflösung auch nicht in den ersten zehn Minuten, und ein Gespräch mit mir muss für diesen Mann mindestens so schön sein wie ins Kino gehen.

»Er hat mich gestern in sein Strandhaus mitgenommen« – wieder eine Pause –, »um zu fragen, ob ich ihm wehtun will.«

Der Psychologe sagt nichts, schaut mich aber erschrocken an.

»SM«, sage ich.

»Haben Sie äh … damit Erfahrung?«

Ich schüttle den Kopf.

»Aber warum fragt er Sie dann?«

»Was weiß ich.«

»Was haben Sie geantwortet?«

»Nichts.«

»Wie denken Sie darüber?«

»Ehrlich gesagt, stelle ich es mir ganz lustig vor.«

»Warum?«

Wieder dieses Warum.

»Männer tun immer mir weh. Ich stelle es mir schön vor, wenn es mal andersherum ist.«

»Aber es kommt bei Ihnen doch nicht aus einem sexuellen Verlangen.«

»Nee. Normales Rauf und Runter ist mir erregend genug.«

»Brauchen Sie da nicht alles mögliche Zubehör?«

Ich schaue ihn kurz an. »Ich glaube, diese Frage geht ein bisschen am psychologischen Aspekt der Angelegenheit vorbei.«

Der Psychologe schlägt die Augen nieder. »Entschuldigung.«

»… aber Sie haben recht. Ich habe keine Ahnung davon. Ich fang einfach an mit ein bisschen Schlagen und Erniedrigen, und falls es nicht klappt, kaufe ich eben ein Buch.«

»Ein Buch?«

»Ja, SM für Anfänger oder so. Es gibt doch über alles Bücher.«

»Finden Sie das nicht merkwürdig?«

»Ja, total merkwürdig. Aber ist doch kein Grund, es nicht zu tun?«

Das findet der Therapeut auch, obwohl ich denke, dass er noch nie in seinem Leben etwas Verrücktes getan hat, außer einen Beruf zu wählen, für den er vollkommen ungeeignet ist.

Hiermit ist das Thema Sadomasochismus also abgehandelt, und wir haben den Rest der Stunde Zeit, darüber zu reden, warum ich denke, dass meine Mutter mich nicht liebt.

Als ich am nächsten Morgen aufwache, fühle ich mich gut und ausgeruht. Was war das noch, was Menschen tun, wenn sie sich gut fühlen und ausgeruht sind?, überlege ich. Arbeiten. Lust dazu hätte ich schon, aber leider bin ich arbeitslos. Daher mache ich den Fernseher an und trinke Tee. Dann mache ich den Fernseher wieder aus und beschließe, ein bisschen SM zu üben. Ich stelle mir vor, dass ein Kissen Philip ist.

»Du sagst gnädige Frau zu mir, du Ferkel«, sage ich laut zu dem Kissen.

Dann versetze ich dem Kissen einen harten Schlag. Obwohl ich ganz allein bin, muss ich darüber hysterisch anfangen zu lachen. Danach mache ich meinen Computer an und checke meine Mails. Oder besser, ich checke meine Spams, denn es ist keine einzige Mail an mich persönlich dabei. Ich versende eine, an Philip: »Ich sage ja. Daisy.«

Philip ruft mich sofort an.

»Ich dachte, wichtige Menschen hätten immer so viel zu tun«, sage ich.

»Nein«, antwortet Philip, »wichtige Menschen sorgen dafür, dass andere viel zu tun haben. Hast du heute Mittag Zeit, zum Strandhaus zu fahren?«

Es gefällt mir wirklich gut, wenn Philip mich um etwas bittet, anstatt dass er mir befiehlt. Dies wird mein erster Auftritt als Domina sein.

»Muss ich etwas Spezielles anziehen?« Darüber denkt Philip kurz nach. Andere Herrinnen sind mit Sicherheit nicht so unsicher, aber irgendwo muss man ja anfangen.

»Kein Latex oder Leder. Zieh mal etwas an, das du selbst magst.«

Das ist eine große Erleichterung, angesichts meiner Latexphobie. Vor ein paar Jahren habe ich, um es mal auszuprobieren, ein Latexkleid angezogen, in einem Laden im Rotlichtviertel, wo ein Bekannter von früher arbeitete. Es stand mir überhaupt nicht. Nach dieser Erkenntnis wollte ich das Kleid so schnell wie möglich wieder ausziehen, aber das ging nicht so einfach. Ich steckte fest. Und je stärker ich daran zog und zerrte, desto wärmer wurde mir, wodurch ich anschwoll, sodass das Kleid noch fester saß. Der Bekannte stellte mich eine halbe Stunde nach draußen in die Eiseskälte, bis die Panik und mein Körper schrumpften, sodass ich das Kleid erleichtert abstreifen konnte. Auf meinem Rücken und den Hüften waren noch lange Zeit tiefe rote Striemen zu sehen. Nichtsdestotrotz scheint es mir wichtig, mich nicht in meinen alltäglichen Klamotten auf den Pfad des Sadomasochismus zu begeben. So etwas muss man abgrenzen, indem man eine Art Uniform trägt, sonst läuft es mit Sicherheit aus der Hand. Ich muss mir etwas ausdenken. Die Farbe Schwarz scheint mir essenziell zu sein. Menschen, die anderen Menschen wehtun, wie Henker und Vampire, tragen immer Schwarz. Zahnärzte dagegen – auch bekannte Verursacher von Schmerzen – verrichten ihre Arbeit in Weiß oder Grün; auf Letzterem scheinen Blutflecken nicht so aufzufallen. Ich ziehe ein straffes Oberhemd und einen schwarzen Rock an. Meine schwarzen Stiefel putze ich, bis sie glänzen. Dann kämme ich meine Haare zu einem strammen Pferdeschwanz. Ich sehe gemein aus, das ist gut. Es klingelt an der Tür. Ich reiße die Tür auf.

»Und, wie sehe ich aus?«, frage ich.

Leider steht da nicht Philip, sondern Frank.

»Du siehst aus wie eine Nazi-Folterexpertin«, sagt Frank unsicher.

»Frank, es passt jetzt gerade nicht so gut. Ich bin gleich verabredet.«

»Gehst du Ausländer zusammentreten?«

»Nicht zu lustig, bitte.«

Ich denke kurz nach und beschließe, Frank die Wahrheit zu erzählen. Dann haut er wenigstens schnell ab. »Philip hat mich gefragt, ob ich ihm wehtun will. Sone Art SM, verstehst du. Ich werde es mal versuchen.«

Frank errötet. »Hier?«, fragt er. Als täte das was zur Sache.

»Das würden die Nachbarn mit Sicherheit großartig finden. Nee, wir fahren zu seinem Strandhaus. Er hat ein Haus in den Dünen bei Bergen. Kannst du jetzt abhauen? Ich rufe dich morgen an.«

»Sollen wir dann mal anfangen?«, sagt Philip nach einer ziemlich peinlichen und endlos scheinenden Stille, die nur ab und zu von meinem Gekicher unterbrochen wurde.

»Gib mir noch einen Wein«, sage ich. Jetzt oder nie, beschließe ich, nachdem ich meinen dritten Weißwein rasch die Kehle hinuntergegossen habe. Ich stehe auf und bleibe vor Philip stehen.

»Du bist nichts. Wertlos bist du.«

Auf einmal verspüre ich nicht mehr den Drang zu lachen. Philip schaut mich erwartungsvoll an. »Was guckst du so? Wenn du es noch einmal wagst, mir in die Augen zu sehen, setzt es was.«

Philip schaut auf meine Stiefel.

»Siehst du diese Stiefel? Diese Stiefel sind mehr wert als du. Küss sie.«

Philip beugt sich vornüber, um meine Stiefel zu küssen. Ich setze meinen Fuß auf seine Schulter und trete ihn mit Kraft hintenüber.

»So einfach geht das nicht!«, schreie ich. »Fleh darum!«

»Darf ich bitte Ihre Stiefel küssen, Herrin?«

»Nein«, sage ich. »Beweis erst mal, dass du ein braver Junge bist. Zieh deine Klamotten aus, kleiner Dreckskerl.«

Philip zieht seine Klamotten aus und hängt sie über einen Stuhl. Ich befehle ihm, seine Hände hinter den Rücken zu nehmen, und binde sie fest. Ich werfe ihn auf den Boden. Dann fange ich an, ihn mit einer der Peitschen, die auf dem Tisch bereitliegen, zu schlagen. Erst ruhig, dann immer härter. Das Geräusch der Peitsche, die seine Haut trifft, klingt angenehm. Klatsch, klatsch. Die Haut auf Philips Brust und Bauch wird rot. An manchen Stellen entstehen blutige kleine Schnitte. Es ist ganz einfach, wie in Trance dresche ich weiter. Ich höre das Geräusch von Philips Stimme, aber ich höre es auch nicht. Es erklingt im Hintergrund, als hätte jemand das Volumen auf sehr leise gestellt.

»Daisy, Daisy. Genug! Bitte.«

Erst als er das ein paar Mal gerufen hat, realisiere ich, dass »genug« das Wort war, bei dem ich aufhören sollte. Ich höre auf, aber zittre zu stark, als dass ich Philip losbinden könnte. Also lasse ich ihn einfach liegen und laufe hinaus in die Dünen. Erst als meine Atmung normal ist, gehe ich wieder hinein. Philip liegt noch immer auf dem Boden. Er sieht schrecklich erbärmlich aus.

Ich mache ihn los und ziehe ihn auf die Couch. Dann lege ich eine Decke um ihn herum und halte ihn fest. Er heult. »Entschuldigung«, sage ich. »Es tut mir schrecklich leid, Philip. Du hättest mich niemals fragen dürfen. Ich wusste nicht, dass ich so aggressiv sein kann. Entschuldigung.«

Philip krabbelt zu mir, wie ein Kind. »Es war großartig, Daisy. Ich wusste, dass du das kannst.«

Ich ziehe das stramme Band aus meinen Haaren, weil ich nicht mehr gemein aussehen möchte. Meine Kopfhaut schmerzt. »Woher hast du das denn gewusst?«, frage ich verzweifelt.

»Von unserer ersten gemeinsamen Nacht. Du hast mich damals grün und blau geschlagen. Das weißt du doch wohl noch?«

Weißwein, denke ich. Das ist die Nacht, von der ich nichts mehr weiß.

»Noch nie habe ich auf solch eine aggressive Art Sex gehabt«, sagte Philip. »Es war bestialisch geil. Danach versuchte ich alles, um dich wieder so böse zu machen, aber es ist mir nie mehr gelungen. Bis jetzt eben. Du bist die ideale Domina, Daisy.«

Darüber muss ich kurz nachdenken.

»Philip«, sage ich nach einer Weile. »Du hast die Falsche vor dir.

Das war keine sexuelle Sache. Es war pure Wut. Wut über alles, was in meinem Leben schiefgelaufen ist. Ich kann hieran keinen Spaß finden, ich fand es furchtbar. Wir müssen es dabei belassen, ich werde dich nicht mehr sehen.«

Nun muss Philip erst richtig heulen. Ich setze mich auf seinen Schoß und heule mit.

»Du darfst mich nie mehr anrufen, hörst du. Es ist vorbei. Wirklich ganz und gar vorbei. Ich rühre keine Peitsche mehr an. Wenn ich nochmal die Neigung verspüre, jemanden zu schlagen, gehe ich zum Kickboxen.«

Philip ist still, als er mich nach Hause fährt. Vor der Tür gibt er mir einen langen Kuss. »Ich werde dich vermissen, liebe Daisy. Falls du jemals deine Meinung ändern solltest, musst du mich anrufen.«

»Wie erklärst du Anna die Striemen?«, frage ich.

»Pyjama«, sagt Philip, während er den Motor startet.

»Viel Erfolg weiterhin«, rufe ich ihm nach, aber bei näherer Betrachtung finde ich, dass das schrecklich albern klingt.

›Lazy Daisy‹
erschienen im Fischer Taschenbuch Verlag,
256 Seiten, Broschur, 8,95 € (D)

aus dem Niederländischen von Kristina Kreuzer

Rainald Grebe
Single in Berlin

Zauberhafte Dessous
Sigrid Anne Kürpik

stimmungsabhängig

B♮m G
Al - le sind so schön, al - le se - hen so glück - lich aus.
B♮m G
Al - le sind so schön, al - le se - hen so glück - lich aus. Ich
B♮m G B♮m
geh da nicht mehr raus. Ich geh da nicht mehr raus. Ich geh da nicht mehr raus. Ich
G D G A D
geh da nicht mehr raus. Wie - der Sing - le in Ber - lin. Sing - le in Ber - lin - toll!
G A D G A D G A
Sing - le in Ber - lin. Sing - le in Ber - lin - toll!
D B♮m G
Ich muss mein Le - ben än - dern, mein Le - ben än - dern.
B♮m G
Ich mach jetzt Bauch - mus - kel - trai - ning, Bauch - mus - kel - trai - ning.
B♮m G
Ich bin ein Fisch, und ich su - che ein Fahr - rad. Mein al - tes Fahr - rad ist weg.
B♮m
Ich bin son schö - ner Fisch, und ich su - che ein Fahr - rad. Mein

G B♮m G
al - tes Fahr - rad is weg. n Fisch oh - ne Fahr - rad, das ist doch gar kein Fisch. n
B♮m G D G A
Fisch oh - ne Fahr - rad, das ist doch gar kein Fisch. Wie - der Sing - le in Ber - lin.
D G A D G A D
Sing - le in Ber - lin - toll! Sing - le in Ber - lin. Sing - le in Ber - lin - toll!
G A D A/C♯ G/B♮ A D
Sex ist to - tal ü - ber - be - wer - tet. Sex ist
A/C♯ G/B♮ A D G A
to - tal ü - ber - be - wer - tet. Sing - le in Ber - lin.
D G A D G A 1. D
Sing - le in Ber - lin - toll! Sing - le in Ber - lin. Sing - le in Ber - lin - toll!
G A D B♮m
Ich mach die Au - gen zu. Ich mach ee - ne mee - ne muh. Ich mach die
G
Au - gen wie - der auf, und da stehst du und sagst:
B♮m G
Hopp - la, ich bin die Lie - be, hopp - la! Du

bist doch gar nicht wahr, du bist doch Zu - fall. Du bist doch gar nicht wahr, du bist doch
Zu - fall. Ber - lin, Ber - lin, das ist doch kei - ne Stadt! Ber - lin, Ber - lin, das
ist doch kei - ne Stadt! Das ist doch De - ko! Al - les De - ko!
Das ist doch De - ko! Al - les De - ko! Tau - send gei - le
Mu - scheln wa - ckeln durch die Stadt. Ob ir - gend - ei - ne ei - ne Per - le für mich
hat? Der o - der die? Wer mit wem? Ich und mein
klei - nes Lu - xus - prob - lem. Wie - der Sing - le in Ber - lin - toll!
Sing - le in Ber - lin. Sing - le in Ber - lin.

Ich sitze im Bett und rauche Kette.
Sie ist weg.
Ich sitze im Bett und rauche Kette.
Sie ist weg.
Wer hat hier eigentlich wen verlassen?
Sie ist weg.

Hätt ich doch, hätt ich doch, dann wäre sie noch da.
Hätt ich doch, hätt ich doch.
Ach, hätte, hätte, hätte,
hätte, hätte, hätte.

Bin wieder Single in Berlin.
Single in Berlin – toll!
Ich laufe durch die Stadt,
und es ist Sommer.
Ich laufe durch die Stadt,
und es ist Sommer.
Ich halt's nicht aus, ich halt's nicht aus,
diese Arschparade.
Alle sind so schön,
alle sehen so glücklich aus.
Alle sind so schön,
alle sehen so glücklich aus.

Ich geh da nicht raus.
Ich geh da nicht raus.
Ich geh da nicht raus.
Ich geh da nicht raus.

Wieder Single in Berlin.
Single in Berlin – toll!
Single in Berlin.
Single in Berlin – toll!

Ich muss mein Leben ändern,
mein Leben ändern.
Ich mach jetzt Bauchmuskeltraining,
Bauchmuskeltraining.
Ich bin ein Fisch, und ich suche ein Fahrrad.
Mein altes Fahrrad ist weg.
Ich bin son schöner Fisch, und ich suche ein Fahrrad.
Mein altes Fahrrad ist weg.
n Fisch ohne Fahrrad, das ist doch gar kein Fisch.
n Fisch ohne Fahrrad, das ist doch gar kein Fisch.

Wieder Single in Berlin.
Single in Berlin – toll!
Single in Berlin.
Single in Berlin – toll!

Sex ist total überbewertet.
Sex ist total überbewertet.

Single in Berlin.
Single in Berlin – toll!
Single in Berlin.
Single in Berlin – toll!

Ich mach die Augen zu.
Ich mach eene meene meh.
Ich mach die Augen wieder auf,
und da stehst du
und sagst:
Hoppla, ich bin die Liebe,
hoppla!

Du bist doch gar nicht wahr,
du bist doch Zufall.
Berlin, Berlin,
das ist doch keine Stadt!
Berlin, Berlin,
das ist doch keine Stadt!
Das ist doch Deko!
Alles Deko!
Das ist doch Deko!
Alles Deko!
Tausend geile Muscheln
wackeln durch die Stadt.
Ob irgendeine eine Perle für mich hat?
Der oder die?
Wer mit wem?
Ich und mein kleines Luxusproblem.

Wieder Single in Berlin.
Single in Berlin – toll!
Single in Berlin.
Single in Berlin – toll!

Sex ist total überbewertet.
Sex ist total überbewertet.

Single in Berlin.
Single in Berlin – toll!
Single in Berlin.
Single in Berlin – toll!
Single in Berlin.
Single in Berlin – toll!
Single in Berlin.
Single in Berlin.

Rainald Grebe, geboren 1971 in Köln, studierte Puppenspiel, war Schauspieler und Regisseur am Theaterhaus Jena und arbeitet seitdem als Autor, Komiker, Liedersänger und Dramaturg. Er erhielt zahlreiche Auszeichnungen, darunter den Deutschen Kleinkunstpreis 2006. Zurzeit tourt Rainald Grebe mit seinem ›Robinson-Crusoe-Konzert‹ und – mit der ›Kapelle der Versöhnung‹ – mit dem Programm ›1968‹.

›Das grüne Herz Deutschlands. Mein Gesangbuch.‹
erschienen im Fischer Taschenbuch Verlag,
ca. 240 Seiten, Broschur, 9,95 € (D)

Ralf Husmann
Annähernd rund gelutscht

Und jetzt eine griffige Situation aus
›Nicht mein Tag‹.
Das Leben von Till Reiners ist wie eine Tatort-Folge: ziemlich deutsch, mäßig spannend, mit wenig Sex, und man ahnt nach der Hälfte, wie es ausgehen wird. Bis Nappo auftaucht, ein Kerl mit einer Tätowierung, einer Sporttasche und einer echten Waffe. Plötzlich ist Till Geisel, woraus sich ganz unerwartete Chancen für ihn ergeben …

Ralf Husmann war als Chefautor und Producer zuständig für die ›Harald Schmidt Show‹, die Sitcom ›ANKE‹, ›Rent a Pocher‹, er ist Autor von ›Stromberg‹ und ›Dr. Psycho‹. Ralf Husmann wurde bereits mehrfach mit dem Deutschen Comedy-Preis sowie dem Grimme-Preis ausgezeichnet.

Uniformen machen Till nervös. Selbst die Einheitsklamotten bei McDonalds-Angestellten. Till erschrickt auch vor Leuten, die offenbar zu einer Art französischer Heilsarmee gehören. Er sieht den waschpulverbestreuten Supermarktfranzosen vor sich, er riecht das Zeltinnere, aus dem er Geld gestohlen hat. Die Leute werden eins und keins zusammenzählen, plus x, und dann wissen, dass er es war. Auch die schäbigste Ein-Stern-Pension verlangt beim Einchecken einen Personalausweis. Und dann haben sie ihn. Die Polizei in Deutschland war schon bei Nadine. So hatte es damals mit Baader-Meinhof auch angefangen, und am Ende waren alle tot oder in der DDR.

Die elende gelbe Scheibe strahlt und strahlt aus dem Himmel, als wolle sie alles niederbrennen, auch wenn sie sich jetzt so langsam auf den Horizont zubewegt. Till schwitzt und der nervöse Schweiß quillt gemeinsam mit dem Hitzeschweiß aus seinen Poren. »Ich hab ja nichts gemacht! Ich bin sauber! Ich kann einfach neu anfangen«, sagt Nadine, und das ist eigentlich genau Tills Text. Die Wahrheit, die einfache, simple Wahrheit kommt doch immer irgendwann ans Licht. Die Wahrheit sorgt für mildernde Umstände bei seiner Aktion im Zelt; der Supermarkt war Mundraub, oder fing zumindest als Mundraub an und ist dann aus Nervosität zu einem Geldraub geworden. In allererster Linie ist Till ein Opfer, er wurde bedroht, entführt und bestohlen und musste plötzlich für Nadine sorgen. Er muss sich wieder beruhigen.

Sie sind in Quiberville-Plage, ein Ort, der nicht so aussieht, als sei die Jagd auf Kleinkriminelle hier an der Tagesordnung. Einstöckige Häuschen, rotverklinkerte Restaurants, schmale Straßen. Schroffe Felsen bilden den malerischen Abschluss des Festlands, bevor ein schmaler Streifen Strand ins Meer überleitet. Nadine will dorthin. Sie will immer zum Meer, wie eins von den Schildkrötenbabys, die nach dem Schlüpfen durch einen Instinkt zum Wasser getrieben werden.

»Ich hab ja auch nichts gemacht«, sagt Till, als sie auf den Handtüchern sitzen. Gestohlene Handtücher, die eigentlich der Pension in Gravelines gehören. Sie haben sie geklaut. Ein Schild am Strand gibt Auskunft, dass man sich in der Normandie befindet. Vielleicht sind hier die Alliierten gelandet. Dort wo jetzt Till und Nadine gelandet sind und auf geklauten Handtüchern darauf warten, dass nicht Hitler, sondern die Sonne untergeht. »Ich arbeite eigentlich bei der Dresdner Bank«, erklärt Till. Er muss jetzt einfach mal irgendwo wieder mit der Wahrheit anfangen. Sie sind ziemlich allein am Strand, der hier eher kieselig ist und nicht mehr so sandig wie noch am Vortag. »Nappo hat unsere Bank überfallen«, sagt er, und es klingt nicht mal annähernd so, wie es wirklich war. Der Moment, in dem Nappo plötzlich eine Waffe in seine Richtung gehalten hat. Der Moment, in dem er plötzlich mit Nappo zusammen aus der Bank kam, um in sein Auto zu steigen. Auch da hat er geschwitzt. Er muss etliche Liter weggeschwitzt haben in den letzten Tagen.

Till versucht zu erklären, wieso er einfach nicht losgekommen ist von Nappo, wie eins zum anderen kam, wie Nadine plötzlich da war, und wieso sie jetzt hier am steinigen Strand in der Normandie sitzen, während er eigentlich nach Osthofen gehört, und um diese Zeit normalerweise zum Beispiel noch eine Gurke kaufen müsste fürs Abendessen. Er spricht nach vorn in Richtung des Meeres, in Richtung der Möwen, die hin und wieder einen kreischenden Kommentar einstreuen. Nadine schüttelt ihren Kopf und im Gefolge etwas sanfter auch den Totenkopf auf ihrem Top.

»War eigentlich klar, dass er irgendwann mal richtig Scheiße baut«, sagt sie und klingt traurig. Nadine erzählt, wie sie Nappo kennengelernt hat. Er war der oft gesuchte junge Mann zum Mitreisen beim Autoscooter. Er ließ sie und ihre Freundin umsonst fahren und stand auf den Gummistoßstangen des Wagens, in engen Jeans und unglaublich geilen Schlangenlederstiefeletten. Sie fand ihn cool. Nappo hat zwei Ausbildungen abgebrochen, kennt sich mit Autos aus und ist immer irgendwie über die Runden gekommen bislang. Anfangs war Nappo lustig, hat sie nachts mit in die Geisterbahn genommen, und ein anderes Mal sind sie nachts im Zoo über den Zaun geklettert, und er hat erfolglos versucht, eine schlafende Giraffe umzuschubsen. Nadine grinst, als sie daran denkt. In letzter Zeit ist es deutlich weniger geworden mit dem Spaß. Er hat zunehmend mehr getrunken, sie haben sich häufig gestritten. »Ich wollte ja nur, dass ich ihn irgendwann auch mal anrufen kann und sagen, bring noch ’ne Gurke mit zum Abendessen. Verstehst du? So was ganz Normales halt«, sagt Nadine auch zum Meer und den Möwen, die alles verstehen und alles schon gehört haben.

Till nickt. Offenbar wollen alle immer etwas anderes. War nicht selbst Gott unzufrieden gewesen und hatte deswegen die Sintflut geschickt, um nochmal neu anzufangen? »Immer Gurken holen ist auch nicht so das Wahre«, sagt Till sanft. Dann sagen sie beide eine Weile nichts mehr. Eine vielköpfige Familie räumt lautstark ihre Sachen zusammen und beendet den Strandtag, genauso wie die Sonne, deren Nachglühen noch hellrot über dem Meer liegt.

»Was hast du da eigentlich gemacht, im Supermarkt?«, fragt Nadine zögerlich. Jetzt, wo sie weiß, dass er kein Kumpel von Nappo ist und der Seitenscheitel und die Leinenhose kein Zufall waren, ist er ihr viel fremder geworden als vorher.

»Ich konnte dich doch nicht hängen lassen«, sagt er in einem Tonfall, als wäre auch er jahrelang auf Autoscootern mitgefahren, aber jetzt, wo die Wahrheit einmal draußen ist, lässt sich Nadine nicht mehr täuschen.

»Hast du die Kohle gezockt?« Es kommt so ungläubig heraus, als hätte er auf die Frage nach seinem Lieblingsgericht »gebackene Kinderköpfe« geantwortet.

»Ah, Schwamm drüber«, sagt Till und möchte sofort wieder auf die Löschtaste drücken. ›Schwamm drüber‹ ist nicht Autoscooter, sondern bestenfalls Dosenwerfen. Wieder schweigen beide. Die Steine drücken sich durch das Handtuch in seinen Hintern.

›Schwamm drüber‹ schwebt noch irgendwo in der Luft über ihnen. Till wird für den Rest seines Lebens Gurken zum Abendbrot holen. Alles andere ist Science Fiction.

»Irgendwie ist das total süß von dir«, sagt Nadine und klingt ergriffen, während Till sich nicht sicher ist, ob sie ihn nicht gerade so richtig verarscht. Zum ersten Mal sieht Nadine jetzt nicht mehr das Meer an, sondern Till mit den sinnlos verstrubbelten Haaren in seiner neuen Eidechsenhose. »Wir sind beide ziemlich am Arsch, hm?«, sagt sie, so wie es Eva auch zu Adam gesagt haben muss, nachdem die Schlange sich weggeschlichen hatte. Die einzigen Menschen am Strand.

Nadine trägt die übergroße Sonnenbrille, und dann beugt sich ihr Totenkopf über Tills Eidechse. Till riecht fremde Haare. Ein Streichelreflex setzt ein, er kennt das von Nico. Er streichelt ihr über den Kopf. Viel festere Haare als bei Nico, auch anders als bei Miriam. Eigentlich ja nur totes Gewebe. Haare. Gleichzeitig spürt er sie bis in entfernte Winkel seines Körpers. Sie dreht sich, und beide sehen eine Weile dem Meer bei der Arbeit zu. Es wird die Kiesel am Strand irgendwann zu feinem Sand zermahlen haben, eines Tages, wenn Till, Nappo, Nico und Nadine längst tot sind. Frau Odra auch. Und Miriam. Sein neues, kragenloses Hemd ist hochgerutscht. Er spürt ihre Haare an seinem Bauch und den sanft einsetzenden Wind, der den Abend in die Bucht weht. Die Kiesel unter ihm rutschen, Nadine hat sich bewegt, die schwarze Brille kommt auf ihn zu. »Irgendwas wird schon«, sagt Nadine, vielleicht fragt sie es auch. Wie soll man nicht wenigstens ein bisschen optimistisch sein, wenn man das Meer vor der Nase hat und es ringsum warm ist. Die Kiesel haben die Sonne gespeichert.

»Irgendwas wird schon«, so lassen sich ganze Philosophien zusammenfassen. Der Mund unter der schwarzen Brille küsst Till kurz vor sein linkes Ohr. Eine Möwe lacht. Nadine küsst ihn nicht wie eine Tante oder eine Französin bei der Verabschiedung. Sie küsst ihn. Er spürt ihren Atem in seinem Ohr. Sie sind wirklich wie Adam und Eva, sie haben sich einander nicht ausgesucht, aber es gibt niemand anderen. Er küsst sie zurück, seine Lippen landen halb auf der zu großen Brille und zur anderen Hälfte auf ihrer Stirn, hinter der er den Knochen spürt, den Knochen ihres echten, richtigen Totenkopfs. Er hat seit Jahren keine Frau geküsst. Nur Miriam, die zählt aber nicht. Nadines Lippen bleiben unterhalb seines Auges liegen, feucht, weich und zart. Ist das jetzt die Aufführung von »Till und Sybille Krückmann am Strand«? Mit zwanzig Jahren Verspätung? Ohne Proben, an einem falschen Strand und nicht mit der Originalbesetzung? Nadines nicht unerhebliches Zusatzgewicht drückt noch mit auf die Kiesel. Die Schicht Handtuch darüber polstert nicht besonders. Jetzt sind ihre Lippen auf seinen gelandet. Er weiß, was erwartet wird, er kann das, er hat das schon mal gemacht, er ist überrascht. Selbst die Lippen an seinem Ohr haben ihn nicht auf einen wirklichen Kuss vorbereitet. Es ist, als hätte er bei der Weihnachtsbescherung versehentlich ein Päckchen für jemand anderen geöffnet.

Er wird jetzt nicht, auf keinen Fall, seine Zunge nach vorne bringen. Gleichzeitig will er nicht so wirken, als würde er immer nur Gurken kaufen. Er hat schließlich einen Supermarkt überfallen, einen Wagen gestohlen und ein Campingzelt ausgeraubt. Er öffnet seine Lippen ein wenig, er schmeckt den ungewohnten Geschmack, eine Erregung, die bis in seine Zehen geht. Till weiß nicht, was jetzt gefragt ist, ob er alles falsch macht, wenn er jetzt einen Schritt weitergeht.

Er hat mit vierzehn bei einer Matratzenparty mal das Licht angemacht, als jemand gesagt hat »Mach mal einer das Licht an!«, im Spaß, wie Till zu spät feststellte, als alle erschreckt und empört versuchten, sich oder ihre jeweiligen Partner zu verstecken, damals als man noch das Licht ausmachte. In Tills Kopf rotieren Bilder wie beim Schleudergang einer Waschmaschine. Die Hutzelfrau aus dem Supermarkt in ihrer albernen Stola, der Mann, dem er an der Tankstelle in den Bauch geschlagen hat, Nico, der seine Bratwurst nicht essen will, Miriam, die sich schminkt. Das Meeresrauschen nervt, und er könnte sich viel besser konzentrieren, wenn die Kiesel nicht so kieselig wären.

Nadine drückt ihn nach hinten, und er rutscht weg, hält sie

aber fest. Jetzt liegt sie halb auf dem Handtuch, und er liegt halb auf ihr, er atmet hörbar, er greift in ihre fleischige Seite, er fühlt ihre Haut. So beiläufig wie möglich schiebt er den Totenkopf hoch. Nadine, nah. Alles was er bislang immer nur hinter einem Salzwasser- oder Nachtschleier gesehen hat. Sie protestiert nicht, sie macht mit. Die Sonnenbrille ist hochgerutscht. Die Auswirkungen von Nappos Schlag an ihrem Auge sind zu sehen, es hat sich leicht verfärbt. Till versucht zu erkennen, ob sie lächelt. Es ist schwer zu sagen. Er küsst ihren Bauch, ein leicht salziger Geschmack. Sie hält ihn mit ihren Armen, so wie sie ihn schon ein paar Mal stehend von hinten umarmt hat. Er hat ihre Erlaubnis, er fühlt mit seinen Fingern über ihren Rücken, er löst die Schlaufe, die die Träger des Glitzerbikinis bilden. Dann stoßen seine Finger auf den Verschluss, den gewiefte Techniker zusätzlich zur Schlaufe an den Bikini gebaut haben. Till kennt die Witze über BH-Verschlüsse. Er ist nicht der Geschickteste, er ist auch in diesem Spiel seit Jahren übungslos, denn Miriam zieht sich selbst aus, meistens im Badezimmer. Er hat nicht viel Zeit, er darf sich nicht verfummeln, er weiß es. Seine Finger tappen ahnunslos wie Touristen auf fremdem Terrain. Er gibt auf. Es muss anders gehen. Er schiebt die Träger über Nadines Schulter und rutscht mit seinem Kopf zur Ablenkung südwärts. Was machst du hier? Du wolltest die Wahrheit erzählen, du wolltest reinen Tisch machen und fummelst jetzt an einer Frau herum, die dich noch nicht mal richtig interessiert. Er sieht jetzt nah die Tätowierung an der Innenseite ihres Oberschenkels, ein chinesisches Schriftzeichen.

»Was heißt 'n das?«, fragt er, um Zeit zu gewinnen und abzulenken.

»Ente süß sauer«, sagt sie, sicher nicht zum ersten Mal, aber Till lacht, und sie lacht auch. Es ist gut, in solchen Situationen zu lachen. Sex soll man nicht zu ernst nehmen, das hat Till schon häufiger gelesen.

»Und in echt?«

»Ist das das chinesische Zeichen für Mut.«

Geschwungene Linien unter der Haut. Es gefällt ihm, es ist

nicht so plakativ wie bei Jessica. Aber auch da hat ihm das Muster auf ihrem Rücken immer gefallen. Er fährt mit einer Fingerspitze sanft über das Zeichen. Mut. Wenn man das Wort in dieser fremden Schrift sieht, hat es eine ganz andere Wirkung. Mit so einer Schrift kann man sicher auch Dinge ausdrücken, für die wir kein Wort haben. Vielleicht haben die Chinesen sogar ein Zeichen für eine Situation wie diese hier am Strand. Till spürt Nadines Hände auf seinem Rücken, auf seinem Bauch, an seiner Hose, geschickter als seine Hände. Sie wissen, dass seine Hose geknöpft wird. Sie haben mit Knöpfen keine Schwierigkeiten. Gleich wird wieder ein Rentnerpaar mit Stöcken vorbeilaufen, ein Kaninchen wird kommen, eine Möwe wird ihm auf den Rücken scheißen. An einem anderen Strand ist er neulich gewesen, eine junge Studentin hat sich für ihn interessiert, deren Namen er vergessen hat, aber nicht ihren Akzent. Mit der hat er nicht geschlafen, aber er hätte können, er hätte dürfen, er hätte sollen. Er hätte mit Jessica im Stadtpark sitzen sollen, er hat sich von einer blöden Gurke davon abhalten lassen. Das hier ist das Leben.

Till liegt wieder auf den Kieseln, das Handtuch fehlt jetzt, Nadine tut irgendwas, er spürt Stoff, er sieht ein Stück des Himmels, er versucht den Rest des Strands im Auge zu behalten, er sollte sich darauf konzentrieren, dass sein Schwanz ihn jetzt nicht hängen lässt, er muss die Formulierung verdrängen, irgendwas ist nicht richtig, irgendwas stimmt nicht, die verdammten Kiesel sind steinhart und vom Meer nicht annähernd so rund gelutscht, wie man erwarten könnte. Nadines begabte Hände haben sich an der Unterhosensperre vorbeigemogelt. Das ist alles nicht zu fassen, das alles geht trotz Ehe, das hat nichts mit Liebe zu tun, das alles kann er immer noch Miriam erklären. Till ist jetzt, in diesem Augenblick, ganz fest überzeugt, dass das alles nebeneinander geht, weil auch Nadine unmöglich in ihn verliebt sein kann, unmöglich. Es geht jetzt nur um den Sommer, das Meer, Frankreich, das Leben, das so eben auch ist. Nadine hat ihren Mund, ihre Lippen, ihre echten Lippen um seinen Schwanz gelegt, feuchte Wärme. Aber die verdammten Kiesel sind gegen ihn. Das alles wäre im holländischen Sand kein Problem. Ein Lkw hupt entfernt. Till besteht aus Nervosität. Seine Nerven sind an Formularen trainiert, nicht an Supermarktüberfällen und fremden Mündern, die seinen Schwanz … – Das ist alles zu viel. Die blondierte Frau im Film, zwischen deren Brüsten der Mann kommt. Aber selbst die liegt nicht auf Kieseln.

Nadines Totenkopf schlägt Falten, darunter eine nur noch halb glitzernde Brust. Porno wäre kein Beruf für ihn, denkt Till. Nadine soll das nicht tun, nur weil er für sie den ganzen Supermarkt überfallen hat. Sie arbeitet keuchend und mit einer völlig deplatzierten Entschlossenheit, als sei seine Erektion ein peinlicher Fehler, den sie so schnell wie möglich wieder beseitigen muss.

Sex ist die albernste Erfindung der Natur. Der klare Beweis, dass Gott nicht existiert, oder wenn, dann kann er nicht besonders helle sein. Es ist ein alberner, unnützer Spaß, wie Comics lesen. Die Kiesel arbeiten gegen Nadine. Sie benutzt ihre Hände, Till versucht zu erkennen, was sie macht. Geübte Bewegungen, routiniert, wie bei der klassischen Handarbeit. Stricken, häkeln, wichsen. Was ist eigentlich mit Aids? Verschwunden, wie Rinderwahnsinn? Wenn sie eine kleine Verletzung in der Mundhöhle hat? War es nicht so? Reichte nicht das? Langsam hört Till auf zu denken, er will den albernen Glitzerquatsch nicht mehr im Blickfeld haben. Er will, dass sie stöhnt, er will sie hören, er will, dass sie kommt, er will zwischen ihren Brüsten kommen, in ihrem Mund, er will dass Jessica …

»Die scheiß Kiesel tun weh!« Nadine kann wieder sprechen.

»Absolut«, sagt er heiser. Zwei nüchterne Feststellungen hintereinander. Sie sind zwei Erwachsene, die erwachsen mit sich umgehen.

»Das drückt hier voll«, sagt sie vorwurfsvoll, als hätte er die Kiesel eigenhändig dort ausgestreut und läge deswegen jetzt zu Recht mit einer soeben sinnlos gewordenen Erektion im Abendwind.

Till nickt verständig, während sie auf ihre Knie drückt. »Am besten gehen wir wieder nach oben. Das bringt ja hier alles nichts mehr.«

Das Meer macht stoisch weiter, Nadine nicht. Till hat noch einen kleinen Moment gewartet, aber es geht im Augenblick darum, die restliche Würde zusammenzuhalten.

»Jetzt warte doch mal«, sagt Nadine, aber eher pro forma.

Er spürt die Kiesel jetzt selbst wieder überall und sammelt die Handtücher ein, die beide versagt haben, so wie er. »Nee, ach lass mal, ist echt nicht nötig!« Ein weiteres Stück für seine beachtliche Sammlung blöder Sätze. Nee, ach lass mal, ist echt nicht nötig! Ein Klassiker für jeden Porno, wenn es auf solchen Filmen auch Outtakes gäbe. Das ist alles Quatsch.

Die Möwen schreien sich ihre winzigen Seelen aus den Schnäbeln, Apfelsinenschalen, Plastikflaschen, Algen und anderer Müll ist zwischenzeitlich angespült worden, oder Till hat das alles zuvor nicht gesehen. Wen wollen die Franzosen eigentlich mit diesem Stück blödem Land verarschen? Wem wollen sie das Gerümpel als Strand verkaufen? Till hat langsam mehr und mehr Verständnis für Nappos Ausfälligkeiten. Nappo, dessen Freundin, Ex-Freundin es ihm gerade beinah besorgt hätte. Wenn Nappo das gewusst hätte, als er in die Schalterhalle der Dresdner Bank, Filiale Osthofen-Süd, kam! Nappo, den sie besoffen und bekifft und vermutlich ebenso unbefriedigt in einem Hotel in Holland zurückgelassen haben. Schon wieder sitzen sie im selben Boot. Dieses Mal sogar mit derselben Frau.

Nappos Auto hat am Straßenrand zum Strand ein Knöllchen bekommen, das Till zornig auf die Straße wirft. Er hat keine Ahnung, wo Nappo jetzt ist. Er hat keine Ahnung, wo er selbst ist oder sonst irgendwer. Er würde jetzt gern aus seiner Haut fahren, in eine andere Daseinsform. Nadine ist dicht hinter ihm. »Bist du sauer oder so was?« Till macht die Andeutung eines Kopfschüttelns. »Wenn wir jetzt fahren, sind wir morgen früh bei Lana in Cherburg«, bietet Nadine als Ausgleich an, »dann geb ich dir das Auto. Dann fährst du nach Hause.« Schon wieder klingt es halb wie eine Feststellung und halb wie eine Frage. Till macht die Andeutung eines Nickens und setzt sich auf die Beifahrerseite. Soll sie ihn wo auch immer hinfahren.

Im Autoradio singt Bruce Springsteen »But if you don't feel like being alone/Baby, I could walk you all the way home«.

Es ist Gott, der im Detail steckt, nicht der Teufel. Vielleicht auch beide, dann wird es im Detail allerdings ziemlich eng. Till lacht leise durch die Nase. Nadine fährt los.

›Nicht mein Tag‹
erschienen im Scherz Verlag,
336 Seiten, Broschur, 13,90 € (D)

Olivia Lichtenstein

Alle tun es außer mir

Der nächste Text kommt geradeheraus aus
›Seitensprung rückwärts‹.
Chloe Schiwago, erfolgreiche Therapeutin, ist seit einer gefühlten Ewigkeit mit Greg verheiratet. Sie hat zwei Kinder, ein Au-pair-Mädchen, eine beste und eine berühmt-berüchtigte Freundin. Und die bohrende Frage im Kopf: »War's das? Werde ich nie wieder mit einem anderen Mann Sex haben?«

Olivia Lichtenstein ist eine preisgekrönte Dokumentarfilmemacherin. Zur Zeit arbeitet sie als freie Produzentin, Regisseurin und Journalistin. Sie lebt mit ihrem Ehemann – der keine Alltagsgegenstände an obskuren Orten versteckt – und ihren zwei Kindern in London.

Rezept für Zoff (Anonym)

1 sexuell vernachlässigte verheiratete Frau

1 unzufriedener, williger, exotischer Mann

2 Teile Abenteuerlust hinzufügen, Frau und Mann jeweils aufbrezeln und allein ausgehen lassen, 3 Tropfen berauschenden Duft des Begehrens hineingeben. Zutaten gut vermengen und auf Ergebnisse warten …

(Abstand halten, da Mischung explodieren kann.)

BBs Party war in vollem Gange, als ich schließlich ankam. Sie fand in einem dieser hippen Szenetreffpunkte in Soho statt; so ein Laden, in dem die Schlange vor der Toilette länger ist als die vor der Bar, weil die Leute sich dauernd die Nase pudern müssen. Ich konnte den Reiz des Kokains nie nachvollziehen. Ich habe es ein paar Mal ausprobiert und immer das Gefühl gehabt, ich schnupfe Ängste und Depressionen in Pulverform. Und da ich davon auch so schon genug habe, fand ich das überflüssig. Ich schämte mich bereits für meine Aufmachung, als ich durch die Tür trat, an meinem zu kurzen Rock zupfte und mein nicht vorhandenes Dekolleté zu verstecken versuchte. Überhaupt fühlte ich mich völlig fehl am Platze und viel zu unmodern. Wieso bleibt man eigentlich immer in einer Art Zeitschleife der eigenen Jugend stecken, wenn man sexy aussehen will?

Die Londoner Intelligenz war dekorativ im Raum verteilt, plauderte, trank und aß nachgemachtes Unterschichtessen: winzige *Fish and Chips* und Mini-Würstchen. BBs Buch war überall präsent, und auch sie selbst war nicht zu übersehen: eine umwerfende Schönheit in einem knallroten Etuikleid mit aufgestickten

»No Entry«-Schildern über Brust und Genitalbereich. Plötzlich fühlte ich mich in meinem eigenen Outfit schon viel wohler. BB hat ein schlafwandlerisches Geschick, den Zeitgeist zu treffen. Ihr erstes Buch, *Seien Sie eine Geisha*, das gerade veröffentlicht wurde, als der Postfeminismus heraufdämmerte, hatte sie über Nacht berühmt gemacht. Sie war mit Ruthie und mir zur Schule gegangen, und unsere Verbindung war zwar herzlich, aber von einem gewissen Neid angefressen, wie verwitterte Buchstaben auf einem Gedenkstein. Ruthie hatte mich vorher angerufen und gesagt, sie sei heute nicht in der Stimmung, den demütigen Fan zu spielen; sie sei ein bisschen müde und würde sich lieber hinlegen und ein Buch lesen. Ob ich das bitte für uns beide erledigen könne, sie würde sich bei Gelegenheit revanchieren. »Vorher sind noch zwanzig andere Revanchen fällig«, grummelte ich, aber sie hatte schon laute Küsse durch die Leitung geschickt und aufgelegt. Ich simste ihr, wenn sie nicht käme, würde ich den Vertrag über ewige Freundschaft kündigen, den wir dreißig Jahre zuvor mit Blut unterzeichnet und im Garten verbuddelt hatten.

BB stürzte sich wie ein roter Tropenvogel auf mich und gab mir Luftküsse.

»Hallo, Süße. Das ist David, er hat ein wahnsinnig interessantes Verhältnis zu seinem Vater.«

Das ist das Problem, wenn man Psychotherapeutin ist; jeder will davon profitieren, will eine Blitzantwort wie von einem Spielautomaten: Oben wirft man Geld ein, und unten kommt die Lösung für alle Probleme heraus. Als Greg noch mit mir auf Partys ging, spielten wir heimlich das Spiel *Wie viel hättest du heute verdienen können?* Viele Leute, die wir trafen, baten entweder ihn um medizinischen oder mich um psychologischen Rat. Wir trafen uns dann in irgendeiner Ecke, nachdem wir die erste Runde gedreht hatten.

»Ich hätte schon über fünfhundert Pfund verdienen können«, murmelte Greg dann etwa. »Siehst du die Frau da hinten? Sie wird nicht schwanger und meint, vielleicht hat ihr Mann zu wenig Spermien, aber er lässt es nicht testen.«

»Und der Typ links von ihr«, entgegnete ich vielleicht, »ist stocksauer, weil ihm seine Mutter, als er fünf war, keine Pfannkuchen zum Frühstück gemacht hat.«

Jetzt, wo Greg so menschenscheu geworden ist, macht es nicht mehr so viel Spaß; ich muss die Therapiestunden weiterhin abhalten, aber ohne die Spannung unseres Spiels. Ich riss mich zusammen, wandte mich David zu und versuchte, interessiert zu gucken, als er mir erzählte, dass sein Vater ihm in seiner ganzen Kindheit und Jugend nicht ein einziges Mal gesagt habe, dass er ihn liebt. Immerhin hatte David einen ganz süßen Haarschnitt, wie Hugh Grant. Meine Enthaltsamkeit und die Gedanken ans Fremdgehen waren mir zu Kopf gestiegen, und meine Hormone liefen Amok.

»Und dann, als ich sechs war …«, sagte David.

Ich unterdrückte ein Gähnen, als mir bewusst wurde, dass wir seine gesamte psychologische Entwicklung Jahr für Jahr durchgehen würden, jede eingebildete Kränkung, jede noch so kleine Zurückweisung, jeden Winkel und jede Ritze, kein Stein würde auf dem anderen bleiben. So süß konnte er gar nicht sein, dass ich unter diesen Umständen interessiert bleiben würde. Ich schaute an ihm vorbei und sah, dass Ruthie soeben eingetroffen war. Ich funkte ihr mit den Augen wiederholt SOS. Sie winkte fröhlich, machte Stranguliergesten und ging weiter; ihre Rache dafür, dass ich sie gezwungen hatte, überhaupt hierherzukommen.

»Ich kann mich nicht erinnern, dass er je mit mir im Park Ball gespielt hätte«, sagte David. Über seine linke Schulter hinweg entdeckte ich einen großen, gut aussehenden Mann mit hohen Wangenknochen. »Wer ist das?«, zischte ich BB zu, die sich zu uns gesellt hatte. Der mit den Wangenknochen starrte mich intensiv an.

»Das ist Iwan.«

»Der lässt bestimmt nichts anbrennen, oder?«

»Och, weiß nicht. Er ist mit einer unscheinbaren Verlegerin namens Becky verheiratet.«

»Hmm.« Ich sah verstohlen zu ihm hinüber.

So weit schien alles zu Ruthies Regel zu passen. Was war nur mit mir los? Ich fühlte mich wie Struppi aus Tim und Struppi, wenn er sich zwischen einer guten und einer bösen Tat entscheiden muss und plötzlich einen bösen schwarzen Hund auf der einen Schulter hat und einen unschuldig weißen auf der anderen. Der schwarze versucht, ihn zu allerlei Ungehörigkeiten zu überreden, der weiße will ihn auf den Pfad der Tugend lenken. Mein schwarzer Hund hatte eindeutig Oberwasser. Plötzlich erwiderte ich Iwans Blicke und klimperte mit den Wimpern – offenbar ist es mit dem Flirten genauso wie mit dem sprichwörtlichen Radfahren. Innerhalb kürzester Zeit war er bei mir und drückte mir seine Karte in die Hand.

»Hier ist meine Telefonnummer«, sagte er. »Ich bin Iwan. Sie müssen mich anrufen. Ich tue so was sonst nie, aber ich will Sie unbedingt kennenlernen.«

Ich lachte höflich und reichte ihm die Hand. (Wie kommt es eigentlich, dass das charmante Lachen der Jugend, das an klirrende Eiswürfel in einem Glas erinnert, mit dem Alter zu einem kehligen Hexengackern wird?)

»Sie können mich auch Wanja nennen«, fuhr er fort.

»Ich heiße Chloe«, sagte ich.

»Nein«, sagte er so ungestüm, dass ich zusammenzuckte, »Sie rufen bestimmt nicht an. Geben Sie mir Ihre Nummer.«

»Wollen wir vorher vielleicht noch ein bisschen Konversation machen?«, schlug ich kokett vor.

Er kam aus St. Petersburg und sah aus wie ein Graf aus einem Tolstoi-Roman: groß, dunkel und mit diesen wie gemeißelten, hohen Wangenknochen, die einen immer an die russische Steppe erinnern. Genau mein Typ, oder besser gesagt, er wäre genau der Typ gewesen, auf den ich als Single gestanden hätte.

»Ich habe Russland noch zur Sowjetzeit verlassen«, sagte er. »Ich wollte unbedingt raus und habe es schließlich auch geschafft. Die ganzen Jahre habe ich mich gefühlt wie ein Vogel im Käfig, der mit den Flügeln schlägt und in die Freiheit fliegen will. Und als ich hier ankam, war da plötzlich kein Käfig mehr, aber ich konnte nicht mehr fliegen. Mir waren die Flügel gestutzt worden.«

»Ich bin verheiratet und habe zwei Kinder, Leo ist fünfzehn und Kitty zwölf«, platzte ich heraus.

»Ich bin auch verheiratet.« Sein Lächeln wirkte ein wenig traurig. »Aber wissen Sie, manchmal …«

»Ja, ich weiß.« Und es stimmte ja auch. Manchmal … Iwan war schrecklich anziehend, und er hatte so einen Hauch von Tragik, vielleicht noch durch die Brutalität des Sowjetregimes. Mir wurde ganz weich in den Knien von diesem Gefühl, an das ich mich kaum noch erinnerte: vom stetigen Puls des Begehrens. Eine ziemlich ungewohnte Regung nach so vielen Jahren im heiligen Stand der Ehe. Was war es, das mich so berührte? War es mein eigenes Bedürfnis, mal wieder etwas zu spüren? Die Freude daran, dass ein Mann sich für mich interessierte? Das seltene Gefühl, dass mir jemand richtig in die Augen schaute und mir zuhörte? Ich musste immerzu seine Hände anstarren, die Hände eines Pianisten oder Chirurgen, mit langen, schlanken Fingern, kräftig und zart zugleich. Wenn ich sprach, neigte er den Kopf leicht zur Seite und faltete die Hände wie zum Gebet, mit verschränkten Fingern bis auf die Zeigefinger, die er ausgestreckt an die Lippen legte wie einen kleinen Kirchturm. Ich stellte mir vor, wie diese Hände mein Gesicht streichelten und an meinem Körper hinunterwanderten. Die Manschetten seines Hemds waren etwas zurückgerutscht, sodass ich seine schwarz behaarten Unterarme sehen konnte. Ich dachte über seine übrige Körperbehaarung nach und wurde ein bisschen rot, weil ich ihn mir jetzt schon nackt vorstellte. Seine Lippen waren voll, seine Augen leuchtend blau. Meine Lieblingskombination – dunkles Haar und blaue Augen. Genau wie Greg. O Gott.

Ich gab ihm meine Nummer. War doch klar, nach der Sache mit dem Vogel und den Flügeln. Ganz plötzlich wollte ich gehen. Die sich auftuenden Möglichkeiten machten mich ganz schwindelig, und ein bisschen Angst hatte ich auch. Also schnappte ich mir meinen Mantel und wollte gerade hinaus, als BB mich aufhielt und mit Eintrittskarten vor meiner Nase herumwedelte.

»Tickets für Frou-Frou, Süße, das wird die heißeste Late-Night-Show der Stadt!«

Sie ist die Königin der Freikarten, sie hat schon mit vierzehn Jahren Freikarten für Popkonzerte organisiert, selbst wenn Leute wie The Who oder »Reggie« (Elton John für Normalsterbliche) spielten. Jetzt, wo sie selbst reich und berühmt ist, liebt sie immer noch alles, was es umsonst gibt.

»Nein, danke, Lizzie, ich muss los.«

»Ach komm, das wird lustig, und danach können wir noch zur Premierenparty gehen, ich stehe auf der Gästeliste.«

»Na klar«, sagte ich und machte mich schnell davon, bevor sie mir ihren Willen aufzwingen konnte. Irgendwie schafft sie es immer, dass man tut, was sie will.

Ich schaute mich um und sah, dass der langweilige David Ruthie an einer Wand festgenagelt hatte. Sie wirkte geradezu panisch.

»Wir müssen los«, sagte ich, nahm ihren Arm, lächelte David kurz an und führte sie zur Tür, in Sicherheit.

»Ich liebe dich«, flüsterte sie. »Jetzt und immerdar. Ich lasse es nicht zu, dass irgendwer auch nur ein Wort gegen dich sagt, niemand, niemals.«

»Gut, allerdings hast du mich gar nicht verdient. Ich bin viel netter als du. Du hast mich vorhin nicht gerettet, nächstes Mal lasse ich dich auch hängen.«

Zum Glück hatte sie mich nicht mit Iwan bemerkt. Ich wollte unsere Begegnung erst mal für mich behalten. Hätte ich darüber gesprochen, dann hätte ich zugegeben, dass es der Anfang von etwas war, und das wollte ich mir noch nicht einmal selbst eingestehen.

Zu Hause ging ich durch das schweigende, schlafende Haus und erschrak fürchterlich über einen dunklen Schatten. Es war Leo.

»Ey, tu mal fünf, weil, wir gehen morgen auf Piste.« Das ist

Jugendsprache und bedeutet: »Liebe Mutter, könntest du mir möglicherweise bitte fünf Pfund geben, ich möchte morgen mit meinen Freunden ausgehen.« Voller Schuldgefühle wegen meiner ehebrecherischen Gedanken zahlte ich den elterlichen Zoll. Ich schminkte mich ab – das tue ich immer, denn sonst muss man später ja bekanntermaßen in der Hölle schmoren – und kroch ins Bett, neben meinen schnarchenden Mann.

»Und sie kamen in Scharen und siehe, die Antibiotika wurden unter ihnen aufgeteilt«, murmelte er im Schlaf. Seltsam, ich bin es so gewohnt, alle Neuigkeiten und Gedanken mit Greg zu besprechen, dass ich mich bremsen musste, ihn nicht aufzuwecken und ihm den neuesten Tratsch zu erzählen: dass ich soeben einen wundervollen, exotischen Mann kennengelernt hatte.

Ich wachte ganz aufgeregt auf und schwelgte in Erinnerungen an den Abend; ich packte sie aus wie ein Kind einen verbotenen Schokoriegel vor dem Essen. Das Wohlgefühl wurde schnell von der rauen Wirklichkeit eines normalen Schultags vertrieben. Bea bewegte sich in der Küche auf diese nervtötend träge Weise, die sie morgens an sich hat, wenn alle es wirklich eilig haben. Ich stolperte hinein und tastete blind nach dem Wasserkessel.

»Greg, der Kessel«, fauchte ich.

»Voilà!« Er strahlte und holte ihn mit einer großen Geste vom Kühlschrank herunter, wie ein Kaninchen aus einem Zylinder.

»Kannst du deine Gedächtnisübungen vielleicht mit Dingen machen, die nur du brauchst, statt mit denen, die alle brauchen, und uns diese beschissenen Suchspielchen am Morgen ersparen?«

»Mummy!«, schimpfte Kitty hinter einer Schachtel Frühstücksflocken.

Ich sah auf die Wanduhr. »Lass gut sein, Kitty, ich wusste nicht, dass die gottverdammte Fluchpolizei um Viertel vor acht schon im Dienst ist.«

Kitty hob den Kopf so weit über die Schachtel, dass ich sie die Augen verdrehen sehen konnte. »Da hat aber jemand schlechte Laune. Hast du gestern getrunken?«

»Ach, die Alkoholpolizei ist also auch schon da?«, murmelte ich. »Ich habe tatsächlich ein Glas Sekt getrunken, und ich habe eine Zeugin, die das unter Eid bestätigen würde.«

Bea lächelte. Dieser Anblick war so ungewöhnlich wie der eines orthodoxen Juden, der an der Klagemauer einen Picknicktisch aufstellt und einen Teller Schweinewürstchen verputzt.

»Alles in Ordnung, Bea?«, fragte ich.

»Ja, ja, ich heute sehr glücklich. Kommt meine Freundin Zuzi heute von Tschechien. Ist okay, wenn bleibt sie bei mir für paar Tage in mein Zimmer, bis sie hat Job?« Bea hielt meinen Blick mit dem uralten, unverwandten Starren des Kampf-Aupairs fest. Alle berufstätigen Mütter kennen und fürchten diesen Blick. Er sagt lauter als alle Worte: »Sie sagen jetzt ja zu allem, was ich will, sonst bin ich weg, und dann sind Sie, Lady, ganz schön am Arsch.« Ich weiß, wann ich mich geschlagen geben muss.

»Ja, Bea, natürlich. Wäre aber schön gewesen, wenn du ein bisschen früher Bescheid gesagt hättest. Und bitte nicht für allzu lange.«

Greg flüsterte mir ins Ohr: »Jetzt hast du's ihr aber ganz schön gegeben«, und schob sich an mir vorbei.

»Ist Leo schon auf?«, fragte ich.

»Hab ich ihm schon fünfmal geweckt«, sagte Bea. »Sieben Uhr, zehn nach sieben, zwanzig nach sieben, halb acht ...«

»Danke, Bea, schon verstanden. Könntest du ihn bitte zum sechsten Mal wecken; das scheint ja meistens das Mal zu sein, bei dem es funktioniert.«

Ich arbeitete mich durch die Barrikade aus Frühstücksflockenkartons, die Kitty um sich herum aufgebaut hatte. Sie kommt gerade in diese extrem unsichere Phase, die mit den ersten Östrogenschüben einhergeht, und mag es nicht, wenn ihr jemand beim Essen zusieht. Ich bürstete ihr das Haar und versuchte, so sanft wie möglich durch die Knoten zu kommen.

»Au!«, quiekte sie, wie erwartet. »Das machst du extra, du willst mir nur wehtun!«

»Stimmt, deswegen habe ich auch neun Monate Schwangerschaft durchgestanden und diese irrsinnig schmerzhafte Geburt – nur, damit ich mich später an dir rächen kann, indem ich dir die Haare bürste.«

Ein mürrischer, geduckter Schemen schlurfte in die Küche, grunzte und schnaufte auf dem Weg zum Kühlschrank. Leo war endlich aufgestanden.

»Guten Morgen, mein Schatz«, sagte ich.

»Was?«, blaffte Leo, als hätte ich ihn bei etwas gestört.

»Ich hab keine sauberen Socken mehr«, rief Greg von oben.

»Na toll, bin ich jetzt auch noch Sockenbeauftragte?«, sagte ich.

Morgens ist es immer furchtbar; das ganze Aufstehen, alle anderen zum Aufstehen bewegen, sie für die Schule fertig machen, selbst fertig werden ... Mein Handy piepte. »Was denn jetzt noch?«, murmelte ich. »Kann man denn nicht mal für fünf Minuten seine Ruhe haben?« Ich nahm das Handy und las die Nachricht. *Ich denke an dich. Du bist wunderschön. Iwan.*

Es war ein herrlicher Tag. Der Himmel war strahlend blau, die Bäume trugen fröhliches Rot, Orange und Braun, die Blätter fielen sanft im Wind, und auf dem Gehsteig lagen Kastanien wie glänzende Juwelen, die stacheligen Schalen beiseitegeworfen wie Butterbrottüten nach einem Picknick. Ich hob eine Kastanie auf und strich mit dem Daumen über ihren harten Glanz, sie war groß und kräftig. Die Taubenfrau rief mir hinterher: »Sie finden sich heute richtig toll, was, Mrs Madam?« Nun ja, ehrlich gesagt, ja. Ich eilte ins Café, um mich schnell mit Ruthie zu treffen.

»Scheiße, siehst du gut aus«, sagte sie zur Begrüßung. »Du strahlst ja richtig. Wer war denn der Mann gestern Abend eigentlich?«

»Welcher Mann?«, fragte ich unschuldig.

»Schönes Wetter heute, nicht wahr? Meine Güte, Chloe, du könntest dir genauso gut ›Fick mich‹ auf die Stirn tätowieren.«

»So schlimm?«

Sie nickte. »Jetzt erzähl schon.«

Also erzählte ich ihr von Iwan. Ich kam mir vor wie eine verzückte Maid bei Shakespeare, die zum ersten Mal verliebt ist. Allein den Namen des Geliebten auszusprechen ließ mich erröten. Ich hatte keinen Appetit auf mein Croissant und nippte am Cappuccino wie ein kränkelndes Kind.

»Mann, Chloe, sei bloß vorsichtig«, sagte Ruthie. »Du hast so viel zu verlieren.«

»Ich habe ja noch gar nichts getan. Ich habe nicht mal seine SMS beantwortet. Ach, ich weiß doch, dass das alles typisches Midlife-Crisis-Zeug ist. Frau in den Vierzigern muss sich beweisen, dass sie noch attraktiv ist, dass noch nicht alles vorbei ist. Aber es ist einfach nett, jemanden kennenzulernen, der mich interessant und schön findet.«

»Das mag sein, aber deswegen musst du ja nicht gleich mit ihm ins Bett gehen. Krieg lieber raus, warum du nicht mehr mit deinem Mann schläfst.«

»Du solltest hier die Therapeutin sein, Ruthie.«

»Die ganzen Bücher, die ganze Analysiererei, nein, danke. Mich interessieren sowieso nur meine Familie und meine Freunde. Ich habe gar nicht das Bedürfnis, die ganze Welt zu heilen, so wie du.«

»Und was soll ich jetzt tun?«

»Nichts. Tu einfach nichts.«

»Du hast recht.«

Auf dem Nachhauseweg schrieb ich ihm: »Hat mich auch gefreut, dich kennenzulernen.« Ich schickte die Nachricht ab und wünschte mir sofort, ich hätte es nicht getan. Wie geistreich: *Hat mich auch gefreut, dich kennenzulernen.* Ich war vollkommen aus der Übung. Ich wusste gar nicht mehr, wie es ging. Ich war mir nicht mal sicher, was »es« überhaupt war.

Vor meiner Tür wartete BB mit ihrer Tochter Jessie. BB und Klein-BB, gleich gekleidet in langen Röcken und engen, winzigen Tops, die ihre perfekten Brüste, die schmalen Taillen und flachen Bäuche betonten. Aber unter den langen Röcken steckte ein Geheimnis: kräftige Beine und dicke Fesseln, bei Jessie erst ansatzweise, deutlich ausgeprägt bei BB. Das war ihr geheimer Makel, der Punkt, an dem sie nicht perfekt war. Sie kaschierte es geschickt, aber wir Schulkameradinnen hatten ihre Beine insgeheim Pferdeschenkel genannt und schweigend der unbekannten Gottheit gedankt, die ihr dieses Kreuz aufgeladen hatte. So konnten wir ihre absurde Schönheit mit etwas mehr Wohlwollen betrachten. Um den Minirock kam sie einfach herum, indem sie erst als Hippie ging und lange Röcke und ausgestellte Hosen trug und sich dann flugs dem Feminismus zuwandte; weniger wegen seiner Inhalte als wegen seiner Mode. Unter Doc Martens und Latzhosen ließ sich einiges verstecken.

Jessie wirkte nie besonders glücklich, ihr Gesicht war eine Art verzerrte Kopie des Gesichts ihrer Mutter. Wenn man sie nebeneinander sah, konnte man an ihnen studieren, was das eine schön und das andere unscheinbar machte. Jessie hatte die Anlagen zur Schönheit, schaffte es aber noch nicht, etwas daraus zu machen. Gelegentlich belebte ein Lächeln ihre Züge, aber auch das schien nur ihr ernstes Wesen zu bestätigen. Ich kannte diesen Blick – ich selbst hatte als Kind ebenso geschaut: Es war der Blick eines Mädchens, das in zu jungen Jahren in die Rolle der »Freundin« und »Vertrauten« ihrer Mutter gedrängt wird, wenn sie eigentlich noch eine Tochter sein und sich einfach nur geborgen fühlen möchte. Jessie hatte mit dreizehn Jahren schon ein Gespür für die überwältigende Last der Welt, für Sorgen, Verrat und enttäuschte Erwartungen. Wir verstanden uns gut, Jessie und ich. Es war meine Aufgabe, sie zu füttern, zu verwöhnen, sie über die Schule und ihre Freundinnen zu befragen, und ihr nicht zu erzählen, wie es mir ging oder was ich tat.

»Da bist du ja, Süße«, sagte BB, »wir warten schon ewig, ich habe geklingelt und ein Kichern gehört, es hat aber niemand aufgemacht.«

»Komisch.« Ich spähte durch den Briefkastenschlitz, sah einen unbekannten Koffer im Flur stehen und hörte unterdrückte Geräusche aus dem Wohnzimmer. Ich klingelte.

»Hast du keinen Schlüssel, Chloe? Das ist doch dein Haus.« Jessie sah mich fragend an.

»Ja, natürlich, stimmt. Mein Haus, ich wohne hier.« Dieser Iwan brachte mich ganz durcheinander. Ich wühlte in meiner Handtasche. Ruthie hatte mir einmal erklärt, dass Frauen drei Prozent ihrer Lebenszeit mit den Fingern in einer Handtasche verbringen, weil sie ein klingelndes Telefon, einen Schlüsselbund oder irgendein anderes lebenswichtiges Accessoire suchen. Diese Minuten summierten sich wahrscheinlich zu mehreren Wochen, mit denen man etwas deutlich Nützlicheres anfangen könnte – zum Beispiel spektakulären Sex mit einem tollen neuen Liebhaber.

»Alles klar, Chloe?«, fragte BB und sah mich neugierig an.

»Schlüssel, ja, hier«, sagte ich strahlend, öffnete die Tür und stolperte über den Koffer im Flur.

»Hast du die Klingel nicht gehört?«, fragte ich Bea verärgert, die seltsam gerötet aus dem Wohnzimmer kam.

»Nein, hab ich mit meine Zuzi gesprochen. Haben wir so viel drüber zu sprechen.« In den zwei Jahren, die sie jetzt bei uns war, hatte ich Bea nicht so glücklich gesehen. Ihre etwas groben Gesichtszüge, die fast immer finster wirkten, hatten sich aufgehellt. Sie wirkte zufrieden. An ihrer Seite erschien eine hübsche Rothaarige.

»Ah«, sagte ich, »Sie müssen Zuzi sein, und das hier ist wohl Ihr Koffer?« Ich rieb mir das Schienbein.

»Danke, Sie mir erlauben wohnen in Ihre Haus«, sagte Zuzi und zog ihre sommersprossige Nase kraus. Bestimmt hatte ihr mal jemand gesagt, das sehe niedlich aus. Ich warf Bea einen warnenden Blick zu, aber sie blieb ungerührt. Ich sagte mir, das sei sicher nur ein sprachliches Problem; »ein paar Tage bleiben« und »wohnen« waren auf Tschechisch bestimmt dasselbe Wort. Ich nahm BB und Jessie mit in die Küche.

»Ich habe gestern noch jemanden kennengelernt, nachdem du weg warst«, sagte BB ganz aufgeregt, sobald wir am Küchentisch saßen, ich mit einer Tasse schwarzem Tee in der Hand, sie mit einem Fencheltee – anscheinend gut für das Lymphsystem. »Jeremy, Jeremy, Jeremy. Mir ist noch nie aufgefallen, was für ein schöner Name das ist. Und er ist großartig im Bett.«

Typisch, BB hatte jemanden abgeschleppt und war vorbeigekommen, um mir davon zu erzählen.

»Jessie«, sagte ich warnend und deutete mit einem Kopfnicken auf sie.

»Ach, mach dir keine Sorgen, Jessie ist meine allerbeste Freundin, ich erzähle ihr alles. Wir sind richtige Busenfreundinnen, nicht wahr, Schatz?«

Jessie stimmte gelangweilt zu.

»Geh doch mal nach oben, Süße, und guck, ob du bei Kitty ein Buch findest oder so, du langweilst dich doch hier nur mit uns«, sagte ich.

»Ich hab welche dabei«, sagte Jessie und klopfte an ihre schwere Schultertasche. Jessie war oft bei uns, und sie schien bei jedem Besuch noch mehr Dinge in unserem Gästezimmer zu lassen.

Ich wandte mich zu BB. »Und was ist mit *Sexuelle Enthaltsamkeit: das eigene Selbst lieben lernen*?«, fragte ich.

»Verstehst du nicht? Weil ich mich selbst liebe, kann ich jetzt auch einen anderen lieben«, sagte BB. »Na ja, vielleicht nicht lieben, aber mir wenigstens die Seele aus dem Leib ficken.«

Sie hat schon immer ein bisschen zu viele intime Details erzählt. Das Gesicht eines Engels, das Mundwerk eines Fischweibs. Auf Männer soll das angeblich einen gewissen Reiz ausüben; die alte Geschichte: in der Küche wie eine Mutter, im Bett eine Nutte. Aber im Moment war sie eine Nutte in meiner Küche. Ihre Details sind immer ein bisschen unangenehm, zu viel gynäkologisches Fachwissen und insgesamt nicht das, was man von seinen Freunden wissen möchte. Die nächste Stunde war ich Opfer ihrer minutiösen Nacherzählung einer leidenschaftlichen Nacht. Es reichte, um einem die Gedanken an Sex völlig auszutreiben, was in meinem fickerigen Zustand ja vielleicht nicht das Schlechteste war.

»Sein Schwanz ist wirklich klasse«, sagte sie, »ungefähr so lang«, sie deutete mit beiden Händen eine unwahrscheinliche Länge an, »und schön und dick. Die langen Dünnen kann ich echt nicht leiden, du etwa?«

»Ich weiß nicht mehr«, sagte ich, »ich kann mich kaum noch daran erinnern, wie ein Penis aussieht, geschweige denn, was man damit macht.«

»Jedenfalls«, fuhr sie ungerührt fort, »habe ich dadurch die Idee für mein nächstes Buch bekommen: *Wieder im Sattel – das Bekenntnis zur Sexualität.* Super, oder?«

BB nahm ihre Arbeit sehr ernst. Sie ging daran wie ein Universitätsprofessor, der kurz vor einer wissenschaftlichen Entdeckung steht. Ich bezweifle, dass Crick und Watson, als sie die Doppelhelix entdeckt hatten, so zufrieden mit sich selbst waren wie BB beim Schreiben ihrer Ratgeber. Ihre Bücher waren ihre DNAs, jedes davon ein neues und wichtiges Puzzleteil in ihrem Bild vom menschlichen Leben und ihres eigenen Staunens. Und es war alles selbstausgedachter Unfug, ohne jegliche wissenschaftliche, soziologische oder psychologische Grundlage. Sie hatte nicht, wie ich während des Studiums, Jahre in der Therapie verbracht, Freud und Jung gelesen und in ihre eigene Psyche und die anderer geschaut.

Jetzt hatte sie ganz rote Bäckchen vor lauter Aufregung über ihr neues Projekt. Wenn sie aufgeregt ist, hat sie die nervtötende Angewohnheit, beim Sprechen mit dem Bein zu zucken. Ich würde ihr dann immer gern eine runterhauen und sie auf ihr Zimmer schicken. Wie so oft fragte ich mich, warum ich mich überhaupt mit BB und ihrem egozentrischen Unsinn abgab. Die Vergangenheit verband uns miteinander, unsere gemeinsame Geschichte und mein Sinn für Loyalität, mein Credo: »Einmal Freunde, immer Freunde.« Außerdem genoss ich, ehrlich gesagt, den Abglanz des Ruhms, der durch meine Bekanntschaft mit dieser berühmten, schönen und irgendwie bizarren Frau auf mich abstrahlte. Die Gesellschaft solcher Schönheit hat etwas Verführerisches, geradezu Hypnotisches, das einen zum Stillsitzen und Anhimmeln nötigt, weil man glaubt, dadurch gewärmt und ästhetisch bereichert zu werden. Nicht jede Schönheit hat diesen Effekt. BBs Ex, Jessies Vater, war ein absurd gut aussehender Schauspieler, der sich von Eric in Helvetica umbenannt hatte, weil er glaubte, das sei der Name eines schönen griechischen Gottes. Er und BB sonnten sich in der Spiegelung ihrer Schönheit wie Narziss. (*Der* war immerhin Grieche.) Eric/Helvetica war höchst überzeugend in der Rolle des liebeskranken Galans, nicht aber in der des treusorgenden Ehemanns und Vaters. Ich war mir immer sicher, wenn man ihn fragen würde, wovon er lebe, würde er sagen: »Ich bin schön«, als genüge das. Er war professionell schön. Ich fand diesen Typ Mann noch nie besonders attraktiv. Perfekte Männer haben etwas Asexuelles, sie sind so schaufensterpuppenhaft. Man würde sich kaum wundern, anstelle der Genitalien einen fleischfarbenen Plastikwulst zu finden.

Jedenfalls, Eric, oder Swissy, wie wir ihn unfreundlicherweise nannten, blieb nicht lange. Er sammelte schöne Frauen wie Trophäen, und wäre er nicht zivilisiert gewesen, dann hätte er sie sicher zur Schau gestellt wie Geweihe in Jagdhütten. BB war seiner ebenso schnell überdrüssig geworden, obwohl die Ehe fruchtbar gewesen war: BB hatte nicht nur Jessie geboren, sondern auch ihr erstes Buch geschrieben, *Seien Sie eine Geisha – Grundlagen und Regeln einer glücklichen Ehe*, in dem wir erfuhren, wie die perfekte Ehefrau zu sein hat. Es lief darauf hinaus, immer schön Essen zu kochen und ihm einen zu blasen, aber BB schaffte es, dreihundertfünfzig Seiten daraus zu machen, mit Bildern. Es wurde ein sensationeller Erfolg, und seitdem konnte sie nichts mehr falsch machen. »Seht ihr«, hatte sie gesagt, als das Buch erschien, »nicht nur schön, sondern auch klug.« Das war ihre Achillesferse: die Angst, nichts weiter vorweisen zu können als ein hübsches Gesicht.

»Und dann hat er mir, kurz bevor ich gekommen bin, den Finger in den Arsch gesteckt. Das war echt ein Hammer-Orgasmus«, fuhr sie fort. Aus dem Augenwinkel sah ich Greg in der Küchentür. Als er das O-Wort hörte, schnitt er eine Grimasse, vollführte eine spontane Pirouette und zog sich mit einer Geste zurück, die mir bedeuten sollte, ihn nicht zu verraten. Der Arme, er war nur kurz aus dem OP gekommen, um schnell etwas zu essen. Eine Minute später piepste mein Telefon: »Sag Bescheid, wenn die Luft rein ist.« Greg ist ein bisschen empfindlich, was die Details der sexuellen Großtaten anderer Leute angeht.

»One-Night-Stands finde ich ja immer super.«

»Du meinst, wenn du gerade mal nicht enthaltsam bist?«

»Genau.« Sie bemerkte die Spitze gar nicht. »Aber letzte Nacht, das war so großartig, ich glaube, ich muss nochmal mit Jeremy schlafen. Natürlich nicht nur mit ihm, immerhin habe ich was nachzuholen.« Sie machte eine Pause, seufzte übertrieben zufrieden und sagte: »O Chloe, ich genieße das immer so, hier in deiner Küche zu sitzen, nur du und ich, und über alles zu reden, wie früher. Ist das nicht toll, dass wir immer Freundinnen bleiben werden? Ich weiß gar nicht, was ich ohne dich machen würde. Und Jessie bewundert dich ja auch so.«

Es war immer das Gleiche. Immer, wenn ich gerade dachte, ich ertrage es keine Sekunde mehr, ergoss BB ihr strahlendes Licht über mich, machte mir Komplimente und – hielt mich ohne Aussicht auf Entkommen in unserer Freundschaft gefangen.

Als sie weg war, fühlte ich mich wie ausgepumpt. Ihr sexuelles Abenteuer hatte mir den Gedanken an ein eigenes versaut, und ich fand die Vorstellung von einer Affäre mit Iwan nun irgendwie geschmacklos. Ich saß am Küchentisch und starrte auf einen klebrigen Marmeladenfleck, der noch vom Frühstück übrig war. Eine Fliege entdeckte diesen Leckerbissen und lutschte an allen Ecken daran herum, auf diese widerliche Fliegenart. Kurz darauf kam eine zweite, missachtete die Delikatesse und setzte sich direkt auf die erste Fliege drauf. Die Vögel und die Bienen und die gottverdammten Fliegen. Koitierende Fliegen. Sie erinnerten mich an den blöden Witz von dem Indianerjungen, der wissen möchte, warum seine Schwester Springendes Reh heißt. Der Vater erklärt ihm, es sei Sitte, ein Kind nach dem zu benennen, was man nach seiner Geburt als Erstes sieht. »Warum fragst du, Fickende Hunde?« Kennen Sie schon? Toll. Ja, meine Laune war hin.

»Sie hat mich wohl mal wieder vergessen.« Jessie kam in die Küche.

»Ach was, Engelchen, natürlich nicht«, log ich schnell. »Sie wollte dir nur ein paar Sachen holen, dann kannst du hier übernachten. Wieso bist du eigentlich nicht in der Schule?«

»Mum hat vor lauter Jeremy vergessen, mich zu wecken, und als wir endlich alle aufgestanden waren, war es schon so spät, dass es sich gar nicht mehr gelohnt hätte. Ich brauche auch keine Klamotten, ich habe genug in meinem Zimmer ... ich meine ... in eurem *Gästezimmer.*«

Gott sei Dank hatte BB nur das eine Kind. Das war vor allem für mich ein Glück: Jessie war so oft bei uns, dass sie wie ein drittes Kind für mich war. Glücklicherweise mochte ich sie sehr, und so machte es mir nichts aus. BB würde die Höllenqualen der Geburt sicher nicht noch einmal durchmachen, die natürlich bei ihr viel, viel schlimmer gewesen war als bei irgendeiner anderen Frau in der Geschichte der Menschheit. Ihre Periode war selbstverständlich auch furchtbar, sie hatte als Mädchen immer schreckliche Schmerzen gehabt und konnte normalerweise einen Tag nicht zur Schule kommen. Diese Sorte Frauen lässt uns alle schlecht dastehen.

Ich ging hinaus, um BB unauffällig anzurufen und ihr zu sagen, dass sie ein paar Klamotten für Jessie bringen solle, ohne durchblicken zu lassen, dass sie sie vor lauter sexueller Erfüllung einfach vergessen hatte. Im Treppenhaus stieß ich mit einem Schatten zusammen.

»Ist sie weg?«, zischte Greg.

»Ja, gerade gegangen.«

»Ich sterbe vor Hunger, und ich muss wieder ins Krankenhaus. Mist. Wo ist sie hin?«

»Sie geht sich das Schamhaar in Herzform rasieren lassen, um ihrem neuen Liebhaber eine Freude zu machen.«

»Wie originell«, kommentierte Greg, »das hat Mary Quant schon in den Sechzigern für ihren Mann gemacht.«

Greg ist eine wahre Fundgrube an abseitigem Trivialwissen. Wobei das auch wieder nicht erstaunlich ist, denn es ist auch eine Möglichkeit, seinen Gedächtnismuskel zu trainieren. Manchmal ist es ganz nützlich, wenn einem zum Beispiel ums Verrecken nicht mehr einfällt, wer damals mit »1, 2, 3« einen Hit hatte (Len Barry, 1965).

»Und wie hieß Quants Mann?«, fragte ich.

»Alexander Plunkett-Green«, antwortete er.

»Ich mache dir ein Sandwich zum Mitnehmen«, sagte ich voller Bewunderung.

Greg war mit einem Huhn-Avocado-Tomatensandwich (Olivenöl, keine Butter – schlecht für den Cholesterinspiegel) wieder ins Krankenhaus gegangen; ich hatte BB über ihre mütterlichen Pflichten aufgeklärt, und Jessie las der Katze Janet etwas vor. Den Namen hatte Kitty ausgesucht; sie wollte ihr einen richtigen Namen geben, keinen doofen Katzennamen, den ein Mensch sich niemals gefallen lassen würde. Und so hieß sie jetzt Janet, nicht Miezi oder Samtpfötchen oder Muschi, sondern Janet Schiwago McTernan (sie hatte sowohl meinen als auch Gregs Nachnamen), und sie hatte, passend zu ihrem Namen, auch eine komplizierte menschliche psychische Störung. Janet war magersüchtig, wir konnten sie gerade mal dazu bringen, so viel zu fressen, dass sie am Leben blieb. Wenn sie gelegentlich doch mal etwas fraß, dann verschlang sie gleich riesige Portionen und erbrach alles wieder in einer stillen Ecke des Gartens. Der Tierarzt Nick war ein häufiger Gast in unserem Haus, er hatte Janet zu seiner speziellen Fallstudie erkoren. Seine neueste Theorie war, dass Janet sich für einen Teenie hielt und auch so behandelt werden sollte. Daher las Jessie ihr *Lob des Essens* vor, während Janet auf ihrem Schoß lag und sich verstohlen in dem kleinen Spiegel neben ihnen betrachtete. Was sah sie dort? Eine durch ihre Wahrnehmung verzerrte Riesenkatze, oder das kleine, eher zu dünne Kätzchen, das sie wirklich war?

Ich war ein bisschen deprimiert, das Hochgefühl des Morgens war im Laufe der Ereignisse des Tages gewichen. Aus dem Spiegel starrte mich eine müde wirkende Frau mittleren Alters an. Wer war sie? Ich erkannte sie überhaupt nicht, ich hatte das Gesicht eines jungen Mädchens erwartet. So kann's gehen, in einem Moment ist man jung und knackig und voller sexueller Energie, das Leben liegt vor einem; und schon im nächsten Augenblick schliddert man ins Alter, und das Fleisch wird labberig wie der Gummizug einer alten Trainingshose.

Von oben war eine Art Wimmern zu hören, und ich ging nachsehen. Die Geräusche führten mich zu Beas Tür, und als ich in ihr Zimmer schaute, sah ich, wie sie ihren Kopf zwischen Zuzis gespreizten Schenkeln auf und ab bewegte wie eine Katze, die ein Schälchen Milch aufschlabbert. Na ja, unsere Katze natürlich nicht, aber jede normale Katze. Eine Erinnerung kam wieder hoch: Da muss ich elf Jahre alt gewesen sein. Ich war nach einem bösen Traum aufgewacht und zum Zimmer meiner Eltern geschlichen. Als ich hineinschaute, hörte ich komische Atemgeräusche und sah sie ausgestreckt auf dem Bett liegen. Ich stand in der Tür und schüttelte mich still vor Lachen und Ekel und Verlegenheit. Dasselbe tat ich jetzt und schlich mich wieder fort. Anscheinend taten es alle außer mir. Mein Telefon piepste, und die Worte, die ich da las, jagten mir einen wohligen Schauder durch den Körper: *Ich denke nur noch an dich und daran, dass ich dich wiedersehen muss. Iwan.*

›Seitensprung rückwärts‹
erschienen im Krüger Verlag,
352 Seiten, gebunden, 16,90 € (D)

aus dem Englischen von Isabel Bogdan

Theresa Bäuerlein
Zugreifen in Tel Aviv

Im folgenden Text wird auch in der wortlosen Sprache geredet. Er stammt aus
›Das war der gute Teil des Tages‹.
Lena will weg aus Deutschland und findet für ein paar Monate einen Job in Israel. Dort lernt sie Tom kennen, einen jungen Ex-Soldaten, der auf der Suche ist nach einem anderen Leben – genau wie Lena selbst.

Theresa Bäuerlein, geboren 1980 in Bonn, lebt seit 2002 in München, obwohl ihr auch Tel Aviv sehr gefällt, studiert Journalismus und schreibt u. a. für ›NEON‹ und ›jetzt.de‹. Sie träumt von einer Welt ohne dumme Sonnenbrillen und Angst, hält sich für einen Menschen, der vielleicht manches kann, aber große Probleme hat, sich zwischen zwei Sorten Joghurt zu entscheiden.

Ich erwache mit dem Durst eines Menschen, der in der Wüste verloren gegangen ist. Sofort merke ich, dass etwas nicht stimmt. Die Zimmerdecke über mir ist weiß, nicht braun, und sie hat Risse wie ein alter Porzellanteller. Das ist nicht mein Zimmer. Ich stelle fest, dass ich alle meine Kleider noch anhabe. Kein Wunder, dass mir heiß ist, ich ziehe mir die verfilzte Perücke vom Kopf. Dann höre ich ein Seufzen. Tom. Er liegt neben mir, in engen Unterhosen und geringeltem Pullover, die Beine angezogen. Die Wimpern seiner geschlossenen Lider berühren die Wangen, und er hat einen Blasebalg verschluckt. Mit jedem tiefen Atemzug presst er Luft durch die geschlossenen Lippen. Ich weiß noch nicht mal seinen Nachnamen. Ich schwinge meine Beine aus dem Bett und strecke meine Arme Richtung Decke. Mein Kopf benimmt sich, als hätte ich auf einer vibrierenden Betonplatte geschlafen. Der Drang, mich zu sortieren, ist überwältigend. Ich denke schnell, ich wäre verliebt, aber dann ist es meistens nichts.

Eine Stunde später stehe ich auf dem Balkon. Tom tappt verschlafen um die Ecke, riesige Hausschuhe in Form zotteliger Hundeköpfe an den Füßen. Die Zigarette zwischen meinen Fingern qualmt zarte, graue Fäden in das weiße Licht der Mittagssonne. »Ich dachte schon, du wärst wieder verschwunden«, bemerkt er beiläufig, als wüsste er es besser, während er eine Plastikschüssel Hummus aus dem Kühlschrank nimmt und zwei kleine Fladenbrote auf den Toaster legt.

»Ach was«, sage ich mit einem Lächeln, so breit, dass es fast wehtut. Als ich aus seinem Zimmer herausgekommen bin, hatte ich schon die Hand an der Klinke der Wohnungstür, aber wie ein Schock ist es dann über mich gekommen: Es war zu spät. Ich wollte nicht weg. Ich wollte tatsächlich da sein, wo er ist. Ich hielt mich an der Klinke fest, ich bekam kitschige Visionen, um mein Herz herum gingen tausend Blüten auf einmal auf, ich sah mich vom Dach springen und war mir sicher, dass die Menschen, die mich von oben kommen sehen würden, ihre Hände heben müssten, um mich aufzufangen und über ihren Köpfen weiterzureichen.

Durch die offene Balkontür betrachte ich Tom, der am Herd steht und sich den Kopf kratzt, in seinem Pullover, der ihm V-förmig um den Rücken hängt, und dann tue ich es einfach, gehe hin und umarme ihn von hinten. Er langt mit einer Hand hinter sich und streichelt mir über die Hüften, als hätte er noch nie etwas anderes gemacht. Der Satz geht mir über die Lippen, bevor ich es verhindern kann: »Sind wir eigentlich zusammen?«

Schnell wendet er mir sein Gesicht zu, öffnet den Mund und schließt ihn gleich wieder. Ich bin über mich selbst erschrocken. Ich habe eine Regel gebrochen, ich habe das Ritual des Zögerns nicht eingehalten. Tom macht ein Gesicht wie ein Fisch auf dem Trockenen. Das ist doch mein Gesicht, ich mache nie den ersten Schritt, normalerweise, denke ich und lächele ihn an. Locker bleiben, ganz locker, Menschen erschrecken sich, wenn sie denken, dass man sie zu schnell zu echten Gefühlen verpflichten will. So fühlt es sich also an. Ich habe mich immer gefragt, wo die Leute den Mut hernehmen. Sich einfach herzuschenken, ohne ahnen zu können, was daraus wird. Mein Ex-Freund war so. Ich fürchte, ich habe ihn selbst in unseren besten Momenten auf Abstand gehalten, aus Sicherheitsgründen. Kein Wunder, dass wir nicht zusammenziehen konnten.

»Ich weiß es nicht«, sagt Tom und klappert mit den Streichhölzern.

»Ich auch nicht«, entgegne ich wahrheitsgemäß, »ich dachte nur, es wäre eine interessante Frage.«

»Klar«, sagt er. Das ganz normale Atmen fällt mir auf einmal schwer. Mit einem letzten Streicheln nimmt er die Hand weg, greift nach der Streichholzschachtel und zündet den Herd an. Ich schaue unter seiner Achselhöhle hindurch, auf die strahlend blaue Flamme. »Ich liebe Gas«, sage ich übermütig.

Er greift nach dem Wasserkessel. »Ja klar, tun das nicht alle Deutschen?«

Der Satz fällt zwischen uns wie ein Stein. Ich nehme meine Arme weg. Er dreht sich um und macht ein bestürztes Gesicht. »Hey«, ruft er überrascht, »ich wollte nicht, das war doch nur ein Witz«, er nimmt mich in den Arm, »du darfst dich von blöden Witzen doch nicht fertigmachen lassen.«

Ich drücke mein Gesicht gegen seine Brust, die warm ist und nach Schlaf und Rauch riecht, und die Schwere, die mein Herz nach unten gezogen hat, weil er mir auf einmal doppelt fern war, verflüchtigt sich. Ich kippe meinen Kopf zurück und lächele ihn an. Er lächelt zurück. »Wir sind ja so was von dritte Generation«, sagt er.

Der Balkon ist nicht schlecht, fast größer als das Wohnzimmer, es gibt noch ein Sofa, einen Blumenkasten mit vertrockneten Stängeln und einen weißen Plastiktisch. Direkt gegenüber steht ein Haus mit einem Balkon auf gleicher Höhe, auf dem eine alte Frau an einem identischen Plastiktisch sitzt, Tomatensalat isst und uns beobachtet. Tom stört es nicht. »Endlich Essen«, ruft er, reißt ein Stück Fladenbrot ab, zieht es durch den Kichererbsenbrei, kaut und schmatzt ein bisschen, und das alles scheint mir so vertraut, als hätten wir unser ganzes Leben auf diesem Balkon verbracht. Mit zwei Fingern breche ich ein Stück Brot ab, es ist weich, weiß und glänzend, Sesamkörner kleben auf der Kruste, es schmeckt süß.

Eine frische Brise kommt vorbei und bläst den Rauch der Zigarette weg. Ich verschlucke mich. Tom klopft mir auf den Rücken. Als ich wieder Luft bekomme, lässt er seine Hand liegen. »Lass uns einen Ausflug machen, ich habe ein Auto«, schlägt er vor. Ich nehme einen Schluck aus meinem Glas. Es ist bloß Wasser, aber ich könnte schwören, dass es mir zu Kopf steigt.

»Okay«, sage ich. Er lächelt.

»Wie können wir zusammen sein, wenn wir uns noch nicht einmal geküsst haben?«, fragt er nachdenklich. Ich sehe ihn mir an, wie er seine bloßen, kaum gebräunten Arme auf dem weißen

Plastiktisch abstützt, auf seiner Oberlippe ist ein zarter, goldener Flaum, den man nur in diesem Licht und von der Stelle aus, wo ich stehe, sehen kann.

»Ach, was soll der Geiz«, erkläre ich gut gelaunt und stelle mein Glas auf den Tisch. Bevor er reagieren kann, küsse ich ihn, dass der alten Frau auf dem Balkon vor uns die Brille in den Tomatensalat fällt.

Minuten später, im Schlafzimmer, ist mein Mut schon wieder irgendwo, wo ich ihn nicht finden kann. »Was ist los?«, fragt Tom. Sein Gesicht sieht so offen aus, dass ich sofort weinen könnte. Für ihn scheint alles klar zu sein. Für mich fühlt es sich an, als würde mir demnächst die Stirn platzen.

Es erscheint so sinnlos, mich auf jemanden einzulassen, alles in mir rät dringend, in Deckung zu gehen. Es ist immer so leicht, etwas anzufangen, und so schwer, damit aufzuhören. Warum lieben, warum immer wieder zu lieben versuchen, wenn doch so vieles dafür spricht, dass Menschen einfach nicht zusammen glücklich werden können? Mir wird eiskalt, wenn ich alte Paare in Parkcafés sitzen sehe, still, frustriert und scheinbar überhaupt nicht schlau geworden. Mir ist danach, mich an Toms bunt gestreifte Brust zu werfen und zu heulen, hemmungslos wie eine Sechsjährige, deren Hund im Gartenteich ertrunken ist, und die zum ersten Mal begreift, dass nicht immer alles wieder gut wird. Aber ich behalte stumm die Kontrolle und kämpfe mit mir, während er vor mir auf dem Bett sitzt, und mich freundlich und verwirrt betrachtet, denn das ist es ja, was man beim Älterwerden vor allem lernt, aus so vielen Gründen: Vorsicht. Auf eine unbestimmte Weise wünsche ich mir, dass er mir über die Haare streicht und dass damit alles getröstet und vergeben ist, was ich jemals in der Liebe falsch gemacht habe, dass ich wie nebenbei das Herz von jemandem gebrochen habe, als ich nach Israel gegangen bin, weil ich mehr Lust hatte, mich mit mir selbst zu beschäftigen als mit ihm. Aber ich kann Tom unmöglich bitten, mir etwas zu verzeihen, das nichts mit ihm zu tun hat. Also rede ich in der wortlosen

Sprache, die er versteht, ein paar seiner Haare verfangen sich zwischen unseren Mündern, ich fühle an seinen Lippen, dass er lächelt und stelle mir vor, dass die alberne, kürbisförmige Nachttischlampe dieses goldene Licht auf ihn wirft, meine Kehle wird eng, und ich fürchte, dass er sich vielleicht gleich unter meinen Händen auflösen wird. Der Pullover, den er trägt, ist kratzig und wollig und bereits vertraut, die Haut darunter glatt und warm wie Wachs, das in der Sonne gelegen hat. Aber es ändert nichts, die Alarmglocken in meinem Kopf werden lauter. Und dann fällt mir ein, dass er ja kein Deutsch versteht, und ich erzähle ihm alles, flüstere ihm zwischen den Küssen meine ganze Angst zu. Er fährt mir mit den Fingern durch die Haare, ich erkläre hastig: »Ich würde dir so gerne trauen, aber ich habe Angst, dass wir uns unglücklich machen, dass es ein Fehler ist, dich näher an mir dran zu haben, ich weiß doch gar nicht, wer du bist.« Und während ich das sage, öffnet er auf einmal die Augen und sieht mich überrascht an. Einen Moment lang glaube ich, dass er alles verstanden hat, aber dann macht er ein schnurrendes Geräusch und sagt, auf Englisch: »Hey ja, erzähl mir sexy Zeug.« Ich brauche eine Sekunde, um zu begreifen. Dann muss ich wirklich beinahe lachen, aber ich rede weiter, es tut gut, alles sagen zu können, gerade weil er es komplett falsch versteht. »Wozu ist es denn gut«, sage ich in dieser erstickten Stimme, die wirklich ein bisschen nach Schlafzimmer klingt, ziehe wie nebenbei meinen Pulli aus, mein Bauch sofort orange eingefärbt von der Kürbislampe, »Wer bist du bloß?«, er legt seine Arme um mich, unsere Bauchnabel berühren sich, ich fahre seine Augenbrauen mit der Unterlippe nach und flüstere: »Tom.«

Dann schläft er wieder. Ich kann nicht, liege einfach daneben, mit dem Rest seiner Wärme auf meiner Haut. Er hat mir durch den Vorhang meiner Haare ins Gesicht gesehen, während wir uns bewegt haben, seine Augen standen offen. Auch seine Hände waren vorsichtig, als hätte er Angst, mich zu zerbrechen. Sein honigfarbener Körper in dem Zimmer mit Lichtpunkten auf den

Vorhängen, seine Unterhose schwarz wie ein Zensurbalken. Jetzt liegt er unter der nackten Glühbirne, die von der Decke hängt, und einer himmelblau gestreiften Bettdecke. Er liegt auf meiner Hand, die langsam taub wird, aber das stört mich nicht. Im Gegenteil, es beruhigt mich. Also bleibe ich einfach und höre dem Geräusch der Luft zu, die in den Menschen neben mir eingesaugt und wieder ausgestoßen wird. Einfach machen, das ist der Trick. Machen macht glücklich.

Nach einer Weile begreife ich, dass ich nicht wieder einschlafen werde. Also stehe ich doch auf, sobald das Gefühl seiner Wärme an meiner Haut abgeklungen ist. Ganz langsam ziehe ich meine Hand unter seinem Rücken hervor, strecke meinen tauben Arm Richtung Decke mit dem Gefühl, dass alles an mir klebt. Ich habe schrecklichen Durst, aber die Wasserflasche, die neben dem Bett steht, ist leer. Ich suche in meinem Geldbeutel nach Kleingeld, finde keins, zögere kurz und nehme dann Toms Portemonnaie vom Tisch, ein glänzendes Rechteck aus braunem Leder. Ich klappe es auf, und nehme ein paar Münzen aus dem Kleingeldfach, er sollte jetzt nicht aufwachen und mich für eine Heiratsschwindlerin halten, die hinter seinem Kleingeld her ist. Er atmet tief und ruhig. Unschlüssig betrachte ich das Portemonnaie, meine Neugier ist wach, und ich kenne mich gut genug, um zu wissen, dass sie sich nicht so leicht wieder schlafen legt. Vorsichtig gehe ich mit den Fingern über die Schlitze, da steckt seine Kreditkarte, ein Fach ist voller alter Bustickets, in einem anderen finde ich ein Passfoto von Tom. Seine Haare sind viel heller, wie auf dem Foto, das nebenan im Wohnzimmer steht. Ich drehe das Bild um, jemand hat etwas auf die Rückseite geschrieben. Mein Hebräisch reicht, um es zu entziffern: »Für Itaj.« Ich schiebe das Bild zurück in seinen Schlitz und ertaste einen Zettel. Ich ziehe ihn heraus und falte ihn auseinander, in der Mitte stehen, in Toms krakeliger Schrift, drei Wörter, »Are you dreaming?« Ohne nachzudenken stecke ich den Zettel zurück, nehme das Passfoto wieder heraus und schiebe es unter den Münchner Studentenausweis in meinem eigenen Geldbeutel. Dann lege ich Toms Portemonnaie wieder zurück auf den Tisch, stehe hastig auf, er muss gespürt haben, wie ich aufgestanden bin, die Matratze hat geschwankt. Ob er mich im Tageslicht vor dem Bett stehen sieht, die himmelblaue Bettdecke halb um meinen nackten Bauch gewickelt, in dem sommerschwülen, verrauchten Zimmer?

»Ich komme wieder«, sage ich und nehme den Schlüssel aus einer Tasche seiner Jeans, die zusammengestaucht auf dem Boden liegt. Er rührt sich nicht.

›Das war der gute Teil des Tages‹
erschienen im Fischer Taschenbuch Verlag,
240 Seiten, Broschur, 7,95 € (D)

Kluun
Ist das geil?

Hier schreibt einer, der noch nie ein Blatt vor den Mund genommen hat. Aus dem Roman
›Ohne sie‹.
Nach dem Tod seiner Frau Carmen betäubt sich Stijn mit Sex und Drogen. Wie lange kann die Party weitergehen?

Kluun, bürgerlich Raymond van de Klundert, geboren 1964, war mal Marketingmensch. Er arbeitete in großen Werbeagenturen und hatte eine eigene Firma. 2001 verlor er seine Frau, die nur 36 Jahre alt wurde. Seine provokanten und bewegenden Bestseller ›Mitten ins Gesicht‹ und ›Ohne sie‹ wurden in viele Sprachen übersetzt. Kluun lebt als Autor und Literaturveranstalter mit seiner Familie in Amsterdam.

Ramon schlendert lässig an den Zollbeamten vorbei, durch die Schiebetüren hindurch, in die sichere Ankunftshalle. Ich laufe ihm schwitzend hinterher.

»Tja, da siehst du, dass es hier überhaupt kein Problem ist«, sagt er mit einem Grinsen.

»Sshhhhht!«, zische ich.

Er lacht und kneift mich in die Wange. »*Welcome to Ibiza*, Stijn!«

Kichernd gesellen sich die Dollys zu uns, mit Beautycases in Größe von Kühlboxen.

»Uuhhhh, ich hab noch die ganze Muschi voll Koks und Pillen«, girrt Natasja. Dabei springt sie so durch die Gegend, dass ich fürchte, die ganze Ladung wird gleich herausrasseln. Hat sie die schon seit Amsterdam da drin …? Und verdirbt das Zeugs da unten nicht?

Unter den Passagieren entdecke ich noch mehr erleichterte Gesichter. Wenn sie unser Flugzeug auf den Kopf gestellt hätten, wäre Ibiza unter so einem riesigen Schneehaufen begraben worden, dass Alaska sich davon ein Scheibchen hätte abschneiden können.

Lang lebe Schengen.

Ich stehe mit offenem Mund da und beobachte, wie wir unseren gemieteten Mittelklassewagen vor dem Tor unserer Hütte auf Ibiza parken. Der Ort ist noch malerischer als die Bilder im Internet, das sieht ein Blinder. Das Haus, in dem wir diese Woche einquartiert sind, ist groß und weiß. Als Hintergrunddekoration dienen die Berge, und im Vordergrund ist ein Pool. In der Ferne sieht man das blaue Meer, in dem ein Mensch spontan zum Delphin werden möchte.

Ramon der zum soundsovielten Mal auf Ibiza ist, hat alles geregelt. Er sammelt heute ordentlich Punkte. Von morgens bis abends von Dollys umschwärmt. Die *deck chairs* aus Teakholz stehen in Reih und Glied, und neben dem Pool befindet sich ein rostfreies Ungetüm, das an ein Raumschiff erinnert, sich bei näherer Betrachtung aber als supersonischer Grill herausstellt. Der Smeg-Kühlschrank ist vom Vermieter als Serviceleistung bis zum Rand mit Cava-Flaschen und San Miguel gefüllt. Und wenn man dann noch bedenkt, dass in den nächsten Tagen hier eine Herde barbusiger Dollys herumhüpfen wird – ich habe das Gefühl, in einem Roman von Ronald Giphart gelandet zu sein.

Auch von innen ist das Haus gigantisch. Eine Neun auf der Skala von *Melrose Place*. Die Zahl der Schlafzimmer will kein Ende nehmen. Ich suche mir eins im zweiten Stock aus, da es dort wahrscheinlich am ruhigsten sein wird, und packe meinen Koffer aus.

Wir bleiben hier eine Woche, aber der Anzahl an Oberhemden und T-Shirts in meinem Koffer nach zu urteilen, ist dies eher eine Auswanderung. Ich hasse es, over- oder underdressed zu sein. Laut Ramon ist das hier kein großes Risiko, denn auf Ibiza kennt man keine Dresscodes. Er läuft herum und spielt sich auf wie ein Surflehrer. Öffnungszeiten von Clubs, wann und wo wir hinmüssen, die richtigen Strände und Strandbar, alles hat er parat. Es würde mich nicht erstaunen, wenn er gleich das Wetter für die kommende Woche vorhersagen würde.

Von der Terrasse am Pool ertönt Gejohle. Ich gucke aus dem Fenster und sehe, dass die erste Dolly sich ihrer Kleidung entledigt hat und in einem winzig kleinen String in den Pool getaucht ist. Ramon, mit seinem aufreizenden Waschbrettbauch, fasst die zweite um die Taille (»Neiiiiin, nicht!«) und springt mit ihr zusammen Dolly I hinterher. Auf der Terrasse, die ein paar Schritte höher liegt, sehe ich Natasja vornübergebeugt am CD-Spieler stehen. Auch sie hat ihre beeindruckenden Brüste ausgepackt und schiebt eine CD in den Apparat. Ich höre ein fröhliches Synthesizer-Lied, eine Melodie, die ich meine, von Toto zu kennen.

Die zwei Dollys singen schwimmend den Refrain mit, als wäre es unsere Nationalhymne. »If ai häd enadder tschäääns tunaaiit«, klingt es aus vollen Brüsten. Als sich der Drumcomputer kurz danach meldet und in einen schweren Beat übergeht, richtet Natas das Ding in Richtung Nachbarn und fängt an zu hüpfen. Ihre Brüste fliegen wild durch die Gegend. Ein Glück, dass ich mich für das Zimmer im zweiten Stock entschieden habe, sonst hätte ich sie noch ins Gesicht bekommen. Grinsend werfe ich mich in meine Badehose, ziehe aus Konkurrenzgesichtspunkten mit Ramon ein weites Oberhemd mit kurzen Ärmeln an und laufe die Treppe herunter. Die dritte Dolly ist gerade dabei, aus der Küche einen Teller mit Stückchen *manchego* und *jamón* nach draußen zu tragen. Ich nehme ihr eine Scheibe ab, versetze ihr ausgelassen einen Klaps auf den Hintern und drücke ihr einen Kuss auf die Wange. Sie schnappt nach mir, ihre Zunge außenbords, und sagt mir mit neckischem Augenzwinkern, dass dies wirklich eine lustige Woche werden könne.

Innerhalb einer Stunde hin ich voll wie'n Seemann.

Ich stehe im Pool, wedle mit meiner zweiten Flasche Cava herum und habe noch mehr Spaß als Luna mit ihren Freundinnen im Planschbecken. Ich schwimme an die Seite und lege meine Arme auf den Beckenrand. Die Aussicht ist phänomenal. Dolly III liegt mit halbgeöffneten Augen auf ihrem Deckchair. Sie ist dabei, ihre Brüste mit einem nach Kokos riechenden Öl einzuschmieren. Meine Augen schieben Überstunden, sie rasen blitzschnell hin und her zwischen ihren glänzenden Brüsten und der Stelle, an der der weiße String in ihrem Schoß verschwindet. Ich schätze die Chance, dass ich diese Woche selbst einmal diesen Weg zurücklege, als durchaus hoch ein.

»Tatatatatataaaa!!!«, schreit Natasja aus der Türöffnung heraus, mit einem neuen Tablett in den Händen. Von meiner derzeitigen Position im Pool aus kann ich nicht sehen, was darauf liegt, doch das ist nicht schwer zu erraten. Die Dollys flitzen zu dem Tablett wie eine Schülermannschaft auf einen Fußball.

Ich sehe auf meine Armbanduhr. Jesusmaria, zwei Uhr mittags. Ich überlege einen Moment, ob ich eine väterliche Anmerkung über die Menüwahl zu dieser Tageszeit machen sollte, aber außer mir scheint diesbezüglich niemand irgendwelche Hemmungen zu haben. Ramon snifft die Spitze weg, die Dollys folgen brav seinem Vorbild. Verblüfft sehe ich mir das Schauspiel an.

Natas guckt mich von der anderen Seite des Pools her auffordernd an.

»Schätzchen, hier gibt's was zu feiern!«, ruft sie.

Ich lache und schüttle den Kopf »Später, vielleicht.« Ein bisschen kürzer treten diese Woche.

Ich sehe Natas Ramon etwas ins Ohr flüstern. Er schaut mich über die Schulter hinweg an, als wäre ich ein Schiedsrichter, der darauf besteht, dass der Ball für den Freistoß fünf Zentimeter nach hinten gelegt wird. Ach, was soll der Geiz. An diesem paradiesischem Platz den Spielverderber raushängen lassen, nur weil es zu früh für einen Gemütlichkeits-Sniff ist?

Eine Viertelstunde später fühle ich mich nicht mehr wie ein voller Seemann, sondern wie ein Superseemann. Wir sind die niederländische Elf von 1974 und Alliierte von 1944 zur gleichen Zeit.

Die Houseklänge aus der Anlage dröhnen durch das Tal. Ich höre ein Lied, das ich dunkel aus dem Pilsvogel kenne.

»Verdammt, was für geile Musik«, rufe ich von meinem Liegestuhl aus, »was ist'n das?«

»Raven Maize!«, schreit Natas über die Musik hinweg. »Gefällt's dir, Schätzchen?«

»Lauter!«, brülle ich. Natas lacht und drückt so lange auf die Tipptaste, bis der Ton allmählich verzerrt. Obwohl die nächste Villa in einer Entfernung liegt, in der Nachbarschaftsstreit unmöglich zu sein scheint, geben wir doch unser Bestes. Die Insel gehört uns.

Durch meine Sonnenbrille hindurch betrachte ich mein Königreich. Ibiza liegt mir zu meinen slippertragenden Füßen. Ich sehe auf die bewaldeten Berge um uns herum, in den strahlend blauen Himmel. Das Meer. Der Strand in der Ferne, wo die Verlierer liegen, die sich kein Haus wie dieses leisten können.

Dolly II liegt glänzend auf der Luftmatratze im Pool. Ihre Sonnenbrille bedeckt das halbe Gesicht. Sie bewegt den Kopf im Takt der Musik, die Lippen gespitzt. Ab und zu leckt sie sich mit der Zungenspitze über die Oberlippe. Ein blondes Törtchen. Auf meiner Wunschliste für diese Woche steht sie auf Platz eins. Auf der anderen Seite des Pools beugt Ramon sich mit seinem Waschbrettbauch über eine andere Dolly. Selbst in dieser Haltung kann ich bei ihm nicht den kleinsten Wulst entdecken, sosehr ich mich auch bemühe. Mit einem Strohhalm bläst er über den Bauch der Dolly. Sie kichert. Ab und zu berührt er mit dem Strohhalm ihre linke Brustwarze, die Ratte. Ich schaue gebannt auf ihre Titten. Herrgott, jetzt werden sie auch noch hart. In meiner Badehose entwickelt sich eine Erektion, die fast wehtut. Ich klopfe mit dem Finger darauf, zum Takt der Musik. »Geht es noch, Stijn?«, grinst Dolly II von ihrer Luftmatratze aus.

»Bin geil«, rufe ich und versuche dabei, die Musik zu übertönen.

»Sieht man.«

Ich gucke sie an. Ach, what the fuck.

»Um wie viel Uhr startet das große Ficken?«, rufe ich, ziehe meine Badehose ein Stück herunter, nehme meinen Schwanz in die rechte Hand und wedle damit herum, als ob es ein Cocktailshaker wäre.

II brüllt vor Lachen. Ramons Dolly schaut ebenfalls amüsiert in meine Richtung.

Waschbrettbauch – Cocktailshaker: 1 : 1.

Ich grinse und fühle mich gut. Was sage ich, ich fühle mich wie ein Gott. Ich stehe auf, ziehe meine Badehose aus, nehme Anlauf und lasse mich nahe der Terrasse mit einem Schrei ins Wasser plumpsen.

Immer wieder ein Lacher, dieser Stijn.

Als ich wieder auftauche, lacht keiner mehr. Alle gucken mich erschrocken an. »Stijn, was war das denn bitte!?!«, ruft eine Dolly.

»Arschloch!«, schnaubt Ramon, »alles ist nass!«

Ich verstehe nicht, warum sie sich so einen Stress machen wegen ein paar nasser Kissenbezüge, bis ich sehe, dass Ramon wie ein Wahnsinniger versucht, ein Häufchen Koks zu retten.

»Trottel«, faucht Natas, »weißt du, dass hier für ein paar hundert Euro Süßes lag?«

Meine Beliebtheit sinkt in Rekordtempo auf Clarence-Seedorf-Niveau. Stotternd erkläre ich, dass ich den Schaden meiner Reiseversicherung melden werde.

Mein Mund schmeckt nach verdorbener Moschusratte und noch schlimmer ist: Neben mir ertönt ein irritierendes Sägen. Ich will mich umdrehen. Au. Ganz ruhig, Stijn, ganz ruhig. Ich starte einen zweiten Anlauf. Neben mir liegt eine Frau und schnarcht. O ja. Dolly II. Auf dem Nachttisch neben dem Bett entdecke ich ein silbernes Schälchen mit einem kleinen Rest Feiermanns Friend. Mein Gott, was sah sie geil aus letzte Nacht, als sie auf mir saß. Besser als jetzt. Ihr halbgeöffneter Mund stößt extrem unerotische Töne aus, und einige angetrocknete Körnchen kleben ihr unter der Nase.

Einen Moment denke ich darüber nach, ihr Geschnarche zu stoppen, indem ich ihr meine Morgenlatte in den Mund stopfe, doch mein hämmernder Kopf protestiert. Dolly liegt noch immer mit den Beinen breit. Das wiederum sieht äußerst appetitlich aus. Schamhaar ist offensichtlich out heutzutage. Ich hole meine Kamera aus dem Koffer, setze mich zwischen ihre Beine und mache zwei Fotos.

Danach nehme ich mein Handy, um zu sehen, ob Kurznachrichten da sind.

Shit.

Frenk.

`Will dich nicht mehr sehen. Müssen aber überlegen, was wir mit Merk in Uitvoering machen.`

Sehr wichtig.
Ich simse zurück.

Mach ein Angebot.

Ich stehe langsam auf, gehe über den Flur und öffne die Tür neben meinem Zimmer. Besetzt. Ramon und Natas, wie mir scheint. Die Tür des nächsten Zimmers steht offen. Ich lasse mich auf ein leeres Bett fallen. Verdammt, was haben wir gestern gesoffen. Bereits nach dem Essen bei Bambuddha war ich stockbetrunken. Hätte ich nicht während meiner Toiletten-Besuche industrielle Mengen an Koks zu mir genommen, hätte ich zur Mitte des Abends bereits im Delirium gelegen. Das wäre Sünde gewesen. Ich habe mich selten so gut gefühlt wie letzte Nacht, dort oben auf der Treppe, hinunterschauend auf die völlig aufgedrehte Menge im Space, während Fatboy Slim ertönte. Fatboy Slim. Was will man eigentlich noch mehr im Leben. Wie ich jemals siebenunddreißig werden konnte, ohne diese Insel zu kennen, ist mir ein vollkommenes Rätsel. Ibiza sollte für jeden als Pflichtprogramm zur Erziehung gehören.

Nur schade um meinen Kopf. Das ist verdammt nochmal kein Kater mehr, dies ist ein fucking Raubtier.

Gleich werde ich erst mal sehr lange duschen.

Noch sechs weitere Tage.

Es sei echt übel gewesen, berichtet Dolly II mir am Pool.

Ich weiß nicht mehr, wie und wo ich ihn überall hineingesteckt habe, und zucke die Schultern. »Tja, ich erinnere mich nicht mal mehr, wann ich gekommen bin.«

»Gar nicht«, antwortet sie fröhlich, ihren Mund voller Cracker mit Duo Penotti. »Du bist schlussendlich mit schlaffem Schwanz eingeschlafen, halb auf mir liegend.«

Die gesamte Gesellschaft auf der Terrasse prustet los. Der Inhalt des soeben angebrochenen neuen Umschlags mit Geselligkeit weht dabei beinahe vom Tisch.

Ich bin froh, dass ich eine SMS bekomme, sodass ich mich kurz bücken kann, damit mein roter Kopf nicht allzu sehr auffällt.

Sie ist von Anne.

Luna und Lindsay haben zusammen einen ganz hohen Turm aus Lego gebaut. Ein M.R.'chen: Ruf nachher mal an und frag danach, dann wird sie ganz stolz sein.

Au.

Luna.

Ich habe noch nicht gerade viel von mir hören lassen, nicht mal eine Minute daran gedacht. Sie hatte genickt, als ich sie, während wir zusammen ihr Pu-der-Bär-Köfferchen packten, gefragt hatte, ob sie sich freue. Schlafanzug. Klamotten. Vorlesebuch. Schnuller und natürlich Püppchen. Püppchen, so heißt das anthroposophische Stoffding, dass sie von Anne bekommen hat.

Auf dem Weg nach Maarssen hatte Luna noch begeistert genickt, als ich sie fragte, ob sie es schön fände, dort zu übernachten. Ich erzählte, dass Papa nach ein paar Nächten wieder zurück sein würde und das es garantiert sehr lustig werden würde, mit Lindsay und äh … den anderen Kindern von Thomas und Anne.

Als ich wegfuhr und im Rückspiegel sah, wie Luna auf Annes Arm saß und mir mit einem traurigen Blick hinterherwinkte, kam ich mir vor wie ein Verräter. Dass Roos danach, als wir bei De Gruter Kaffee tranken, sagte, dass sie es auch nicht besonders geschickt von mir fände, dass ich nach Ameland sofort wieder eine ganze Woche ohne Luna wegfuhr, machte es auch nicht gerade besser.

Ich sehe über das Tal und fühle die Tränen aufsteigen. Ohne die anderen anzusehen, laufe ich nach drinnen, um sie zu verstecken.

Ich werde Luna anrufen. Jetzt.

Anne nimmt ab. Sie erzählt, dass Luna gerade ihren Mittagsschlaf mache (»Es ist Viertel nach eins, ja?«), dass Luna letzte Nacht gut geschlafen habe, heute Morgen aber ein bisschen früh wach gewesen sei, schon um halb sieben, und dass sie einigermaßen gegessen habe, insbesondere die überbackene Pasta gestern Abend sei ein voller Erfolg gewesen. Luna sei etwas erkältet, da es kühl in Holland sei und ich ihr lieber einen Pullover hätte einpacken sollen, aber im Großen und Ganzen sei sie fröhlich. Anne berichtet in allen Einzelheiten von dem Legoturm.

Während des Telefonierens laufe ich zurück nach draußen und nehme mir eine Scheibe Chorizo aus der Schale. Ich greife zu einer offenen Flasche Cava und schenke mein Glas voll. Ich mache eine Geste zu Natas, ob sie auch was will. Sie nickt.

»Ist das hier dein oder mein Glas«, fragt sie Ramon, der neben ihr am Tisch in einer *Quote* blättert.

»Schätzchen, weißt du, es ist mir scheißegal, ob ich aus deinem Glas trinke«, antwortet er ohne aufzusehen, »nachdem ich gestern eine Viertelstunde deine Muschi lecken durfte.«

Die Dollys prusten vor Lachen.

Ich halte die Hand vor die Telefonmuschel. Ramon schaut auf und macht irritiert ein Zeichen, dass ich doch auflegen soll. Um mein Gesicht zu wahren, mache ich eine nickende Bewegung und tue so, als müsse ich gähnen.

Anne quasselt lustig drauflos.

»… und doch kann man ganz deutlich sehen, dass sie ein Einzelkind ist, weißt du, es fällt ihr schwer, sich durchzusetzen, vor allem, wenn hier am Tisch alle durcheinanderreden.«

Ich antworte bissig, dass es auch nicht geplant gewesen sei, dass Luna ohne Bruder und Schwester bleibt, aber dass da bei Carmen zufälligerweise was dazwischengekommen sei. Ramon grinst. Er ruft, dass es doch vielleicht ganz amüsant wäre, wenn ich Anne mal erzähle, was ich letzte Nacht alles mit Dolly II angestellt hatte. Ich erkläre Anne, dass ich auflegen müsse, weil wir gleich einen Ausflug machen wollten, und dass ich Luna heute Abend noch einmal anrufen würde.

Natas warnt mich, dass Koks und Ecstasy keine ideale Kombination sei. Ich nehme an, dass sie einfach nur eifersüchtig ist.

»Wenn du vielleicht so gut sein könntest, an jemand anderem herumzunörgeln«, schnauze ich, »du bist doch verdammt nochmal nicht meine Mutter!«

Wir stehen im Amnesia, und ich habe soeben ein Pillchen von einem extrem sexy Mädel aus London bekommen.

Einen Moment später, als ich mit ihr auf dem WC am Vögeln bin, geht plötzlich die Tür auf, und ich werde von einem Gorilla in blauem Anzug mit Krawatte von hinten gepackt und am Kragen durch die tanzende Menge hindurch nach draußen geschleift. *»Fuck off, you fucking asshole!«*, ruft er mir zum Abschied nach.

Etwas später finde ich mich auf dem Rücken liegend auf den Kieselsteinen vorm Eingang wieder. Empört rapple ich mich auf, eine Salve von Schimpfworten ausstoßend, die ich Johan Cruyff in seinen Glanzzeiten spanischen Schiedsrichtern habe entgegenrufen hören. Danach setze ich mich schnell in Bewegung, während ich lauthals in Richtung der Reihe wartender Leute verkündige, dass ich nie mehr einen Fuß in diesen Scheißladen setzen werde.

Man sieht mich mitleidig an.

Als ich gerade um die Ecke bin, fällt mir auf, dass ich kein Handy dabeihabe, sodass ich Ramon und den Mädels nicht mal mitteilen kann, dass ich jenseits des Vergnügens gelandet bin. Es ist noch nicht einmal drei, und das Amnesia macht um sieben Uhr zu. Da es wenig Sinn hat, hier zu warten, bis sie rauskommen, halte ich ein Taxi an.

In der großen Villa fühle ich mich ziemlich elendig, wohl wissend, dass der Rest jetzt gerade vollkommen am Ausrasten ist und wahrscheinlich noch stundenlang wegbleiben wird.

Meine Schritte hallen durchs Haus. Ich werfe einen Blick auf mein Handy. Keine SMS, keine verpassten Anrufe, niemand, der mich vermisst. Scheißkerle. Im Badezimmer sehe ich in den Spiegel und erschrecke vor meinem eigenen Spiegelbild. Ich bin kreideweiß, meine Augen sind rot. In der luxuriösesten Villa aller Zeiten fühle ich mich verlassen, während die Menschen, die mich aufheitern könnten, im Amnesia, in Amsterdam, Maarssen oder im Jenseits sind. Ich gehe nach draußen, stehe am Pool und versetze den Deckchairs einen Tritt. Ich öffne den Kühlschrank, nehme eine Flasche Cava heraus und schleudere sie über die Abzäunung unserer Villa. Ich höre das Ding mit einem dumpfen Plumps irgendwo in den Büschen aufschlagen. Gehetzt suche ich mit den Augen nach einem schwereren Objekt, an dem ich meine Aggression ablassen kann. Ja, dort drüben. Ein Blumentopf mit einer Palme. Ich hebe das bleischwere Ding hoch und pfeffere es in hohem Bogen in den Pool. Die Palme treibt an der Oberfläche. Ich starre sie kurz an und lasse mich dann mit einem Plumps auf einen der teakhölzernen Deckchairs fallen.

Ich nehme mein Handy und versuche Ramon anzurufen. Danach Natas. Niemand nimmt ab. Ich schreibe eine SMS.

Bin zu Hause. Rausgeworfen aus dem Amnesia. Fühle mich verlassen. Please, ruf kurz an.

Ich schaue in mein Adressbuch, unter R. Soll ich? Mein Herz klopft mir bis zum Hals. Das Telefon klingelt dreimal. Dann geht die Mailbox dran. Weggedrückt. »Hallo, hier ist Roos. Ich bin gerade nicht da. Wenn du eine Nachricht hinterlässt, rufe ich gerne zurück.«

Einen Moment lang zögere ich. Beim Piepton sage ich, dass ich sie vermisse, und lege schnell auf. Es ist halb fünf. Noch mindestens zwei bis drei Stunden, bevor jemand nach Hause kommt. Vorausgesetzt, dass sie nach der Sperrstunde nicht direkt ins Space gehen, zu der Afterhour, von der Ramon gestern gesprochen hat. Und nun? Die Chance, dass ich jetzt einschlafen kann, ist kleiner, als dass ich jemals in der ersten Mannschaft von Ajax spielen werde. Ob wohl noch irgendwo ein bisschen Stoff zu finden ist?

Ich gehe in Ramons Zimmer. In einem Seitenfach seines Koffers finde ich einen Umschlag. Ich gehe ins Badezimmer und lege auf dem Waschbecken eine Spur.

Das weiße Zeug hilft. Innerhalb weniger Minuten bin ich jetzt in erster Linie geil und dafür weniger einsam. Ich mache einen wütenden Versuch, mich selbst zum Orgasmus zu bringen, merke aber nach zehn Minuten, dass es eine endlose Sitzung zu werden droht. Ich gehe in die Zimmer der Dollys und schnüffle in ihren Schränken herum. Vor allem den blauen String von Dolly IV mit der Ananas am Hintern finde ich geil. Bei Dolly II entdecke ich zwischen ihren Sachen einen kleinen Vibrator. Ich finde auch ein Tagebuch und kann es nicht lassen, kurz darin zu lesen. Dann mal los. Ich lese, dass ich sie schonungslos in ihren Künstlereingang gefickt habe. Ich starre auf den letzten Satz ihres Tagebuches.

»Es war wie eine Vergewaltigung.«

Es klingelt.

Oder irgendwo rasselt ein Wecker.

Nein, das ist mein Handy.

Ich springe aus dem Bett und renne in mein Zimmer.

Wo ist das Scheißding? Ah, hier.

Natas.

»Schääääätzchen!«, kreischt sie.

Ich schaue auf meine Armbanduhr. Es ist acht Uhr.

Ich höre Strandgeräusche. »Hi. Wo seid ihr?«

»Ramon liegt schon mit bloßem Schwanz im Meer, ich sitze hier neben ein paar netten Jungs aus Barcelona, zwei Mädels aus Limburg sind dabei, und … warte eben, o ja, wir haben zwei Kerle aus Den Haag aufgetan und, oh, da kommt Ramon angelaufen …«

Das Telefon wird ihr aus der Hand gerissen.

»He, Scheißkerl!«

»Ramon. Geht's dir gut?«

»Wo warst du denn, du Idiot? Was ist das für'n Gelaber, von wegen rausgeworfen und so?«

»Anscheinend wurde ich nicht besonders vermisst.«

»Stell dich nicht an, Scheißkerl. Nimm ein Taxi und komm zum Playa de'n Bossa. In einer Stunde gehen wir ins Space.«

»Hm.« Das Einzige, was mir schlimmer erscheint, ist, hier noch ein paar Stunden allein herumzusitzen.

»Komm. Jetzt. Ich hebe auch ein Limburger Hühnchen für dich auf.«

»Wartet ihr?«

»Ja. Aber komm schnell. Und nimm aus meinem Zimmer noch ein bisschen Geselligkeit mit. In der Seitentasche von meinem Koffer ist ein Päckchen.«

Das hatte ich bereits entdeckt. Es ist noch ein halbes Sniffchen drin, welches ich bereits in ein Silberpapierchen überführt und danach in meine Hosentasche gesteckt habe.

Die Stimmung ist aufgeheizt, als wir morgens um halb zehn ins Space kommen. Ramon, Natas, die Limburger Hühnchen, die Dollys und ihre Haager, unsere neuen Freunde aus Barcelona – jeder, der hier herumläuft, hat offensichtlich direkt bevor ich ankam eine Reservedosis Energie geschluckt oder gesnifft. Schön, wenigstens bleibe ich dann erst einmal von Ramons Fragen nach seinem eigenen Vorrat verschont.

InBedWithSpace hat die Party heute Morgen organisiert. Ich hatte es diese Woche auf dem Weg vom Flughafen zu unserem Schloss schon auf den Billboards gesehen, dachte aber damals noch, dass das *a.m.* hinter der 9 ein Witz wäre.

Ich sehe auf die Meute wie Jan Jongbloed auf den Schuss, mit dem Gerd Müller das 1 : 2 im Finale von ’74 machte.

Natas bringt Rettung.

»Amüsierst du dich, Schätzchen?«

»Hm.«

»Komm ma’ mit.«

Sie zieht mich in eine der Sitzecken an den Rand der Tanzfläche, kramt ein bisschen in ihrem Handtäschchen herum und hält unauffällig ihre Hand unter meine Nase.

Eine Viertelstunde später tanze ich.

Halb drei. Mittags. Ich laufe schon seit einer halben Stunde durch die Gegend und nörgle herum, ob nicht jemand mit mir in einem der Restaurants draußen etwas essen gehen will.

»Tas, hast du Hunger?«

»Nix da, Schätzchen, weiter geeeeehts!«

»Ramon, futtern?«

»Verpiss dich, Scheißkerl, wir sind doch gerade erst gekommen.«

»Alfredo, äh … *mangiare*?«

»Qué?«

»Food?? Hungry? Outside? Ach … *fuck it.«*

Eine Dreiviertelstunde später kriege ich sie endlich mit raus.

Der Mann hinter dem Tresen des Restaurants runzelt die Stirn, als er uns schreiend und lachend hineinkommen sieht.

»He, Scheißkerl«, brüllt Ramon aus einiger Entfernung, »mach für mich mal sonen italienischen Kuhfladen, aber fix.«

»Pizza!«, schreit Natas vom Tisch aus. Sie haut mit ihrem Besteck auf die Tischplatte. Die Dollys und die Limburger Mädels machen es ihr nach. Ich bestelle einen Hamburger.

Als ich diesen endlich bekomme, ist die ganze Brigade bereits wieder draußen. Ich suche mit den Augen die Umgebung ab und sehe sie ein Stück weiter die Straße entlanglaufen. Sie geben ein bizarres Bild ab: eine Gruppe Partygänger in voller Aufmachung, am helllichten Tage und vollkommen neben der Spur. Die Limburger Mädels laufen in blauen Stiefeln mit Absätzen wie Pfahlbauten, die Dollys tragen fluoreszierende Perücken, einer der Haager, ein lächerlich hübscher Kerl mit langen blonden Haaren, trägt einen Cowboyhut, und Ramon hat eine Sonnenbrille im Elton-John-Format auf.

Noch essend laufen wir in Richtung Strand.

»Sollen wir noch kurz ins Bora Bora gehen?«, ruft eine der Dollys, den Mund voll Meatlovers-Pizza.

»Erst hier kurz schauen«, ruft Ramon.

An einem der Terrassencafés mit riesigen Fernsehschirmen, die den ganzen Tag über Spiele aus der Premier League ausstrahlen, hat sich eine große Menschenmenge versammelt. Die Leute stehen bis auf die Straße. Als wir näher kommen, höre ich jemanden schreien. Ich sehe einen Jungen mit offenem Mund auf den

Bildschirm starren, und ein Mädchen schlägt die Hände vor den Mund.

»Kommt, hier ist was los!«, ruft eines der Limburger Hühnchen.

»Juuuhuuu, wir laufen weiteeer!«, schreit Tas.

Einige Menschen aus dem Café gucken sich irritiert um und machen Zeichen, dass wir still sein sollen.

»He, kümmer dich um deinen eigenen Scheiß«, ruft der Haager mit dem Hut.

»Shut your mouth, asshole!«, sagt jemand von hinten.

Ich mache ein paar Schritte zur Seite und sehe, dass alle erschüttert auf den großen TV-Schirm neben der Bar gucken. Habe ich ein wichtiges Champions-League-Spiel verpasst?

Nein, es ist Dienstagmittag.

»Ein Live-Videogame«, höre ich Ramon rufen. Er ist auf einen Stuhl geklettert.

Wieder Gekreische. *»There goes another one!«*, höre ich jemanden schreien.

»FUCK! NO!!!«, schreit ein Typ irgendwo vorne.

»He, schau dir das an, Puppe!«, ruft der große Haager zu der Dolly neben mir, »sie zerlegen das Hochhaus! Jesses, was für ein cooles Bild.«

Er hebt die Dolly hoch, sodass sie über die Köpfe hinwegsehen kann. »Jetzt kommt direkt die Wiederholung! Echt fett, Mann!«

Ein Mann mit einem nackten Bierbauch voller Tattoos dreht sich um. Er hält seine Frau an sich gedrückt. Sie weint. Die Augen des Mannes sprühen Feuer. *»Now fuck off, you!«*, schreit er den Haager an.

Ich klettere auf ein Auto. Als ich dort oben stehe, kann ich gerade sehen, wie ein Hochhaus unter viel Rauch zusammenstürzt. CNN, Menschen rennen panisch weg, die Kamera schwingt in alle Richtungen, das ... das sieht aus wie New York. In der Ecke des Bildschirms erscheint ein kleiner Rahmen. Das ist verdammt nochmal New York! Das ist das World Trade Center. Das ist das *fucking* WTC. In dem Rahmen steigen Rauchwolken von einem der zwei Türme auf. Dort fliegt ein winziger Punkt am Himmel, mit einem Kreis herum projiziert, in Richtung des zweiten Turmes. Das Bild wird in Zeitlupe gezeigt. Die Menschen im Café fangen wieder an zu schreien. Unter dem Bild erscheint ein Text.

Fourth plane said to have crashed into the Pentagon * US under attack *** One of Twin Towers collapsed *** President Bush evacuated to a secure location.**

Ich sehe neben mich. Ramon steht da und grölt, er hat sein T-Shirt ausgezogen und wedelt damit herum. Er sieht mich grinsend an und streckt seinen Daumen hoch. Ich schaue zu dem Rest der Gruppe. Natas hat sich auf den Fußweg gesetzt und isst ihre Pizza auf. Sie quatscht mit einem der Limburger Mädels. Der Haager hat seine Hand hinten in die Hose einer Dolly gesteckt. Sie lacht und nimmt seine Hand weg. Ich sehe wieder auf den Bildschirm. New York. WTC. Pentagon. Der Typ aus Barcelona fragt, ob ich noch etwas möchte, und zeigt auf ein Säckchen Pulver in seiner Hand. Eine andere Dolly ruft, dass sie es hier langweilig finde, vor dem Fernseher. Sie quengelt, dass wir weitergehen sollen.

Es ist, als würden alle Geräusche heruntergedreht werden. Ich sehe, wie der zweite Turm einstürzt.

Auf einmal denke ich an Luna. Oh, meine Luna. *Ich mache weiter, wie schwierig es auch sein wird. Ich werde gut für deine Tochter sorgen.* Das bedeutet Krieg. Das *ist* Krieg. Morgen ist Irak platt. Oder Moskau. Oder was weiß ich was. *Und ich werde gut für deine Tochter sorgen.* Ich schaue meine Freunde an und sehe, dass sie noch immer lachen. Ich muss weg hier. Ich muss verdammt nochmal weg hier. Ich springe vom Auto herunter. *Und ich werde gut für deine Tochter sorgen.*

Es kommt ein Taxi vorbei. Ich renne hinterher, bis es anhält.

Den ganzen Weg über kann ich nur an eines denken. *Und ich werde gut für deine Tochter sorgen.* Ich nehme mein Telefon und rufe mit zitternden Fingern die Nummer von Anne und Thomas an.

»Stijn?!«, heult Anne. »Hast du das gesehen? Was ist da nur los?«

Ich murmle, dass da was nicht stimme. Sie fängt noch mehr an zu weinen.

Und zum ersten Mal, seit ich sie kenne, denkt sie dasselbe wie ich.

»Stijn, wie soll es nur weitergehen, mit unseren Kindern?«

Eine halbe Stunde später habe ich mich umgezogen und packe meinen Koffer. Noch bevor die anderen zu Hause sind, sitze ich im Taxi auf dem Weg zum Flughafen.

`Ramon, bin weg. Versuche heute Abend noch einen Flug zu kriegen. Ich muss mich um meine Tochter kümmern.`

›Ohne sie‹
erschienen im Scherz Verlag,
304 Seiten, Broschur, 14,90 € (D)

aus dem Niederländischen von Kristina Kreuzer

Nikola Richter
Beziehungssprünge

In dieser Geschichte müssen die Protagonisten nicht nur körperlich biegsam sein. Sie stammt aus

›Lebenspraktikanten‹.

Sie suchen Jobs und Praktika, knüpfen Kontakte und Netzwerke, wechseln ständig den Aufenthaltsort und lieben provisorisch: die professionellen Lebenspraktikanten.

Nikola Richter wurde in Bremen geboren. Nach einem Studium in Tübingen, Norwich und Berlin arbeitete sie als Lektorin und Kulturredakteurin. Nikola Richter ist Mitbegründerin der Berliner Lesebühne ›visch & verse‹. Sie veröffentlicht Lyrik, Erzählungen und Theatertexte.

Wo fängt eine Beziehung an, und wo hört eine Affäre auf? Und was, wenn sich Zeiträume des Nichtsehens dazwischenschieben? Jasmin fährt zu César, den sie vor sechs Monaten kennengelernt hat und dem sie seitdem SMS schreibt: »Was machst du? Ich vermisse dich.«

»Ich will dich jetzt.« »Aha. Ich will, dass du mich willst. Und jetzt?« Er hatte eine ganze Packung Streichhölzer angezündet, in den Aschenbecher gelegt, »Feuer« gesagt und ihr dabei in die Augen geschaut. Seitdem spürt sie auch eine Art von Wärme für ihn, selbst wenn sie ein paar Wochen nichts von ihm hört. Sie weiß nicht, wie sie das einschätzen soll. Ist er unterwegs und hat sein Telefon ausgestellt? Hat er eine neue Nummer? Ist sie ihm so unwichtig? Aber warum schreibt er dann überhaupt? Manchmal nimmt sie sich vor, den Kontakt abzubrechen, aber sie freut sich sehr, wenn er antwortet, sodass sie jedes Mal sofort zurückschreibt, oft auch mitten in der Nacht. Das Telefon piept und erleuchtet die Wände, es liegt immer neben ihrem Bett. Jasmin arbeitet viel und oft bis spät in den Abend. Sie bleibt fremd am neuen Arbeitsort und braucht das Gefühl, dass jemand an sie denkt, sie kennt. Und César schreibt so direkt, so fordernd: »Mein Leben ist zurzeit sehr falsch und schwierig. Ich will dich und Frieden. Ich bitte dich, komm. Ich zahle das Ticket. Komm, nur für ein paar Tage.« Das gefällt ihr.

Weil sie in der Provinz wohnt, ist sie von den Billigfluglinien dieser Welt abgeschnitten und muss, um ihre Freunde oder die Partybekanntschaft zu besuchen, den Zug oder einen Überlandbus nehmen. Sie hat deshalb auf ihren zahlreichen Nachtzug- und Nachtbusfahrten zwei raffinierte Techniken entwickelt, um wenigstens so zu tun, als ob sie in ein privates Bett steigen, als ob sie sich in eine vertraute Schlafkoje kuscheln würde. Um das Umziehen im widerlichen Klo zu vermeiden, löst sie auf der Zugliege kauernd in ausgeklügelten Verrenkungen unauffällig den BH, damit er nicht durch das zum Nachtkleid umfunktionierte Hemd in ihre Träume pikt, und stopft ihn in ihre Tasche, die sie als Kopfkissen nutzt. Um eine Art Privatsphäre zu schaffen, nimmt sie auf dem Bussitz eine schützende Embryonalhaltung ein und hüllt sich gegen die Kälte aus den Belüftungsdüsen in ihren Mantel, den sie in den Polsterritzen festklemmt. Wirklich gemütlich ist das nicht, eher beklemmend, aber es wärmt. Als sie sich zu César auf den Weg macht, ist sie vor allem noch etwas bedrückt von den letzten Nächten.

Bis vor ein paar Tagen hatte sie Besuch von Nils. Ihre Wohnung war auf einmal von Männersocken und After-Shave-Wolken bevölkert. Auf einmal benutzte jemand ihre Lieblingstasse, und sie musste sich selbst ermahnen, bei einem schrägen Blick auf die neuerdings auf dem Tisch herumliegenden abgeleckten Löffel nichts zu sagen. Sie wusste nicht, dass sie so eigenbrötlerisch geworden war. Dabei müsste sie eigentlich viel Verständnis für Nils haben. Nils fährt eigentlich auch am liebsten Bus, um billig durch die Gegend zu kommen: im Winter über das Riesengebirge auf den vereisten Straßen zwischen LKW-Trossen, die mit ihren Schneeketten knirschen, an Gartenzwergarmeen vor kleinen Tankstellen und beleuchteten Bars mit beleuchteter Frauenhaut vorbei. »Das Verkehrsmittel Bus ist nicht nur günstig«, schwärmt er, »sondern es erhält mir eine maximale Spontaneität in dieser durchstrukturierten Welt. Wenn ich morgen losfahren möchte, fahre ich. Und ich treffe die schrägsten Persönlichkeiten.« Wenn Jasmin ihn daran erinnert, dass die Busfahrten dafür recht zeitaufwändig sind, winkt er ab. »So erlebe ich mehr, als wenn ich die Jobbörsen rauf- und runterfahre«, sagt er.

Vor einer Woche hatte er mal wieder zu viel von allem. Jasmin hatte zu ihrem Geburtstag einen Rundbrief verschickt und Freunde und Freundinnen zu einem Kurzurlaub nach Polen eingeladen – wenn viele gekommen wären, hätte es eine große Party gegeben. Eine Sause!, dachte sie. Dass nur einer zusagte, überraschte sie nicht. Die anderen waren ja auch wirklich eingespannt in ihre Minijobs und Praktika. Nur Nils hatte das Nötigste in seine Fahrradtaschen gepackt und war innerhalb einiger Tage zu ihr geradelt. Das war noch besser für sein leeres Portemonnaie, denn so sparte er sogar ein Ticket. »Waren wunderschöne Fahrten«, sagte er, »und ich war an der frischen Luft, hab mich bewegt. Kann ich vielleicht mal was in deine Waschmaschine werfen – alles ist jetzt tierisch durchgeschwitzt.« Unterwegs hatte er in verschiedenen Schuppen genächtigt. »Mehr brauche ich nicht.« Als Nils in seinem letzten sauberen Hemd mit verschränkten Radlerarmen auf die letzte Schleuderdrehung der Waschmaschine wartete, entschloss sich Jasmin, ihren Gast nicht auf dem harten Flurfußboden nächtigen zu lassen, und erlaubte ihm, das Bett zu benutzen.

Im Nachhinein ärgert sie sich darüber, denn er sah das als Aufforderung an, nicht nur ihre unbeleuchtete Haut, sondern alles andere so zu benutzen, als wäre es sein Eigentum. Näherkommen bedeutet doch nicht gleich teilen, dachte sie. In der Nacht piepte mal wieder ihr Telefon sehr wild, woraufhin Nils es, weil er sich angewöhnt hatte, dicht neben ihr zu liegen, dreist ausstellte. »Untersteh dich«, zischte Jasmin und tippte schnell eine Antwort. Am nächsten Morgen setzte er sich, ohne zu fragen, einige Stunden an ihren Computer, um seine Rückreisemitfahrgelegenheiten zu organisieren. Sie hatte auf ein gemeinsames Frühstück gehofft, Kaffee gekocht, der dann auf dem Küchentisch stand und kalt wurde. Anschließend holte er frischen Fisch vom Markt, den er aber alleine aß. »Du magst doch sowieso keine Meerestiere, oder?« Nachdem er die Pfanne eingeweicht hatte, telefonierte er die recherchierten Angebote durch. »Wundere dich nicht, wenn du auf deiner Telefonrechnung ein paar ausländische Nummern findest – das war ich –, ich dachte, vielleicht geht es schneller, wenn ich über Tschechien fahre«, teilte er ihr kurz vor seiner Abreise mit. »Mein Fahrrad habe ich verkauft, es war sowieso alt, morgen kommt einer und holt es ab. Du müsstest dann zu Hause sein.« Dass er ihr zum Abschied ein Alpenveilchen schenkte, hob ihre Stimmung ein bisschen. Sie war froh, dass sie ihre Wohnung wieder für sich hatte – ein Blümchen mehr, ein wenig Sauerstoff mehr.

Das Ehepaar, das jetzt mit ihr im Abteil sitzt, ist nach zwanzig Jahren Ehe immer noch verliebt und ein eingespieltes Team. Sie teilen alles. Sie benutzen alles zusammen. Sie legen ihre Hände auf gemeinsame Koffer und Taschen und Süßigkeiten. Jasmin nimmt immer die oberste Liege, dort zieht es weniger durch die undichten Fenster, das Hin- und Hergeschaukel auf den Gleisen ist stärker, und sie fühlt sich geborgen wie in einer Wiege. Dort schläft sie ein paar Stunden zu viel. Sie hat ja niemanden, mit dem sie jetzt Süßigkeiten teilen könnte.

César holt sie vom Bahnhof ab und will sie schon gleich im Taxi küssen. Jasmin ist etwas verwirrt, sie will ihn zunächst nur anschauen. Sie kennt ihn ja nur von der Party in einem Pulli und hell bestrahlt von 38 Sicherheitszündhölzern. An diesen anderen Pulli muss sie sich erst einmal ein wenig anlehnen und die verschiedenen Muster beschnüffeln. Sie stehen ihm sehr gut, stellt sie dann recht schnell fest. Zusammen kaufen sie Frühstücksutensilien. Das wäre sehr pärchenhaft, wenn sie es jedes Wochenende so machen würden, wenn sie wüssten, César nimmt immer drei helle Brötchen, Jasmin steht eher auf Kürbiskern und Kirschjoghurt, aber jetzt hat es etwas Pragmatisches. Jasmin denkt: Provianteinkauf für die nächsten 48 Stunden. Denn in 48 Stunden muss sie wieder abfahren. Muss sie wieder Richtung Arbeitsstelle in ihre neue kleine, ferne Heimat. Sie picknicken auf Césars Balkon und gehen danach gleich ins Bett, wo sie auch die nächsten Stunden vor der gestreiften Wand auf einer flauschigen Wolldecke verbringen. Die Decke verliert stündlich an Flauschigkeit, weil sie beide feste darauf herumrutschen, rückwärts, vorwärts, seitlich, stopp. »Wir müssen aufpassen«, sagt Jasmin, »oder willst du ein Kind machen?« »Nein, bloß kein Kind«, antwortet er und bekreuzigt sich. Die Tür zur Terrasse steht offen, die Sonne scheint, und ein Nussbaum winkt herein. So idyllisch, aber alles ohne Zukunft. César sagt: »César liebt Jasmin.« Jasmin fragt: »Wirklich?«

»Ja, wirklich, es gibt keine außer dir.« Jasmin glaubt ihm nicht, auch wenn es so schön wäre. »Ich schicke dir doch schon sechs Monate lang SMS, und du antwortest nur selten. Was denkst du, warum ich das mache?« »Das finde ich goldig«, sagt er und küsst sie. Das ist ihr eigentlich zu wenig, aber die Zeit ist so kurz, wieso sollte sie jetzt anfangen, mit ihm zu diskutieren. »Komm, wir schauen zusammen ein Video.« Dann müssen wir nicht reden, oder wie, denkt Jasmin.

Aber sie findet das alles sehr süß, denn er sucht einen Film heraus, von dem sie ihm bei ihrem Kennenlernen erzählt hat, dass sie ihn schon immer einmal sehen wollte. Zumindest erinnert er sich an solche Kleinigkeiten, denkt sie. Ein gutes Zeichen. Während der Film läuft, während jemand die Welt zerstören und beherrschen und ein anderer die Welt retten will, klingelt andauernd sein Handy. César rennt nach unten, dort, wo sein Geschäftspartner arbeitet, dort, wo sein Büro ist. Sie weiß nicht, mit wem er redet, was er redet. Eigentlich weiß sie gar nichts über ihn. Woher auch. Anstatt zu reden, küssen sie sich lieber. Aus der Ferne kann man kein Leben teilen. Als César nach acht Stunden los muss, weil er irgendeine Besprechung hat, gibt er ihr einen Haustürschlüssel und erklärt die öffentlichen Verkehrsmittel. »Wir können uns ja später in der Stadt treffen«, sagt er. Sie bleibt noch ein bisschen liegen, dann steht sie auch auf und schaut sich in seiner Wohnung um. Sie findet Männermagazine und ein Buch, das sie ihm geschenkt hat. Sie schreibt eine Widmung hinein: »goldige zeiten«. Die soll er finden, wenn sie nicht mehr da ist. Sie riecht an seinen Hemden und stellt sich vor seine Anzüge, die an Karabinerhaken an der Wand hängen. Sie denkt, wie das wohl aussehen würde, er in den Anzügen und sie in ihrem gepunkteten Lieblingskleid – wenn sie heute Abend so ausgehen würden. Und dann nicht nur einen Abend, sondern auch übermorgen und überübermorgen, nächste Woche und immer mal wieder. Der Anzug hängt und glänzt traurig.

Als sie nach unten geht, in die Büroküche, weil oben nur der Bettenbereich ist, um sich ein Fertiggericht aufzutauen, grüßt der

Geschäftspartner nicht. Er ignoriert sie. Warum sollte er sich auch Zeit für sie nehmen, wenn die Zeit so begrenzt ist? César nennt sie vor anderen Menschen »kleines Mädchen«, »Könntest du kurz Platz machen am Computer für das kleine Mädchen? Sie muss mal ins Internet.« Jasmin hat im Zug die Büroartikel-Bestellliste angefertigt und muss diese kurz zu ihrer Kollegin Tatjana mailen. Sie hat keinen Urlaub. Sie hat nur das Wochenende.

Noch vierzig Stunden. Sie weiß, worauf sie sich eingelassen hat. Auf das Duschen mit Männerduschgel und ohne eigenes Handtuch. Auf Blicke und Zärtlichkeiten auf Zeit, die so schnell wieder storniert sind, wie der Zug abgefahren ist. Später läuft sie in der Stadt herum und wartet auf Césars Anruf. Weil er sich nicht meldet, geht sie ins Kino. Als sie wieder im Foyer steht, hat sie drei verpasste Anrufe auf ihrem Display und eine SMS: »Wo bist du, kleines Mädchen?« »Und du, wo? Hunger.« »Habe schon gegessen«, schreibt er zurück, »heute Abend Theaterpremiere und danach Termin mit Fotografin für anderes Projekt. Kommst du mit?« Klar, kommt sie, was soll sie sonst machen? Sie ist ja nicht gekommen, um ihn nicht zu sehen. Sondern um ihn zu sehen. Vor seinen Kumpels stellt er sie als seine Freundin vor, was auch immer das heißen mag. Die Kumpels können sich ihren Namen nicht merken. Aus Rache merkt sie sich nicht die Namen der Kumpels.

Während César mit der Fotografin Abzüge durchblättert, sitzt Jasmin daneben und überlegt. Sie hat eine neue Wohnung, einen neuen Job und eine neue Affäre. Die letzte mit Nils ist gerade erst eine Woche her. Eigentlich lebt sie in emotionaler Gleichzeitigkeit. Weil keiner der Männer, die sie mag, vor Ort ist, weil keiner sich wirklich zu ihr bekennt, weil sie selbst nicht vor Ort ihrer Männer ist, muss sie die Beziehungen zu ihnen auf kleiner Flamme weiterköcheln lassen. Die Gefühle werden nie hochgekocht, sondern parallel gedünstet. So bleiben die Vitamine und der Schwung erhalten. Das Springen von Beziehung zu Beziehung – die Beziehungen so oft wie die Orte und Wohnungen zu wechseln – erschien ihr noch vor einiger Zeit als Ausweg.

Sie erinnert sich an Igor, den sie immer nur im Flughafenbistro treffen konnte, wenn er auf der Durchreise war. »Hatte wieder mal zu wenig Zeit. Aber du weißt ja, wie das ist. Ich muss morgen schon zurück nach New York.« »Wann bist du denn wieder hier?« »Ich komme gegen Weihnachten zurück und habe vier Stunden Aufenthalt in Amsterdam auf dem Rückflug, am 5. Januar.« »Echt? Da bin ich auch grad in Amsterdam auf einer Fortbildung.« »So ein Zufall.« »Ich melde mich, dann können wir wenigstens einen Kaffee –« Sie hatte oft das Gefühl, dass er für verschiedene Flughafenbistros dieser Welt verschiedene Mädchen organisieren konnte, je nachdem, wo er gerade war. Irgendwann meldete er sich nicht mehr – oder die Flugrouten und Zwischenstopps hatten sich geändert.

César blättert immer noch durch irgendwelche industriellen Detailaufnahmen: Kabel, Gerüste, Leitungen und Mischpulte. Die Techniken hinter den Lebensweisen. Er bestellt ihr etwas zu trinken und lächelt ihr zu, bevor er sich wieder seinen Unterlagen zuwendet. So kommen wir nicht zusammen, denkt Jasmin. Ihr wird ein bisschen langweilig. So dicht dran an der Liebe, aber viel zu kurz. Ein Fotograf muss für eine Nahaufnahme das Objektiv scharf stellen, er kann nicht einfach losknipsen. Jasmin kann sich nicht annähern, wenn sie den Zeitaspekt ignoriert, die Bedeutung von Dauer und Wiederholung. So bleibt nur ein verwackelter Schnappschuss. Sie weiß, dass sie eine Nicht-Beziehung führt, die zu nichts führt, von der sie nichts erwarten kann – außer unregelmäßigen Spaß und regelmäßiges Leiden. Diese Beziehung wird sich, wie andere vorher auch, nicht entwickeln, sondern in der Anfangsattraktion stecken bleiben. Heute Morgen war sie frisch verliebt. Jetzt ist alles schon wieder matt. Hat sie ihren gesamten Elan durch die lange Anreise und das lange Warten auf ein Wiedersehen verloren?

Vielleicht sollte Jasmin es so machen wie Anika und Chris. Die Doktorandin trifft sich ein paar Mal im Jahr mit ihrem Freund. Beide hangeln sich von Stipendium zu Stipendium, von studentischer Mitarbeit zu wissenschaftlicher Projektassistenz, benutzen mal diese Rara-Sammlung in Windhoek, dann wieder jenes Handschriften-Archiv in Wien. Sie haben zusammen studiert, sind seit ihrer Zwischenprüfung zusammen. Nun promovieren sie – nicht zusammen. Immerhin fahren sie einmal im Jahr gemeinsam in den Urlaub. Für einige Wochen sind sie ein wirkliches Paar. Danach trennen sie sich wieder. Sie trennen sich, weil es so abgemacht ist.

Denn beide haben, außer ihrer Arbeit, kein festes Zentrum im Leben. Um voranzukommen, um sich weiterzuentwickeln, müssen sie alle Optionen annehmen, auch diejenigen, die sie immer wieder losreißen von ihrem Vielleicht-Mittelpunkt. Die Umwelt findet das sogar noch richtig. »Mensch, eine Dozentur in Australien für ein Semester – das ist doch ein echter Karrieresprung«, jubeln die Eltern. Aber dieser Sprung ist im Grunde genommen für beide ein totaler Beziehungsknick und Beziehungsabsturz. Weil alles in ihrem Leben sich ständig ändert: der Blick aus dem Fenster, der Bäcker, die Versicherung, das Lieblingskino, die Vorwahl, um nach Hause zu telefonieren, die Arbeitskollegen, muss sich eigentlich auch die Beziehung ständig verändern. Doch weil Chris und Anika nie wirklich ankommen, weil sie beide unterwegs sind, bleibt das, was zwischen ihnen ist, irgendwie länger haltbar, wie in einer Vakuumverpackung. Sie halten sich aneinander fest, weil alles andere nicht fest genug ist. Sie halten die Entfernung aus. Sie telefonieren, zunächst noch jeden Tag, dann nur noch einmal in der Woche. Das reicht ihnen.

Die Stunden verstreichen und versickern. Jasmin steht unter Césars Dusche. Sie hat sich ein Shampoo gekauft, eines mit blumigem Duft. Sie lässt das Shampoo auf der Ablage stehen, als kleines Signal, vielleicht auch als ein Versuch der schwarzen Magie. Wenn César öfter Frauen hier duschen lässt, sehen sie am Frauenshampoo, dass sie nicht die ersten sind, und gehen dann vielleicht schneller. Lassen sich durch diesen Trick vertreiben und machen Platz für mehr Jasmin und noch mehr Jasmin. Denn eigentlich hofft Jasmin, dass sie bald wiederkommt und dass sie etwas kleines Eigenes vorfindet, ein bisschen: Shampoo-Heimat. Im Zug wünscht sie sich von ihm »Mehr Küsse!«, er schickt »Küsseküsseküsseküsseküsse!« Ihre beiden Mitfahrerinnen sind Opernpendlerinnen. Sie fahren zwischen zwei großen Städten und den jeweiligen Premieren hin und her. »Vielleicht sollte ich meine Reise-Motive von Menschen auf Ereignisse verlegen?«, fragt sich Jasmin. Die beiden Frauen reden und reden, Turandot, Rätseleien, Don Giovanni, Champagner, das Telefon piept nicht mehr.

Die Informationen aus dem César-Leben werden danach immer spärlicher, so spärlich, dass Jasmin sie sich selbst zusammenklauben muss. Über eine Internetsuchmaschine kommt sie sogar Césars nächster Frauengeschichte auf die Schliche. Er hat ein Fotoalbum im Netz angelegt. Sie hat die Webseite gespeichert, das Passwort erschlichen, als er es einmal vor ihren Augen eingegeben hat, und kann sein Leben als regelmäßige Diashow verfolgen: seine Reisen, seine Partys und seine Arbeitsprojekte. Sie kann sogar die Spaßtattoos auf seiner Haut lesen, weil einige Nahaufnahmen dabei sind: Marshall Wire, steht da, und ein Herz ist gemalt, und in dem Herzen steht irgendein Name, der mit J anfängt. Sie zoomt das Bild groß, und da steht nicht »Jasmin« sondern »Jolanta«. Eigentlich ist sie noch mitten in seinem Leben. Ohne dass er es weiß, teilt er noch alles mit ihr. Leider eben auch sein neues Betthäschen. Als sie ein paar Wochen später das Bild »Gummibärchen« sieht, auf dem er ein blondes Mädchen küsst, wird sie fuchsteufelswild. Aber warum eigentlich? Er kann ja tun und lassen, was er will. Sie ist machtlos, die Technik dagegen mächtiger als liebe Worte. Sie löscht alle seine SMS. Nur seine Telefonnummer, die behält sie – falls sie mal wieder in seiner Stadt sein sollte. Sie weiß ja nicht, wohin es sie demnächst verschlägt.

›Lebenspraktikanten‹
erschienen im Fischer Taschenbuch Verlag,
192 Seiten, Broschur, 8,– € (D)

Sabine Alt
Coppelia

Die nächste Story gibt original
Gummi.

Sabine Alt ist eigentlich Lehrerin. In ihren Romanen und Kurzgeschichten erzählt sie allerdings von Dingen, über die man in der Schule nichts lernt. Hier werden Neurotiker leicht zu Mördern, während Egoisten unter Umständen ein Helfersyndrom entwickeln. Wo andere Gut und Böse sorgsam trennen, interessiert sich Sabine Alt für die Abweichler, die nicht selten mit krimineller Energie gegen den Strom der geltenden Moral anschwimmen.
Sabine Alt lebt und arbeitet als Autorin in Berlin. Sie ist verheiratet, hat zwei Söhne und legt Wert auf die Feststellung, dass sie die Vorbilder für ihre Figuren nicht in ihrem persönlichen Umfeld zu suchen pflegt.

Im Treppenhaus riecht es nach Kohl, wie jeden Freitag, wenn die Meyersche fürs Wochenende kocht. Willi hasst den Geruch. Die Meyersche behauptet, ihr Männe fahre samstags auf Montage. In Wirklichkeit malert er schwarz und ernährt sich von mitgebrachter Kohlsuppe mit Grieben. Die Meyersche hat das Rezept schon vor Jahren an Willis Elsa weitergegeben. Sehr zu empfehlen, weil preiswert und nahrhaft. Außerdem blähend, da kommen die Männer nicht auf dumme Gedanken. Frauenwissen. Willi hat gleich zu Elsa gesagt, wenn du das nachkochst, ziehe ich aus. Elsa hat geschwiegen und sich auf Linsen spezialisiert. Die stehen an Tagen wie heute zum Aufwärmen auf dem Herd. Elsa macht Besorgungen und kommt erst am Nachmittag wieder. Willi denkt nicht daran, die Linsen zu essen, er wird den Eintopf ins Klo schütten. Aber dafür ist später noch Zeit.
Die Dachbodentür klemmt. Kein Wunder, sein Schlüssel ist Vorkriegsware. Niemand weiß von diesem Schlüssel, auch Elsa nicht. Der Vermieter hat ihn ihm vor Jahrzehnten zugesteckt. Falls du mal was zu verbergen hast, Kumpel. Dann haben sie beide gelacht. Männerwitze. Beim Öffnen schabt die Tür über die Dielen. Die Farbe ist in einem Viertelkreis abgeplatzt. Das wird ihn noch einmal verraten. Andererseits putzt die alte Overbeck hier oben nur alle vier Wochen. Außerdem ist sie fast blind.

Durch die Dachluke fällt Sonnenlicht auf Staub und Taubendreck. Willi flucht leise. Wo die Viecher auch immer herkommen. Hier oben stehen keine Möbel, Brandschutzverordnung, nur die alten Badewannen mit den geschwungenen Füßen. Jeder weiß, wie schwer sie sind. Und die Bauaufsicht kann nichts dagegen sagen, Gusseisen brennt schließlich nicht. Die Wolldecken hat Willi selbst in die Wanne hinten in der Ecke gelegt. Lilli soll es warm haben. Weich und warm. Die Süße. Er bleibt neben der

Wanne stehen und sieht sie an. Die Vorfreude ist das Schönste. Sie breitet sich in ihm aus, steigt hoch und höher. Lilli reckt ihm ihre Brüste entgegen, wer kann da schon widerstehen? Der Anblick bringt auch das Genital zum Schwellen, es ist kaum noch auszuhalten. Lilli lacht ihn an. Jetzt, jetzt, jetzt ist sie da, die Erlösung, und landet zwischen Lillis Brüsten.

»Schön, dich wiederzusehen. Ist lange her, dass du bei mir warst. Du hast mich in der Zwischenzeit bestimmt vergessen«, schmollt Lilli. Die herrlichen Lippen werfen sich auf, stülpen sich vor. Er beugt sich über die Wanne und küsst sie, lutscht mit der Zunge den Innenraum aus, die kühle Höhlung, zu groß für einen Mund. »Ich will baden«, sagt Lilli. »Ich bin schmutzig. Nimm mich mit und mach mich wieder sauber!«

Er hebt sie aus ihrem Lager. Warm ist ihre Haut, der Sonnenschein hat Decken und Wanne und auch seine Süße aufgeheizt. Im Sommer liebt er Lilli besonders. An der Dachbodentür bleibt Willi stehen. Nichts ist zu hören. Nur Vera am Mittag. Auf die Fernsehgewohnheiten der alten Overbeck ist Verlass. Und Teichmann, ihr Nachbar, schläft bestimmt noch. Er hat in der letzten Nacht schon wieder bis vier Uhr morgens im Hausflur randaliert. Fand das Schlüsselloch nicht, wie üblich. Elsa hat bei der Polizei angerufen, aber die kennen das schon und kommen nicht mehr. Willi musste dann doch aufstehen und helfen. Der eingebildete Fatzke hat sich noch nicht einmal bedankt. Hält sich für was Besseres, bloß weil er bei der Stasi war. Hat die Meyersche herausbekommen. Ihr Männe war natürlich auch bei der Familie, aber das haben schon immer alle gewusst. Ist also was anderes. Jetzt kocht sie Kohlsuppe für ihren Exspitzel und lässt sich von Vera am Mittag hypnotisieren. Zum Glück steht die Wohnung neben ihrer leer. Nur von der senilen Auguste droht Gefahr. Zwar glaubt seit Jahren niemand mehr ihre Geschichten. Aber Willi mit einer drallen Plastiklilli im Arm, das würde die Mitbewohner vielleicht doch interessieren.

Also setzt Willi seine Lilli neben die Dachbodentür auf den staubigen Dielenboden, schön brav sein, meine Süße, und schleicht sich runter, um an Augustes Tür zu horchen. Nichts. Doch. Sie keucht. Das hat er noch nie gehört. Klingt, als würde ein fetter Plastikwilli es der alten Auguste im Schlafzimmer besorgen. Willi drückt das Ohr dichter an die Tür. Auguste röchelt und stöhnt. Aua! Hilfe! Oder ist das der Fernseher? Nein, es ist die scheppernde Greisinnenstimme. Wahrscheinlich spinnt sie wieder. Soll sie doch. Hauptsache, sie ist beschäftigt und steht nicht im Flur hinter dem Spion, um die Nachbarn zu beobachten.

Willi hetzt die Treppe hinauf und reißt Lilli in seine Arme. »Was bist du leidenschaftlich, mein Liebster«, haucht sie hingerissen. Fast hätte er vergessen, die Dachbodentür zu schließen. Vor Verzückung. Und vor Eile. Jetzt die zwei Etagen hinunter und schnell in die eigene Wohnung geschlüpft. Geschafft! Die Party kann beginnen.

Als Erstes ein gepflegtes Bierchen. Lilli sitzt neben dem Kühlschrank und schaut zu ihm auf. Er rülpst laut. Sie sagt nicht: Schäm dich. Und sie sagt auch nicht: Aber Willi! In diesem besonderen Elsa-Tonfall und mit drei Ausrufezeichen. Er stellt ihr die leere Dose zwischen die Schenkel. Lilli lacht. Sie hat genau seine Witzgruppe, das ist das Beste an ihr. Na ja, fast. Willi knackt die zweite Dose, muss sich in Stimmung bringen, und prostet seiner Süßen zu, auf Elsa, die blöde Kuh! Lilli lacht. Lach du nur, das wird dir noch vergehen. Manchmal muss man böse zu so einer Plastiklilli sein, das mögen sie alle, weiß Willi. Du riechst nicht gut, weiß du das? Wo hast du dich nur rumgetrieben?

»Mit dir, mein Schatz, auf dem Dachboden«, flüstert Lilli und schämt sich. Na dann wird Pappi dich wohl sauber machen müssen. Er geht ins Bad, stöpselt den Ausguss zu und lässt Wasser in die Wanne laufen. Das Seifenstück vom Waschbecken kommt auch ins Wasser. Elsa wird zwar wieder schäumen, kannst du nicht aufpassen, Seife kostet auch Geld! Aber das ist später. Jetzt ist Party. Und Gummi ohne Seife ist nur die halbe Freude, findet Willi. Er geht zurück in die Küche zu seiner Süßen. Musik fehlt, echte Schnulzen, Manuela oder Roy Black. Willi dreht am Radioknopf, aber auf allen Kanälen hämmert es nur. Dann eben nicht. Wird er sich eben ohne Musik ausziehen. So ein echter Männerstrip, das ist doch was! Gibt Kerle, die lassen sich das gut bezahlen.

Lilli lacht und klatscht in die Hände. »Mehr, mehr«, ruft sie auch dann noch, als er längst nackt ist. Er schwenkt noch einmal seinen Bauch, dann ist Schluss. Lilli soll bloß nicht glauben, dass er nach ihrer Pfeife tanzt. Reicht schon, wenn Elsa das von ihm denkt.

Die Wanne ist voll. Er klemmt sich Lilli unter den Arm und lässt sie zu Wasser. Sie gluckst erfreut. Er dreht sie auf den Bauch, stukt sie unter, schön die Luft anhalten, und reibt ihr Hinterteil. Super gemacht, diese Backen. Anschließend greift Willi um die Flanken, schiebt die Hände nach oben und rubbelt das Sperma zwischen den Brüsten ab. Die Nippel sind ganz hart unter seinen Händen, aber hallo! Lilli quietscht vor Vergnügen. Na dann wollen wir mal. Er steigt über den Rand und setzt sich drauf. Lilli geht zu Boden, sie ist innen schon ganz feucht. Kleines Schweinchen, murmelt er, und bewegt sich vorsichtig. Er ist auch nicht mehr der Jüngste, und fürs zweite Mal ist das Loch zu weit. Blöde Fehlkonstruktion. Er nimmt noch einmal Anlauf. Na also, warum nicht gleich. Natürlich hat er das laut gesagt. Er wird ja wohl noch mit seiner Süßen reden dürfen. Kann er vielleicht was dafür, wenn Elsa plötzlich in der Badezimmertür steht? Sie glotzt und schweigt. Willi glotzt zurück. Das hat sie jetzt davon, was kommt sie so früh wieder! Wenn sie Nachmittag sagt, muss sie auch Nachmittag meinen. Er ist bockig. Das ist seine private Party hier, hat Elsa gar nichts drauf zu suchen. Lilli schubst ihn trotzdem raus.

Elsa beugt sich über die Wanne und sagt leise, also dafür verbrauchst du so viel Seife, ich habe mich schon immer gewundert. Willi steigt aus dem Wasser und deutet auf seine dralle Freundin. Das ist Lilli. Elsa nickt, dreht die Konkurrentin um und sieht ihr ins Gesicht. Warum ist der Mund so groß?, will sie wissen. Er wird doch nicht auf so eine blöde Frage antworten. Was machst du jetzt schon hier?, blafft er stattdessen. Angriff ist die beste und so weiter. Die Auguste, antwortet Elsa. Die Feuerwehr ist da, die Meyersche hat sie geholt. Die Auguste hat noch gegen die Heizrohre gehauen, war aber alles zu spät, keiner hat sie gehört. Jetzt ist sie tot. Haben sie gleich im Sack rausgetragen.

Sind sie noch unten? Er wirft das Handtuch zu Boden, läuft in die Küche und steigt in seine Hose. Jetzt geschieht endlich mal was in diesem Haus und er hätte es um ein Haar verpasst! Sein Unterhemd klebt an der feuchten Brust. Meine Titten sind größer als Elsas, denkt er auf der Treppe. Nur Lilli ist unschlagbar.

Unten klappt gerade die Tür vom Leichenwagen zu. Künstlerpech. Aber der Fahrer steht noch neben dem Auto. Raucht eine. Hat ja keine Eile mit der Toten. Willi stellt sich dazu. Ich habe das Stöhnen hinter der Tür gehört, sagt er leise. So? Den Leichenkutscher interessiert das Vorleben der Toten nicht. Aber ich dachte, es ist im Fernsehen. Wäre ja sonst zu Hilfe geeilt. Ehrensache. So? Der andere wirft seine Kippe in den Rinnstein. Ist immer traurig, so ein Tod, sagt Willi noch, aber da klettert der Fahrer schon in seinen Wagen. Muss aber sein, antwortet er nuschelnd und wirft den Motor an.

Oben in der Wohnung ist es still und leer. Keine tobende Elsa. Tratscht wahrscheinlich mit der Meyerschen, denkt Willi und geht ins Bad, um Lilli zu retten. Aber Lilli ist schon aus der Wanne gestiegen. Wo kann sie sein? Er sucht überall. Wohnzimmer, Küche, Schlafzimmer: nichts. Lilli, ruft er laut. Lilli komm raus, los mach schon. Sei brav, komm zu Pappi! Lilli antwortet nicht. Willi läuft in den Hausflur, hoch bis zur Bodentür. Die ist geschlossen, der Schlüssel liegt sicher in seiner Hosentasche. Hier war niemand. Nur Lilli bleibt verschwunden.

Von unten hört er Elsas Stimme: Willi essen! Also gut. Er hat wirklich Hunger. Wird er eben ihre blöden Linsen essen und ausnahmsweise nicht meckern. Dabei kann Elsa ihm erzählen, was sie über Augustes letzte Stunden in Erfahrung gebracht hat. Hebt vielleicht die Stimmung. Und dann soll Elsa ihm verraten, was sie mit seiner Lilli angestellt hat. War ja nicht ganz billig, das Püppchen. Wird man sich doch irgendwie einigen können. Soll Elsa mal nicht so kleinlich sein.

Auf dem Küchentisch steht ein einziger Teller, Löffel daneben,

Bierdose dahinter. Alles an seinem Platz. Elsa sitzt auf der anderen Seite und schweigt. Vor ihr kein Teller, kein Besteck, keine Suppe. Hast du keinen Hunger?, fragt Willi. Elsa schüttelt den Kopf. Passt gar nicht zu ihr, warum sagt sie nichts, denkt er und beginnt zu löffeln. Hast du Zwiebeln drin? Elsa schüttelt den Kopf, aber lässt ihn nicht aus den Augen. Er spuckt das zähe Stück in die Faust. Wahrscheinlich Schwarte, denkt er. Wollen mal nicht gleich losbrüllen, müssen ja noch Verhandlungen führen. Er steht auf und wirft die Schwarte in den Müll. Das Stück Schwarte ist kreisrund, leuchtend rosa und der Nippel in seiner Mitte satte zwei Zentimeter lang.

Was hast du gemacht?, fragt er entsetzt.

Kleine Fleischbeilage, antwortet Elsa.

Steffi von Wolff
Danke, Herrin

Welche Kalamitäten der Erstbesuch einer SM-Fetisch-Party mit sich bringen kann, davon handelt diese Geschichte. Sie stammt aus

›Fremd küssen‹,

einem ziemlich durchgeknallten Roman über die Radiomoderatorin Carolin Schatz. O-Ton:

»›Carolin hatte Sex‹, brüllt mein lieber Kollege ins Mikro, ›und der Typ hat so laut gestöhnt, dass die Pfandflaschen von der Spüle gefallen sind!‹ Im Studio klingelt das Telefon. Yvonne aus Ettrichshausen wünscht sich für ihren verstorbenen Wellensittich das Lied ›Time to say good-bye‹. Und übrigens, was ich gern noch mal wissen wollte: Fragt mich jemand, ob ich ihn heiraten möchte, wenn ich verspreche, nein zu sagen? Hallo? Hallo …?«

Steffi von Wolff, geboren 1966, arbeitet als Autorin, Redakteurin, Moderatorin, Sprecherin und Übersetzerin. Sie wuchs in Hessen auf und lebt heute mit Mann und Sohn in Hamburg. Ihre Romane sind eine Frechheit – und Bestseller.

Ich verspreche Tom, mit ihm morgen Abend zu dieser komischen SM-Fetisch-Party zu gehen, habe aber kein passendes Outfit, wie es in diesen Kreisen heißt, parat. Aber zum Glück gibt es Iris! Sie weiß sofort Rat. »Ich rufe Ruth an, die arbeitet als Domina. Die hat was Passendes für dich, garantiert!« Ich werfe ein, dass ich doch eigentlich ganz normal gehen könnte oder herrscht da Kleiderzwang? »Aber hallo«, meint Tom. Ob ich glauben würde, die ließen mich da mit Jeans und T-Shirt rein? Ja, woher soll ich das denn wissen? Sofort beginnt eine Diskussion von wegen jeder kann so kommen, wie er will, wer denn hier Kleidungszwang bestimmen würde und so weiter.

Zwischendurch bestellen wir was vom Chinesen. Für mich bitte nur die Fastenspeise der Buddhisten. Ist nur Gemüse, kein Fleisch, kein Fett. »Und so was macht satt?«, fragt Iris. »Man muss sich auch mal beherrschen können!«, sage ich selbstbewusst. »Ihr werdet euch gleich den Magen mit Schweinefleisch in Erdnusssoße (Gott, wie gerne würde ich das jetzt essen, ich schwöre, ich würde den Teller noch sauber lecken) oder Rindfleisch süßsauer vollstopfen und euch danach fühlen wie gemästete Kälber, während ich kein Völlegefühl (wie ich dieses Völlegefühl liebe) im Bauch habe und noch dazu in der Lage bin, 100 Liegestütze zu machen oder 80-mal um den Block zu joggen.« Gero fragt, warum ich denn in der Lage sein will, joggen zu gehen, das hätte ich doch noch nie gemacht. Er hat ja recht. Trotzdem. Ich will die Fastenspeise der Buddhisten. Das hört sich so hammerhaft gesund an. Alle anderen bestellen sich gemischte Thaiplatten oder Bami-Goreng oder Ente süß-sauer oder Hühnerfleisch mit einer Extraportion Mandeln. Ich hasse sie dafür, bleibe aber standhaft.

Die Fastenspeise der Buddhisten ist mickriger, als ich sie mir vorgestellt habe. Außer ein paar verwahrlosten Mohrrübenstückchen sind noch Bambussprossen in Brühe zu finden, und ein Broccoliröschen dümpelt vor sich hin. Der Geruch der anderen Gerichte macht mich aggressiv. Heimlich gehe ich in die Küche und öffne eine Dose Ravioli. Den Inhalt löffle ich gierig in mich rein. Mir ist es ganz egal, dass die Ravioli kalt sind. Richard kommt mit den Resten der anderen. Sofort reiße ich ihm alles aus der Hand und schabe mit einem Löffel die Reste aus den Aluschalen. Bald brauche ich eine eigene Postleitzahl. Es klingelt. Das ist sicher diese Domina Ruth (meine Güte, wenn mir vor ein paar Wochen jemand gesagt hätte, dass ich bald die komplette Unterwelt des Rhein-Main-Kreises in meiner Wohnung haben werde, ich hätte ihm einen Vogel gezeigt).

Ruth und Iris begrüßen sich mit Küsschen. Ruth hat einen ganzen Koffer voll mit Outfits dabei. Lack, Leder, Latex, Gummi. Alles, alles, alles da. Sie hat sogar Peitschen dabei und alles Mögliche andere auch. Tom wird ganz nervös, als er die Utensilien sieht. Das wiederum macht Gero sauer, hat Tom doch gesagt, er stünde nicht mehr auf SM. Ich muss alles Mögliche anprobieren und die anderen (nicht ich) sagen, dass mir die enge Ledercorsage und die hohen Stiefel, die lustigerweise auch noch meine Schuhgröße haben, am besten stehen. Ich komme mir wirklich richtig dünn vor in dieser Corsage, Ruth schnürt sie so eng, dass ich quasi eine Wespentaille habe.

»Hm«, meint Ruth. »Die Frage ist jetzt, ob du als Sub oder als Dom gehen willst. Wenn du als Sub gehen willst, dann ziehst du dieses Halsband hier an.« Sie holt eines aus ihrem Outfit-Koffer. Leder, chic, mit Nieten und einem Ring. Daran kann man dann die Leine befestigen. Die hat Ruth natürlich auch dabei. Ich will aber kein Halsband anziehen. Die anderen sagen, ich sollte es doch wenigstens mal umlegen, sie wollten sehen, wie ich damit aussehe. Also ziehe ich dieses Halsband an. Pitbull steht auf und befestigt die Leine daran. Soll ich jetzt Pfötchen geben oder was? Ruth ist jedenfalls hin und weg. »Du wärst eine großartige Sklavin. Stolz und doch beherrschbar«, sagt sie und seufzt. »Aber vielleicht entdeckst du ja irgendwann mal deine devote Ader – dann sag mir bitte rechtzeitig Bescheid. Dich würde ich zu gern mal dominieren!«

Sonst noch was? Nein danke. Was, bitte, soll toll daran sein, in einem Käfig zu sitzen und darauf zu warten, dass die Herrin kommt und einen ans Andreaskreuz bindet, um dann die 23-Schwänzige zu schwingen? Oder einen zwingt, die Peitschenhiebe mitzuzählen und sich womöglich danach noch für die Erziehung zu bedanken? Neeee, nee, nee.

Was ich will, ist einfach nur mal wieder Sex. Ganz simplen. Beine breit und gut ist. Seit Redford hatte ich noch nicht mal mehr die Chance, irgendwen ins Bett zu kriegen. Noch nicht mal Pitbull, noch nicht mal den. Und Gero erst recht nicht. Alle haben mich abgewiesen. Na ja, kein Wunder, ich altes Weib, ich. Wer will schon gerne mit einer Frau ausgehen, bei der sich jeder fragt, wo sie wohl ihre Stützstrümpfe gelassen hat. Oder ihren Rollstuhl. Der man selbstlos eine Tüte gebrannte Mandeln von der Kirmes mitbringt in der egoistischen Absicht, dass sie sie sowieso mit ihren Dritten nicht mehr beißen kann.

»Also als Sub oder wie das heißt gehe ich auf keinen Fall«, sage ich, während ich in Richards Richtung mit meinem leeren Weinglas wedele. Er steht sofort auf und füllt mir nach. Braver Sklave. »Ich zieh das Zeug hier an, aber glaub bloß nicht, Tom, dass ich da dann irgendwas mache.« Gero schmollt, weil ihn niemand fragt, ob er morgen mitkommen will. Er hat Angst davor, dass irgendein Herr ihm Tom abspenstig machen könnte. Von mir aus kann er schon mitkommen. »Wo ist diese komische Fete überhaupt?«, frage ich in Toms Richtung. »Auf Burg Schreckenstein!«, erklärt dieser stolz. »Die Veranstalter haben die Burg zwei Tage gemietet. Es gibt auch Übernachtungsmöglichkeiten. Und einen Original-Folterkeller aus dem Mittelalter, voll eingerichtet. Man kann alles benutzen!« Tom erzählt das wie ein Schulbub, der aufgeregt ist, weil er auf einen Kindergeburtstag eingeladen worden ist.

»Huh«, meint Iris. Da gäbe es bestimmt Fledermäuse. Da müsste man aufpassen, die flögen einem manchmal ins Haar und krallten sich fest, dann wäre das Haar nicht mehr zu retten. Also gleich wegscheuchen. Gut zu wissen. Ich habe mir bis heute keine Gedanken darüber gemacht, was zu tun ist, wenn eine Fledermaus sich im Haar verfängt. »In dem Folterkeller gibt es sogar Daumenschrauben und große Zangen. Und natürlich eine Streckbank!« Na, das kann ja heiter werden. Was tut man nicht alles, um sich zu informieren.

»Ich will mit«, mault Gero.

»Nein!« Tom sagt das ganz bestimmt. »Carolin und ich gehen da morgen alleine hin. Ihr würdet die ganze Zeit nur lachen und rumalbern, da werden die Leute sauer.«

Womit er recht hat. Ich sehe Pitbull schon durch den Folterkeller laufen und dumme Sprüche reißen, während Herren versuchen, Herr über ihre Sklavinnen zu werden, die mit den Armen nach oben von der Decke baumeln und auf die nächsten zwanzig mit dem Rohrstock warten.

»Hihi!«, sagt Iris. »Da gibt es doch diesen alten SM-Witz!

›Was habt ihr am Wochenende denn gemacht?‹

›Och, so rumgehangen.‹«

Der Wein ist alle, und Richard und Ruth holen neuen von der Tanke. Wie gut, dass es die 24-Stunden-Tanken gibt. Wir machen dann einen Spieleabend. Ich hole das Trivial Pursuit aus dem Schrank.

Ich hasse dieses Spiel, weil es mir immer wieder zeigt, wie doof ich doch bin. Ich weiß nun mal nicht, wann irgendein Politiker in welcher Situation welchen Satz zu welcher Weltlage gesagt hat und warum und was er dabei anhatte.

Pitbull entpuppt sich als ein Ausbund an Allgemeinbildung. Er weiß sogar, WANN sich Vincent van Gogh sein Ohr abgeschnitten hat. Alle Achtung. Nebenbei erzählt er uns, dass Vincent Depressionen hatte. Ich bin nur bei den rosa Fragen gut. Also bei den Unterhaltungsfragen, den trivialen. Ich kann dann auf so Sachen antworten wie: »Welcher Satz wird direkt am Anfang von »Jenseits von Afrika« von Tania Blixen alias Meryl Streep gesagt?« Weiß kein Mensch. Aber ich: »Ich hatte eine Farm in Afrika, am Fuße der Ngong-Berge.« Die anderen schauen mich an, als müsste es mir peinlich sein, so was zu wissen. Offenbar hat man erst Bildung, wenn man ganz bestimmte Sachen nicht weiß. Aber das zu wissen ist doch besser als nichts, oder?

Samstag. Und ich hab abends was vor! O ja. Ich habe ein Date, kaum zu glauben. Zwar nur mit einem schwulen Exsklaven, der mich mit auf eine SM-Fete in ein Burgverlies nimmt, aber immerhin.

Tom kommt um halb acht. Er sieht ganz normal aus. »Ich habe mein Outfit untendrunter«, verrät er mir. Er will sich dann im Vorhof von Burg Schreckenstein entkleiden.

Mir hilft er in die Ledercorsage und schnürt sie so fest zu, dass ich gleich Riechsalz brauchen werde. Aber die Taille ist wirklich großartig! Zum Glück habe ich einen langen Mantel für drüber.

Der Taxifahrer ist merklich irritiert, als wir ihm sagen, wo es hingehen soll, handelt es sich doch bei Burg Schreckenstein um eine unbewohnte Burg, die zu 80 Prozent aus verfallenen Steinen besteht. Sicher denkt er, wir wären auf eine Teufelsaustreibung eingeladen. Ob ich ihm nur mal so aus Witz ein paar magische Formeln ins Ohr flüstere? Lieber nicht, sonst baut er noch einen Unfall.

Vor Burg Schreckenstein gibt es einen Stau. Über mehrere hundert Meter schlängeln sich die Autos die Anhöhe hinauf. Menschen mit Halsbändern und schwarzer Kleidung laufen den Berg hoch. Eine übergewichtige Frau in hüfthohen roten Lackstiefeln führt zwei junge Mädels »Gassi«. Die beiden krabbeln an Leinen hinter ihr her. Wie würdelos: Na ja. Mir ist die ganze Situation vor dem Taxifahrer ganz furchtbar peinlich. Ich erkläre ihm am besten, dass ich Journalistin bin und einen Beitrag über diese Veranstaltung machen muss. Er reagiert nicht, sondern glotzt dümmlich den leicht bekleideten Frauen hinterher. Na gut, dann halt nicht. Ich habe Hunger. Hoffentlich gibt's da was zu essen auf dieser komischen Party.

Ist das eng hier. Ich hasse Menschenaufläufe, vor allem, wenn ich auch noch hungrig bin. Außerdem komme ich mir entsetzlich deplatziert vor, obwohl ich in meiner engen Kluft wirklich kein bisschen auffalle. Ein kaum bekleideter Mann Anfang sechzig fragt mich, ob er meine Stiefel ablecken darf, während wir in der Schlange vor dem Eingangsbereich stehen. Warum nicht. Mach doch. Er wird rot vor Freude, sagt »Danke, Herrin« und fängt an, am Absatz des linken Schuhs herumzulutschen. Wenn mich irgendjemand aus der Redaktion hier sieht, bin ich erledigt. Wenn ich etwas weiß, dann das.

Tom hat mittlerweile abgelegt. Er sieht aus wie ein Jüngling aus den dreißiger Jahren im Badeanzug. Ein hautenges schwarzes Teil mit Reißverschluss vorne und hinten. Das Teil endet an den Oberschenkeln. Gleich singt er bestimmt »Pack die Badehose ein, nimm dein kleines Schwesterlein, und dann nichts wie auf zum Wannsee …«. Allerdings trägt er dazu kniehohe Schnürschuhe mit Schnallen an den Seiten. Tom kennt ziemlich viele Leute, und ich habe fast den Eindruck, dass es ihm leid tut, dass er Gero versprochen hat, brav zu sein. Ich stelle mir vor, wie schön es jetzt wäre, auf meinem Sofa zu liegen und fett- und kohlenhydrathaltige ungesunde Sachen zu mir zu nehmen, Weinflaschen in Griffnähe. Herr-lich! Aber nein, aber nein. Ich muss ja die »Szene« kennenlernen, damit ich dann in unserem Swingerclub weiß, was da so abgeht. Was tut man nicht alles. Eigentlich hätte ich mir einfach ein paar anzügliche Seiten im Internet anschauen können, anstatt mich hier herumzuquälen. Dass ich darauf nicht früher gekommen bin.

»AAAAAAAAHHHHHH!!!!!!!!!« Das ist der Mann neben meinen Stiefeln. Ich bin automatisch mit den anderen weitergelaufen und habe ihm dabei auf die Zunge getreten. Das tut mir leid! Ich will mich entschuldigen, aber er kniet vor mir und ruft:

»Danke für die Erziehung, Herrin!« Ach so. Na gut. Das kann ja alles heiter werden hier.

Nach ungefähr vierzehnhundertachtundfünfzig Jahren werden wir endlich in das alte Gemäuer hereingelassen. Drinnen herrscht ein entsetzliches Gedränge. Die Luft ist so schlecht, dass meine Kontaktlinsen anfangen zu brennen. Natürlich habe ich keine Kochsalzlösung dabei. Wo hätte ich die auch hintun sollen, ich habe ja noch nicht mal eine Tasche.

Ein überforderter Moderator steht auf einem Mauervorsprung und meint, die Leute anheizen zu müssen. Niemand nimmt Notiz von ihm, auch nicht, als er schreiend nach hintenüber fällt und in der schwarzen Nacht verschwindet. Wahrscheinlich ein Masochist.

Sie sehen, ich lerne dazu!

Wo man hinsieht, schwarzes Leder, roter Lack und anthrazitfarbenes Latex, Halsbänder, Ketten und so weiter und so fort. Vor dem Originalfolterkeller aus dem Mittelalter hat sich eine lange Warteschlange gebildet. Wir drängeln uns vor (sind ja schließlich keine Sklaven), weil wir so neugierig sind. Aus dem Kellerraum ertönen schon von weitem laute Schreie. Mir gefriert quasi das Blut in den Adern, als ich den Raum betrete. Auf einer Holzstreckbank liegt eine Frau, die mal einen Meter fünfundsechzig groß war. Jetzt misst sie einen Meter achtundneunzig. Pro gestrecktem Zentimeter kreischt sie um drei Oktaven höher. Ein schwarz gekleideter Mönch hat nichts Besseres zu tun, als ihr Nadeln in die Brüste zu stechen. Pro eingestochener Nadel schreit die Frau: »Danke, Herr, mehr bitte!« Meine Brüste schmerzen aus Solidarität mit. Oben und unten drehen zwei Ersatzmönche an den Streckbankrädern. Schwenk nach rechts: ein Andreaskreuz. Daran gebunden steht ein ungefähr Vierzigjähriger, dem man ein Einfamilienhaus an die Hoden gehängt hat. Eine Domina ist dabei, ihm noch einen kleinen Wintergarten daran zu befestigen. Schwenk in die Mitte: ein weiterer Mann, der an einem Haken von der Decke baumelt. Seine Hände stecken in Handhebefesseln. Drei gesichtslose Wesen peitschen den Mann aus. Bei jedem Schlag baumelt er hin und her. Sein Rücken ist schon so rot wie meine Augen. Er zählt jeden Schlag mit und ruft: »Dreiundneunzig, danke, mehr bitte!« Ich mag gar nicht hinschauen, muss es aber tun, weil die Stimme mir irgendwie bekannt vorkommt. Beim nächsten Schlag dreht er sich so, dass ich sein Gesicht sehen kann. Es ist Michael, Susannes Mann. Ich muss würgen.

Erst mal was zu trinken. Ich erzähle Tom, dass ich einen Bekannten getroffen habe. Was heißt getroffen, ich hab ihn halt da hängen sehen. Tom findet das gar nicht weiter schlimm, bekennen sich doch immer mehr Menschen zu SM. Ich sehe das anders. Schließlich handelt es sich bei Michael um den Mann meiner besten Freundin, obwohl die mir vor kurzer Zeit die Freundschaft gekündigt hat und sich Playboys auf schmuddelige Hotelzimmer bestellt. In was für Situationen gerate ich nur immer? Tom meint, nach ein paar Gläsern Sekt sähe die Welt ganz anders aus. Ich folge seinem Rat. Gehen will Tom auf gar keinen Fall, die Fete hätte doch noch gar nicht richtig angefangen.

Ich für meinen Teil bin zumindest bedient. Also lasse ich mich zulaufen und peitsche dann mit ungefähr 16 Promille noch einige Sklaven aus, die ihre Strafe wegen Verfehlungen verdient haben. Hicks, wie sagt man? Danke! Brav. Bin 'ne tolle Domina, hicks, los, du Skkkkklave, aufie Kniiiie. Wirtsbald. Un schön middzählen … So is brafff.

Zum Glück hat Michael so viele Verfehlungen begangen, dass er den Rest des Abends von der Decke baumeln muss. Er darf mich hier auf keinen Fall sehen. Habe seine eine Domina bestochen, sie hat Verständnis für meine Situation. Was er wohl Susanne erzählt hat, wo er ist? Wahrscheinlich: »O Gott, Schatz, eine Leiche am Bahnhof. Jemand ist von einem Kickboard tödlich verletzt worden, ich muss die Leiche obduzieren, um Fremdverschulden auszuschließen.« Spricht's und geht auf Burg Schreckenstein. Meine Güte, was für eine Ehe. Ich bin wenigstens normal (Bin ich das, bin ich das??? Ist es normal, bei einem Windelfetischisten um einen Kredit für einen Swingerclub zu bitten? Ist es normal, täglich so viel zu saufen, dass man den Alkohol schon als Grundnahrungsmittel bezeichnen kann? Was ist eigentlich normal? Ich weiß es nicht.).

Wo ist eigentlich Tom? Ach, kriegt ein Branding da vorn. Muss mal schauen gehen. Hicks. Wassen eigentlich Branding? O Gott! Tom kniet und lässt sich »Norbert, dein Herr und Meister« in die Pobacke einbrennen. Mit einem glühenden Eisen!!! Ob das beim Waschen weggeht? Wrum machtern das? Hicks! Oje, oje. Glaub, muss ins Bett.

Zwei Stunden später sitze ich mit Tom in meiner Küche. Das heißt, ich sitze, Tom steht, weil er nicht sitzen kann (das Branding!). Er heult. Und ich hab immer noch Hunger. Ich habe aber nichts mehr im Kühlschrank. Vielleicht sollte ich in den Ablagefächern suchen. Da findet sich gern mal eine Remouladentube wieder, die das Ablaufdatum von 1980 längst überschritten hat.

»Was soll ich nur Gero sagen?«, weint er. »Er wird mich umbringen! Wenn er das sieht, wenn er das sieht ...« Herrje. Wie kann man nur so doof sein wie Tom. Und so besoffen wie ich. Ich WEISS nicht, wie wir überhaupt nach Hause gekommen sind. Diese Scheißcorsage ist so eng, dass ich gleich wahnsinnig werde. Und meinen Mantel hab ich auf der Scheißburg auch verloren. Zum Glück habe ich den Wohnungsschlüssel hinter den Blumenkasten bei Friedrichs gelegt, sonst wäre ich obdachlos (bin ich sowieso bald).

»Schau nur!«, ruft Tom und entblößt seinen Hintern. »Norbert, dein Herr und Meister« ist in seine linke Pobacke eingebrannt. Es stinkt immer noch nach verbranntem Fleisch. »Du bist schuld!«, kreischt Tom. »Wenn du nicht so völlig unbeteiligt zugeschaut hättest, wäre das nie im Leben passiert!« Was soll ich dazu sagen? Egal, was ich sage, ich mache alles nur noch schlimmer. Also sage ich besser nichts. Wären wir doch bloß zu Hause geblieben! Da passieren keine Brandings. Es sei denn, man fasst aus Versehen das heiße Bügeleisen an. Mir wird ganz schlecht, wenn ich an Gero denke. Das wird er mir nie verzeihen. Nie wieder werde ich auf eine solche Party gehen. Nie wieder werde ich mit Freunden meines Freundes weggehen. Nie wieder werde ich überhaupt einen Fuß auf die offene Straße setzen. Grundgütiger, da ist ein Stück Brot. Wenigstens was zu essen … Tom schläft bei mir. Auf dem Bauch. Wir trauen uns nicht, Gero anzurufen. Aber Gero ruft uns ständig an und quakt auf den Anrufbeantworter. Ich muss Pitbull fragen, was wir machen sollen. Aber jetzt bin ich erst mal müde. Gute Nacht.

›Fremd küssen‹
erschienen im Fischer Taschenbuch Verlag,
320 Seiten, Broschur, 7,95 € (D)

Susanne Fröhlich
Swinging Offenbach

Und zum Schluss-Kick eine Story, die an die Wäsche geht, und zwar aus

›**Treuepunkte**‹.

Was tun, wenn der Ehemann plötzlich so ganz anders ist als sonst? Und was, wenn man fühlt, dass es somit höchste Zeit ist, auch mal ganz anders zu sein? Andrea Schnidt geht in die Offensive …

Susanne Fröhlich ist erfolgreiche Fernseh- und Rundfunkmoderatorin. Ihre Sachbücher und Romane sind Bestseller. Die Autorin lebt mit ihrem Mann und ihren beiden Kindern im Taunus.

»Da ist er«, schreit Sabine aufgeregt, als hätte sie eine Erscheinung, und ich ziehe mir einen zweiten Stuhl vor den PC. »Hallo, meine Schöne«, steht da auf dem Bildschirm, »endlich bist Du da. Ich habe schon sehnsüchtig gewartet.« Was ist denn das für einer? Ein schleimiger Hobbylyriker? »Ist der nicht süß?«, fragt Sabine und guckt mich erwartungsvoll an. Soll ich jetzt einen Kerl anhand von zwei kleinen Sätzen beurteilen? Sätze, von denen man nicht einmal weiß, ob er sie überhaupt selbst geschrieben hat und ob er sie nicht dauernd benutzt. Wahnsinnig viel Persönliches steht ja nun nicht drin. Wie schnell und einfach wir Frauen zu beeindrucken sind! Ich will sofort loslegen und Sabine diesbezüglich einen kleinen Vortrag halten, doch der Gedanke an die SMS-Nachrichten von Helmuth macht, dass ich mich gerade noch so beherrschen kann. Bin ich nicht genauso auf dessen Komplimente angesprungen? Waren die nicht ebenso gewöhnlich? »Er will uns treffen, heute noch«, überschlägt sich Sabines Stimme. »Ich dachte, wir hängen hier ein bisschen ab und chatten. Und vor allem gibt's was zu essen«, versuche ich, ihre Begeisterung zu bremsen. »Du bist so eine richtige Mutti geworden«, trifft sie mit viel Geschick meine empfindliche Stelle. Ich bin gerne Mutter (meistens jedenfalls), aber deswegen noch lange keine Mutti. Die spinnt wohl. »Das hat damit gar nichts zu tun«, werde ich ärgerlich. »Ich habe einfach nur keine Lust, durch die Gegend zu fahren, um einen Wildfremden aus dem Internet zu treffen, und außerdem knurrt mein Magen.« »So kenne ich dich gar nicht«, schwenkt Sabine um und ändert ihre Taktik. »Du bist doch sonst immer abenteuerlustig gewesen, und ich kann den doch nicht allein treffen. Nachher ist der gefährlich oder so.« Gefährlich klingt seine Mail eher weniger, und das sage ich ihr deshalb auch. »Willst du etwa jetzt schon nach Hause? Ich dachte, du zeigst es deinem

Christoph heute mal so richtig«, probiert sie eine weitere Variante.

Die Mischung aus allem macht es. Ich bin keine Mutti, durchaus abenteuerlustig – jedenfalls in meiner Erinnerung – und habe auch nicht vor, jetzt schon nach Hause zu fahren. »Gut, hör auf, ich komme mit. Aber nicht lange. Wir gucken uns den Kerl an, und wenn er nichts ist, machen wir sofort die Biege«, schlage ich ihr vor. Eins muss ich, bei Sabines merkwürdigem Männergeschmack noch hinzufügen: »Ob er was ist oder nicht, entscheide ich. Okay?« Sie willigt ein und drückt mir, vor lauter Begeisterung, einen dicken Schmatzer auf die Wange. »Du bist ein Schatz und ehrlich gesagt kein bisschen muttimäßig.« Sie hackt in die Tasten und sagt: »Ich kläre nur noch, wo wir uns treffen. Bin total gespannt.«

Wenige Minuten später ist alles klar. In einem Lieblingsclub von ihrem Chatfreund Kai-Uwe findet heute Abend eine Wahnsinnsparty (laut Aussage von Kai-Uwe) statt. Eine Party mit Büfett. Er bringt auch extra für mich noch einen Freund mit. Sabine hat die Adresse, und nachdem ich nochmal schnell mein Gesicht überarbeitet habe, können wir los. Es geht nach Offenbach. Ein Wahnsinns-Club in Offenbach ist etwa so wahrscheinlich wie ein Top-Restaurant auf der Mainzer Landstraße – aber bitte, ich lasse mich gerne vom Gegenteil überzeugen, und das Büfett lockt mich. In Sabines Kühlschrank, in dem ich bereits nach Nahrung gesucht habe, gibt es, neben einem Glas saurer Gurken, einer Flasche Sekt und zwei Naturjoghurts, nichts. Gähnende Leere. Ein Grund mehr, zur Party zu fahren.

Ich muss, mit dem Stadtplan auf dem Schoß, Sabine den Weg weisen, und nach einer halben Stunde landen wir in einer kleinen Seitenstraße in einer wenig anregenden Gegend. Sabine ist mittlerweile auch ziemlich wortkarg. Selbst sie merkt, dass das hier nicht gerade viel versprechend aussieht. »Gut, dass du dabei bist«, zollt sie mir endlich den angemessenen Dank dafür, dass ich sie begleite, »irgendwie gefällt mir das alles nicht. Wenn du willst, können wir wieder heimfahren.« Eben noch die kesse Lippe riskiert und jetzt dermaßen kleinlaut. Wer ist denn hier die Mutti von uns beiden? Ich weiß, dass ich genau das jetzt sagen und ein wenig auftrumpfen könnte, lasse es aber sein. Erstens ist Sabine meine Freundin, und zweitens habe ich vor allem Hunger. »Hast du nicht gesagt, da gibt es warmes und kaltes Büfett?«, frage ich noch einmal nach. »Ja, wieso?«, steht sie leicht dusselig auf der Leitung. »Sabine, jetzt sind wir hier, ich habe Hunger, und nun will ich auch sehen, was für ein Kerl uns hierher in diese Gegend lockt.« Sabine zögert. Die tut ja gerade so, als wären wir inmitten der Bronx und nicht etwa in Offenbach City. Es sind Menschen unterwegs, es gibt Straßenlaternen, und nirgendwo brennt eine Mülltonne. »Gut, wenn du meinst«, sagt sie zögerlich und parkt ein.

Wir sind an einer Straßenecke verabredet. Von einem Wahnsinns-Club ist weit und breit nichts zu sehen. Aber zwei Typen kommen auf uns zu. Das muss Kai-Uwe mit seinem Freund sein. »Elfe, bist du das?«, ruft einer der beiden. »Elfe?«, ich schaue Sabine fragend an. »Elfe ist mein Name im Netz«, gesteht sie. Manchmal fällt es sogar schwer, Freundinnen zu verstehen. Elfe! Meine Güte. Ziemlich albern. Die Männer kommen auf uns zu. Ich bin überrascht. Einigermaßen angenehm überrascht. Auf den ersten Blick, jedenfalls im Dämmerlicht, sind keine nennenswerten Makel zu sehen.

Ich mache den ersten Schritt. »Hallo, ich bin Andrea«, begrüße ich die zwei. »Kai-Uwe, hallo«, antwortet der Größere der beiden und gibt mir die Hand. Immerhin – er kennt die Grundregeln einer Begrüßung. Das kann man heutzutage nicht von jedem behaupten. »Bist du die Elfe?«, fragt er, und ich höre einen erstaunten Unterton heraus. Gut, ich bin nicht direkt eine Elfe, aber so weit entfernt davon nun auch wieder nicht. »Ich bin's, Elfe«, kommt Sabine hinter mir hervor und guckt verschüchtert wie eine Dreijährige am ersten Kindergartentag. Man kann kaum glauben, dass es sich um die gleiche Frau handelt, die eben noch vor dem Computer so forsch dahergeredet hat. Kai-Uwe scheint zu gefallen, was er sieht. »Elfe«, sagt er begeistert und schließt

Sabine in seine Arme. Kai-Uwe ist groß. Bestimmt ein Meter neunzig. Eine Art Offenbacher Michael Ballack. Gut aussehend – keine Frage, aber irgendwie doch etwas gewöhnlich. Ich finde ja auch den Ballack nicht besonders umwerfend, bin mit dieser Meinung aber allein auf weiter Flur. Sabine scheint nämlich durchaus sehr angetan. Sie strahlt und wirft ihren Kopf in den Nacken. Ein untrügliches Zeichen, dass ihr gefällt, was sie sieht.

Sein Freund, gut einen Kopf kleiner, ist unauffällig und hat was von Helmuth. Bei genauer Betrachtung hat er nicht nur was von Helmuth – es ist Helmuth. Der Helmuth, der mir vorhin noch schmachtende SMS geschickt hat. »Helmuth, du hier?«, ist meine wenig souveräne Begrüßung. Da hat sich einer aber schnell getröstet. Eben noch hat er mich schrecklich vermisst, und schon trifft er sich, mitten in der Nacht, mit fremden Frauen. Dass ich eine davon sein würde, hat er mit Sicherheit nicht angenommen. Der lässt ja wirklich keine Gelegenheit aus. Obwohl Helmuth nun wirklich jenseits meines Beuteschemas ist, bin ich dennoch leicht verschnupft. Das gehört sich irgendwie nicht. Helmuth ist es auch peinlich. Ich sehe es ihm an. So gut kenne ich ihn mittlerweile schon. »Na, Helmuth. Hätte ich nicht gedacht, dich hier zu sehen«, begrüße ich ihn bedeutungsvoll. »Sabine, das ist Helmuth. Ich habe dir schon von ihm erzählt«, stelle ich die beiden vor. Kai-Uwe ist verwundert. »Ihr kennt euch schon?«, fragt er. Helmuth nickt und gibt uns brav die Hand.

»Ja. Dann können wir ja los. Wo ist denn der wundersame Club?«, bringe ich ein wenig Bewegung in die Sache. »Also, na ja, der ist hier direkt um die Ecke«, stottert Helmuth, »ich war auch noch nicht da, aber Kai-Uwe geht oft hin und hat mir einiges erzählt.« Er wirkt ziemlich verlegen. Geschieht ihm recht. Wir stapfen los. Sabine ist schon wieder mal Feuer und Flamme. Ihr Ziegenbart-Flirt ist anscheinend schon vergessen. Ich mache ihr ein kleines Zeichen, streiche mir übers Kinn und lache. Sie lacht zurück. »Flexibilität ist das Zauberwort der Singles«, kontert sie, und ich weiß nicht, ob ich das bewundern oder doch eher blöd finden soll. Kai-Uwe bleibt vor einem kleinen Häuschen stehen.

»Hier ist es«, sagt er. Kein Schild, keine Neonreklame – das scheint ja ein wirklicher Geheimtipp zu sein. »Ist das nur für geladene Gäste oder eine Privatparty?«, will ich wissen. Oder schleppt der uns etwa einfach zu sich nach Hause? Kai-Uwe antwortet gar nicht und drückt auf einen Klingelknopf. Die Tür hat ein Guckloch, und man merkt, dass sich gleich dahinter was tut. Irgendwie schon aufregend.

Die Tür geht auf, und eine Frau in Unterwäsche steht vor uns. Es ist ein lauer Abend – aber so heiß, dass man sich die Klamotten vom Leib reißen muss, ist es nun doch nicht. »Willkommen im Wunderhäuschen!«, sagt die Halbnackte in der Tür. »Kommt schnell rein!« Bevor ich irgendwelche Bedenken anmelden kann, sind wir schon drin. Also ein Trendclub ist das garantiert nicht! Es sieht wesentlich spießiger aus als in allen Reihenhäusern unserer Siedlung (und das will was heißen). »Männer fünfzig Euro, Frauen haben freien Eintritt«, erklärt uns die Frau in Unterwäsche – in roter Unterwäsche, roter, sehr winziger Unterwäsche. Kai-Uwe zieht einen Hunderter aus der Tasche und gibt ihn ihr. »Ich bin die Ronja«, sagt sie und lächelt mich an. »Seid ihr das erste Mal hier bei uns im Wunderhäuschen?« Ich nicke, sage aber ansonsten keinen Piep, obwohl mir zahlreiche Fragen durch den Kopf schießen. Was ist das hier? »Gibt es Büfett?«, ist die erste Frage, die ich dann doch noch artikuliere. »Klar, wir haben heute warmes und kaltes, alles selbst gemacht«, bejaht sie. Immerhin. Was auch immer das hier ist – ich habe einfach nur tierischen Hunger. Sabine guckt wie ein verschrecktes Huhn. »Andrea, also ich glaube, wir sollten gehen!«, schlägt sie mit ganz leiser Stimme vor. Kai-Uwe lacht. »Elfe, das wird ein toller Abend, entspann dich. Esst doch erst mal was.« Sie schaut mich an. Entscheidungen sind nicht Sabines Spezialität. »Gut. Lass uns essen und dann weitersehen«, bestimme ich. »Kostet das Essen was?«, frage ich noch schnell Miss Unterwäsche. »Nee, keinen Euro, alles umsonst. Hier sind eure Schlüssel, lasst es euch schmecken. Es sind schon irre viele da«, antwortet sie und wendet sich ab.

Da stehen wir vier nun. Helmuth hat den Kopf so tief gesenkt, dass ihm keiner in die Augen schauen kann. »Ist das ein Puff oder was?«, fragt Sabine und klingt ziemlich sauer. Eine Elfe in einen Puff auszuführen gehört sich aber nun wirklich nicht. Ich finde das alles mittlerweile ganz lustig. »Quatsch«, beruhigt sie Kai-Uwe, der Offenbacher Ballack, »das ist doch kein Puff. Das ist, na ja, also so ne Art Privatclub.« Ein Privatclub? »Kommt, wir gehen rein, und wenn es euch nicht gefällt, könnt ihr ja wieder gehen!«, sagt er dann und öffnet die Tür vom Flur zum nächsten Raum. »Wenn es euch nicht gefällt, könnt ihr ja wieder gehen« – das ist reichlich dreist, wenn man genau hinhört. Das heißt ja wohl, dass der auf jeden Fall hierbleibt – Elfe hin, Elfe her. Sabine will gehen. Ich bin unsicher. Jetzt, wo wir doch schon mal da sind, könnten wir uns doch wenigstens mal umsehen. Spannend ist es allemal. »Wer ist denn jetzt hier die Vorstadt-Mutti?«, frage ich, schon weil ich weiß, dass Sabine leicht zu provozieren ist. Sie liebt Herausforderungen. Helmuth sagt gar nichts mehr. Er schämt sich still vor sich hin. »Wenn Sie gehen wollen, gehe ich mit«, schlägt er sich unvermutet auf Sabines Seite. Wessen Verehrer ist das denn? Jetzt geht es aber los! Sabine freut sich über diese vermeintliche Ritterlichkeit. »Nee, ist schon gut. Dann gehen wir halt da rein und essen was«, reagiert sie auf die Mutti-Bemerkung.

Kai-Uwe reicht jedem von uns einen Schlüssel. »Für eure Spinde, da drin ist es warm.« Hä? Stehe ich jetzt komplett auf der Leitung? Wieso brauche ich einen Spind, nur weil es warm ist? »Ihr müsst euch ausziehen«, lacht er und fängt direkt damit an. In Sekundenschnelle steht er in Unterhose vor uns. Einem Tanga. Ich glaube auf der internationalen Peinlichkeitsskala gibt es nichts Schlimmeres als einen Mann im Tanga. Immerhin ist er einfarbig. Das Allerschlimmste sind bedruckte Tangas – mit Tiermotiv, Mottoaufdruck oder Leopardenmuster. Ich habe mal von einer Freundin erzählt bekommen, dass ihr One-Night-Stand einen Tanga anhatte, auf dem vorne »Voll die Härte« draufstand. Dagegen ist der von Kai-Uwe fast schon geschmackvoll. Und auch die Füllung des Tangas ist recht ansehnlich. Um nicht zu sagen – beeindruckend.

Auch Sabine wirft einen kurzen Blick. Helmuth hat mittlerweile einen Kopf, der dermaßen glüht, dass man das Licht ausmachen könnte. Die Beleuchtung ist sowieso recht spärlich. »Los, Helmuth, runter mit den Klamotten«, feuert Kai-Uwe seinen Freund an. Bei Helmuths Klamottengeschmack kann es das eigentlich nur besser machen. Ich bin gespannt, was er untenrum trägt. »Mach halt«, sage ich streng, und er beginnt, sich auszuziehen. Ich bin auch in diesem Fall überrascht. Helmuth hat eine echt schicke Unterhose an. Vielleicht hat er doch genau gewusst, was auf dem Plan für heute Abend steht, und sich vorbereitet. Helmuths Unterhose ist schwarz, eng anliegend, und er hat eine bessere Figur als erwartet. Nicht athletisch, aber durchaus appetitlich. Er ist am Körper weit weniger gräulich, als ich vermutet hätte.

»So, Mädels, jetzt seid ihr dran«, wendet sich Kai-Uwe an uns. Ich überlege fieberhaft, was ich untendrunter trage und vor allem, ob es vorzeigbar ist. Sabine hat einen Jetzt-erst-recht-Blick drauf und sagt nur: »Gut. Dann ziehe ich mich halt aus. Auch wenn das bei Verabredungen normalerweise andersrum läuft. Erst das Essen und dann das Ausziehen. Aber bitte. Ich bin ja keine Spießerin.« Niemand antwortet, aber ich glaube, sie spricht sich sowieso nur selbst Mut zu. Ihr BH ist – wie ihr Top – pink. Mit Spitze. Und ihr Slip passt auch dazu. Nicht gerade das, was man dezent nennt, aber durchaus hübsch. Jetzt bin nur noch ich übrig. Ich könnte noch gehen, was aber, bei meinen vorherigen Bemerkungen, natürlich doppelt peinlich wäre. Also beiße ich in den sauren Apfel und entledige mich meiner Kleidung. Ich tröste mich mit dem Gedanken, dass man im Schwimmbad ja auch nicht mehr anhat.

Mein BH ist ein klassisches Modell. Ein Push-up in Schwarz. Nichts, womit man immenses Aufsehen erregt, aber auch nichts, wofür man sich schämen muss. Leider habe ich keine passende Unterhose dazu an. Ich trage einen ziemlich normalen Baumwollschlüpfer, immerhin wenigstens keines meiner Bauch-weg-Höschen. Es ist eine Unterhose aus einem Set, das ich mir vor zwei Wochen aus sentimentalen Gründen gekauft habe. Eine Wochentagshose. Mit Aufschrift. Habe ich mir in Erinnerung an meine Schulzeit gekauft. Die sind anscheinend zurzeit wieder in und außerdem waren sie im Angebot. Und so stehe ich dann da: in schwarzem Push-up und weißem Schlüpfer mit Mittwochsaufdruck. Hätte schlimmer kommen können. Ich beschließe hier und jetzt, auf jeden Fall in den nächsten Tagen mal meine Wäsche auszusortieren. Man sieht ja, wie schnell es gehen kann und man in Unterwäsche dasteht.

Kai-Uwe verteilt Masken. Solche Larvenmasken, wie sie im Karneval getragen werden. »Macht die Sache aufregender«, erklärt er uns, und brav setzen wir sie auf.

Wir beäugen uns gegenseitig, und ich versuche, so wenig wie möglich einzuatmen, um den Bauch in einer einigermaßen akzeptablen Form zu präsentieren. Helmuth schaut weiterhin nur unter sich, gerade so, als wäre der Fußboden eine wirkliche Attraktion. Wir deponieren unsere Sachen in den dafür vorgesehenen Spinden und betreten das Wohnzimmer, in dem etwa fünfzehn Erwachsene in Unterwäsche rumstehen. Ich erinnere mich an einen Satz, den mal eine Freundin über solche Clubs gesagt hat: »Alles kann – nichts muss.« Also kann ich mich auch beruhigen. Und aufs Essen freuen. Wenn ich jetzt nicht bald was bekomme, bin ich unterzuckert, und was dann passiert, möchte ich mir gar nicht ausmalen. Unterzuckert in einem Swinger-Club. Oder ist es ein Pärchenclub? Oder ist das das Gleiche? Insgesamt eine verdammt bizarre Situation. Ein Haufen entkleideter Menschen und an der Längsseite des Raums eine Theke, wie in einem Partykeller der siebziger Jahre.

Ronja kommt auf uns zu. Sie steht direkt unter einer Glitzer-Discokugel, die von der Decke hängt. Und das in einem Wohnzimmer mit Schrankwand! Ein, bis auf Kugel und Theke, völlig gewöhnliches Wohnzimmer. Eines, wie es auch meine Schwiegereltern Inge und Rudi haben. »Fein, dass ihr es geschafft habt. Auf der Theke steht das Büfett. Getränke bekommt ihr von mir. Nur harte Sachen kosten extra, aber du weißt ja Bescheid, Kai-Uwe.« Sieht ganz so aus, als würde Sabines Internet-Freund einen Großteil seiner Lebenszeit hier in diesem Etablissement verbringen.

»Ich esse was«, teile ich den anderen mit und gehe zur Theke. Endlich bekomme ich, wonach mir wirklich der Sinn steht. Bevor ich die Flatter mache, werde ich mir den Bauch vollschlagen und hoffen, dass mich währenddessen hier keiner erkennt. Aber wie sollte das auch gehen? Ich habe eine neue Frisur (zum Glück) und außerdem eine Maske auf. Wer kennt mich schon in diesem Aufzug? Und wer würde mich hier vermuten? Keiner, hoffentlich. Ich kann mir auch keinen meiner Bekannten und Freunde in diesem Ambiente hier vorstellen. Das Büfett passt perfekt zur Schrankwand. Kein Sushi oder anderes Fingerfood, sondern eher Deftiges wie Frikadellen, Käsehäppchen und Brezeln. Auch gut. Hinter der Theke steht Ralf, der sich mir sofort vorstellt (er ist Ronjas Mann) und mehrfach betont, wie gerne er mir, nach dem Essen, mal persönlich den ersten Stock ihres kleinen Häuschens zeigen würde. »Eins nach dem anderen«, sage ich und lade mir meinen Teller ordentlich voll. Nach etwa zehn Minuten fühle ich mich gar nicht mehr so unwohl. Man gewöhnt sich ans Nacktsein, und die Raumtemperatur ist dermaßen hoch, dass man sich in normaler Bekleidung wahrscheinlich wie in einer Sauna fühlen würde.

Sabine setzt sich neben mich an die Theke. In Unterwäsche auf Kunstlederpartyhockern – das ist gewöhnungsbedürftig. »Ich will hier weg, Andrea. Nenn mich Mutti oder was auch immer, aber das ist nichts für mich.«

»Iss erst mal was. Jetzt sind wir eh halbnackt, und alle haben uns gesehen: Ich will wenigstens in Ruhe essen, und dann können wir, von mir aus, gehen«, gebe ich mich total entspannt und lässig. In erster Linie, weil das Essen sehr lecker ist. Ich lasse sogar den Bauch einfach hängen – so wie er nun mal hängt. In meinem Hinterkopf schwirrt immer noch Sabines Mutti-Vorwurf. Den will ich nach dem heutigen Abend nie mehr hören. Allerdings habe auch ich mich schon wohler gefühlt. Aber so, mit dem Rücken zum Raum, geht es.

Nachdem ich die dritte Frikadelle in mich reingestopft habe, tippt mir jemand von hinten auf die Schulter. »Andrea«, sagt eine

Stimme. »Schnidt, an der Unterbuxe erkenne ich dich überall. Dass du die immer noch hast«, redet diese, mir vage bekannte Stimme, weiter. Was nun? Einfach nicht antworten? Ich merke, wie ich anfange zu schwitzen und das trotz meiner luftigen Bekleidung. Wer kann das nur sein? Ich will mich nicht umdrehen, denn ich ahne Schreckliches. Es kann nur irgendjemand aus meiner Schule sein. Ansonsten weiß ja niemand von meiner unsäglichen Wochentagsunterhosengeschichte. »Was für ein Zufall, nach so langer Zeit. Wo wir beim Klassentreffen ja kaum miteinander gesprochen haben«, geht es hinter mir weiter, »da freue ich mich aber.« Ohne mich umzudrehen, sage ich mit ganz tiefer Stimme: »Ich glaube, da liegt eine Verwechslung vor. Entschuldigen Sie mich bitte.« »Ha, ha«, lacht es da aus vollstem Hals, und ich kann mir gut vorstellen, dass die gesamte Mannschaft schon auf uns starrt, »ich kenn doch meine Pappenheimer. Ich sage nur ein Stichwort: ›Südamerika‹.«

Jetzt drehe ich mich doch um. Ich war schließlich in meinem ganzen Leben noch nicht in Südamerika, und deshalb, bin ich mir sicher, muss es sich wohl um eine Verwechslung handeln. Außerdem – was soll's. Ich kann mich ja schlecht in Luft auflösen oder über die Theke in die Versenkung hüpfen. Mein Gegenüber hat, genau wie ich, eine Larvenmaske auf. Aber auch mit Maske erkenne ich den Mann sofort. Es ist Herr Girstmann, mein ehemaliger Erdkundelehrer. Der war doch damals schon alt. Wie kann das denn möglich sein? Dass der überhaupt noch lebt. Was für ein Lustgreis! Wie widerlich. Ich habe mir bisher nie Gedanken darüber gemacht, wie Herr Girstmann wohl in Unterwäsche aussieht, aber nun steht er genauso vor mir. Kein besonders angenehmer Anblick. Von der Form her eine Art Mittelgebirge. Welkes Fleisch, wohin man auch schaut. Gruselig. »Südamerika, ha, ha, die Andrea«, kriegt der Kerl sich gar nicht mehr ein, und sein Bauchfleisch wippt bei dem grandiosen Witz auch noch mit.

Ich erinnere mich dunkel an etwas, das er mit Südamerika meinen könnte. Eine mündliche Erdkundeprüfung in der achten Klasse. Ich musste an die Tafel kommen und sollte die Lage der Malediven bestimmen. Ich hatte nicht den blassesten Dunst, wo die liegen könnten. Mit meinen Eltern bin ich nie dort gewesen (ich bin kein Millionärskind!) und ich habe auch nicht zu den Kindern gehört, die tagelang über irgendwelchen Landkarten gebrütet haben. Also habe ich die Malediven kurzerhand nach Südamerika verlegt. Vor die Küste Südamerikas, an die Ostküste. Herr Girstmann hat sich darüber gar nicht mehr beruhigen können. Was an einem kleinen Fehler so spaßig sein kann, ist mir bis heute unerklärlich.

»Die Malediven sind im Südwesten von Indien, Herr Girstmann«, sage ich also zur Begrüßung, und er freut sich sichtlich, weil er natürlich denkt, das sei bei mir wegen seines herausragenden Unterrichts hängen geblieben. Totaler Quatsch, ich weiß es nur, weil Heike und ich mal einen Ayurveda-Urlaub machen wollten. Und das kann man nicht nur in Sri Lanka und Indien, sondern eben auch auf den Malediven machen. War uns aber zu teuer, und deshalb sind wir für ein Wochenende nach Bad Salzschlirf in der Rhön gefahren. Ein Wochenende lang ranzige Butter über den Kopf geschüttet zu bekommen, hat mir dann auch gelangt. Ich finde Butter gehört aufs Brot. Ich mag auch lieber fertige Kuren für die Haare, als mir aus Öl, Eiern und Ähnlichem was anzumischen. Dieses Öl-Ei-Gemisch hatte ich damals erst nach viermaligem Haarewaschen halbwegs wieder raus. »Südwesten, richtig, Andrea«, antwortet der Girstmann und lacht noch immer. »Ich habe dich hier ja noch nie gesehen. Ich bin jedes Wochenende da. Ist doll hier. Warst du schon mal oben?«, fragt er und leckt sich die Lippen. Ich verneine. Ich bin mir nicht sicher, was oben sein könnte, ahne aber, dass es irgendwas nicht Jugendfreies ist.

»Wollen wir mal hochgehen, wir zwei Hübschen?«, fragt mich doch tatsächlich der Girstmann. Ist der übergeschnappt? »Moment«, unterbricht ihn da der Theken-Ralf, der Mann von Ronja, »Klaus, ich habe zuerst gefragt. Einer nach dem anderen.« Girstmann heißt also Klaus. »Gut«, fügt sich der dann auch gleich dem Hausherrn Ralf, »so eine junge schöne Frau hat ja Ausdauer genug, erst dich und dann mich glücklich zu machen.« Jetzt ist meine Ekelschwelle erreicht. »Danke sehr, die Herren, ich bin eine verheiratete Frau«, weise ich die zwei in ihre Schranken und rutsche vom Partyhocker. Ich muss hier weg. Schnell weg.

Wo ist Sabine? In meiner Frikadellenbegeisterung habe ich sie doch glatt aus den Augen verloren. »Sabine«, rufe ich in den Raum. Keine Sabine weit und breit. Auch Kai-Uwe und Helmuth sind wie vom Erdboden verschwunden. Ohne Sabine habe ich kein Auto. Und Sabine hat den Spindschlüssel. Wie soll ich denn jetzt dem Girstmann und dem aufdringlichen Ralf entkommen? Ein Taxi rufen und in Unterwäsche und ohne einen einzigen Euro nach Hause fahren? Unvorstellbar. Allein der Gedanke: Ich betrete in Push-up und Mittwochsschlüpfer unser Haus, und da sitzen Belle Michelle und mein Mann, und ich muss ihn um Taxigeld bitten und erklären, dass ich gerade aus einem Swinger-Club komme, dass das aber nichts zu bedeuten habe und vollkommen harmlos sei und ich eigentlich nur Hunger hatte und wegen der Frikadellen geblieben bin. Und all das, wo ich doch morgen früh meinen ersten Arbeitstag habe! Was wird Belle Michelle dann in der Kanzlei über mich erzählen?

Nein, das ist unmöglich. Ich brauche Sabine, den Schlüssel und das Auto. Ich mache mich auf die Suche und frage die Menschen um mich herum. »Entschuldigung, haben Sie eine Frau in pinkfarbener Unterwäsche gesehen?« Wie entwürdigend. Demnächst lasse ich mich lieber Mutti nennen und bleibe solchen Clubs fern. Man lernt eben nie aus. Eine ältere Frau, in einer lila Korsage (wo gibt's eigentlich so was?), glaubt Sabine gesehen zu haben. »Die ist hoch, in die Mat-Etage«, teilt sie mir mit.

Als ich mich bei ihr bedanke und noch darüber nachdenke, was Mat-Etage heißen könnte, steht auf einmal der Girstmann neben der Korsagenfrau und tätschelt ihre Schenkel. »Na, Andrea, gefällt dir meine Frau?«, fragt er mit sehr schlüpfrigem Unterton. »Das ist die Luitgard«, stellt er sie mir vor. Luitgard Girstmann. »Sehr erfreut«, sage ich und bin entsetzt. Die Frau meines Erdkundelehrers in lila Korsage mit Strapsen und einer Frisur wie Helga

Beimer aus der Lindenstraße. Das ist zu viel für mich. »Gut, also ich gehe dann mal meine Freundin suchen, weil, also, ich wollte gar nicht hierher. Das war ein Zufall, ich wusste gar nicht, was das hier ist«, versuche ich, noch schnell klarzustellen, dass ich keineswegs aus freien Stücken hier bin, sondern dass es sich nur um ein sehr großes Missverständnis handelt. »Beim ersten Mal sind alle so gschamig«, lacht der Girstmann und schiebt eine Hand in die Korsage seiner Luitgard und knetet ihre Brust. Ich hätte nicht gedacht, dass bei einer dermaßen engen Korsage noch eine Hand reinpassen würde. Muss einen hohen Stretchanteil haben, diese Korsage. Wie schamlos der Girstmann ist. Und seine Frau erst. Statt ihm auf die Pranken zu hauen, kichert sie und sagt: »Früher haben wir abends ferngesehen, jetzt machen wir unsere eigene Show.« Um zu demonstrieren, was für eine, greift sie ihrem Gatten zwischen die Beine. Ich glaube, gleich wird mir schlecht. Ich verabschiede mich, Herr Girstmann und Gattin Luitgard lächeln freundlich, gerade so, als wäre das eine völlig normale Situation und wir hätten uns bei einem Sonntagsspaziergang getroffen. Herr Girstmann pult die Hand aus der Korsage und will sie mir zum Abschied geben. Das geht zu weit! Eben noch in den Abgründen einer lila Korsage wühlen und jetzt mich anfassen wollen.

Ich gehe und sehe aus den Augenwinkeln noch, wie sich Frau Girstmann aus der Korsage pellt. Ja, ich bin eine Spießerin, und ich will auch eine bleiben. Das hier ist definitiv nicht meine Welt! Dass es so was gibt, war mir schon irgendwie klar. Aber in Offenbach? Jedenfalls nicht mit mir! Ich renne die Treppe ins erste Stockwerk hoch, um mir Sabine oder wenigstens den Schlüssel zu schnappen. Meine drei Begleiter können sich ja schlecht in Luft aufgelöst haben.

Ich stolpere in ein Matratzenlager und sehe in dem diffusen Licht Dinge, die ich nicht sehen will. Das sieht hier aus wie in einem Karnickelstall. Alle auf- und untereinander. Ich rufe einmal zaghaft »Sabine«. Eine Stimme, allerdings nicht Sabines, ruft zurück: »Schneckscher, komm her, mir habe noch Platz!«, und ich renne die Treppe in Höchstgeschwindigkeit wieder runter.

Egal wie – ich fahre jetzt nach Hause. So gut kann nicht mal eine Frikadelle sein, dass ich so was ertrage. Ich betrete den Vorraum mit den Spinden, und da sitzt Sabine. Nicht allein, sondern mit Helmuth, der auf sie einredet und ihre Hand hält. »Gott sei Dank«, sagen wir fast zeitgleich, und ohne groß Worte zu verlieren, fallen wir uns in die Arme. Sabine schließt den Spind auf, und wir sind innerhalb weniger Minuten komplett angezogen. »Nehmt ihr mich mit?«, fragt Helmuth, und ich zögere. Hat er uns nicht hierhergeschleppt? Sollte er nicht auf seinen Freund warten? Bevor ich antworten kann, sagt Sabine: »Klar, Helmuth. Schließlich hast du netterweise mit mir auf Andrea gewartet. Zieh dich schnell an. Nichts wie weg hier.«

Drei Minuten später stehen wir auf der Straße. Sabine ist die Erste, die anfängt zu lachen. Fast schon hysterisch. Helmuth und ich stimmen ein. Wir sind erleichtert, fühlen uns, wie der Hölle entronnen. Dabei – das muss ich ehrlich sagen – hat uns ja keiner was getan. »Wer nicht will, der muss nicht«, hat mir Ralf, der Thekenmann und Herrscher über die verdammt guten Frikadellen, zugeflüstert, und er hat recht behalten.

›Treuepunkte‹
erschienen im Fischer Taschenbuch Verlag,
256 Seiten, Broschur, 8,95 € (D)